遇见许多人，都不及你好

沈从文 著

花山文艺出版社

目　录

小说卷：湘水多情

散文卷：时光知味

书信卷：见字如面

小说卷：湘水多情

我明白你会来，
所以我等

三　三

杨家碾坊在堡子外一里路的山嘴路旁。堡子位置在山弯里，溪水沿了山脚流过去，平平地流，到山嘴折弯处忽然转急，因此很早就有人利用它，在急流处筑了一座石头碾坊。这碾坊，不知从什么时候起，就叫杨家碾坊了。

从碾坊往上看，看到堡子里比屋连墙，嘉树成荫，正是十分兴旺的样子。往下看，夹溪有无数山田，如堆积蒸糕；因此种田人借用水力，用大竹扎了无数水车，用椿木做成横轴同撑柱，圆圆的如一面锣，大小不等竖立在水边。这一群水车，就同一群游手好闲人一样，成日成夜不知疲倦地咿咿呀呀唱着意义含糊的歌。

一个堡寨里只有这样一座碾坊，所以凡是堡子里碾米的事都归这碾坊包办。成天有人轮流挑了仓谷来，把谷子倒到石槽里去后，抽去水闸的板，枧槽里水冲动了下面的暗轮，石磨盘带着动情的声音，即刻就转动起来了。于是主人一面谈说一件事情，一面清理簸箩筛子，到后头包了一块白布，拿着个长把的扫帚，追逐磨盘，跟着打圈儿，扫除溢出槽外的谷米，再到后，谷子便成白米了。

到米碾好了，筛好了，把米糠挑走之后，主人全身是糠灰，常常如同一个滚入豆粉里的汤圆。然而这生活，是明明白白比堡子里许多人生活还从容，而为一堡子中人所羡慕的。

凡是到杨家碾坊碾过谷子的，都知道杨家三三。妈妈二十年前嫁给守碾坊的杨，三三五岁，爸爸就丢下碾坊同母女，什么话也不说死去了。爸爸死去后，母亲做了碾坊的主人，三三还是活在碾坊里，吃米饭同青菜、小鱼、鸡蛋过日子，生活毫无什么不同处。三三先是眼见爸爸成天全身是糠灰；到后爸爸不见了，妈妈又成天全身是糠灰……于是三三在哭里笑里慢慢地长大了。

妈妈随着碾槽转，提着小小油瓶，为碾盘的木轴铁心上油，或者很兴奋地坐在屋角拉动架上的筛子时，三三总很安静地自己坐在另一角玩。热天坐到有风凉处吹风，用苞谷秆子做小笼，捉蝈蝈、纺织娘玩。冬天则伴同猫儿蹲到火桶里，拨灰煨栗子吃。或者有时候从碾米人手上得到一个芦管做成的唢呐，就学着打大傩的法师神气，屋前屋后吹着，半天还玩不厌倦。

这碾坊外屋墙上爬满了青藤，绕屋全是葵花同枣树，疏疏树林里，常常有三三葱绿衣裳的飘忽。因为一个人在屋里玩厌了，就出来坐在废石槽上撒米头子给鸡吃；在这时，什么鸡逞强欺侮了另一只鸡，三三就得赶逐那蛮横无理的鸡，直等到妈妈在屋后听到声音，代为讨情才止。

这碾坊上游有一潭，四面有大树覆荫，六月里阳光照不到水面。碾坊主人在这潭中养得有几只白鸭子，水里的鱼也比上下溪里多。照当地习惯，凡靠自己屋前的水，也算是自己财产的一份。水坝既然全为了碾坊而筑成的，一乡公约不许毒鱼下网，所以这小溪里鱼极多。遇不甚面熟的人来钓鱼，看潭边幽静，想蹲一会儿，三三见到了时，总向人说：“不行，这鱼是我家潭里养的，你到下面去钓吧。”人若顽皮一点，听到这个话等于不听到，仍然拿着长长的竿子，搁到水面上去安闲地吸着烟管，望着小姑娘发笑。三三急了，便高声喊叫她的妈：“娘，娘，你瞧，有人不讲规矩，钓我们的鱼，你来折断他的竿子，你快来！”娘自然是不会来干涉别人钓鱼的。

母亲就从没有照女儿意思折断过谁的竿子，照例将说：“三三，鱼多咧，让别人钓吧。鱼是会走路的，上面堡子塘里的鱼，因为欢喜我们这里的水，都跑来了。”三三照例应当还记得夜间做梦，梦到大鱼从水里跃起来吃鸭子，听到这个话，也就没有什么可说了，只静静地看着，看这不讲规矩的人，到后究竟钓了多少鱼去。她心里记着数目，回头好告给妈妈。

有时因为鱼太大了一点，上了钩，拉得不合式，撇断了钓竿，三三可乐极了，仿佛娘不同自己一伙，鱼反而同自己是一伙了的神气。那时就应当轮到三三向钓鱼人咧着嘴发笑了。但是三三却常常急忙跑回去，把这件事告给母亲，母女两人同笑。

有时钓鱼的人是熟人，人家来钓鱼时，见到了三三，知道她的脾气，就照例不忘记问：“三三，许我钓鱼吧？”三三便说：“鱼是各处走动的，又不是我们养的，怎么不能钓！”同一件事情对待不同，原来是来人讲礼，三三也讲礼。

钓鱼的是熟人时，三三常常搬了小小木凳子，坐到旁边看鱼上钩，且告给这人，谁个把钓竿撇断的故事。到后这熟人回到碾坊时，照例会把所得的大鱼分一些给三三家。三三看着母亲用刀剖鱼，掏出白色的鱼脬来，就放在地上用脚去踹，发声如放一枚小炮仗，听来十分快乐。鱼洗好后，揉了些盐，三三忙取麻线来把鱼穿好，挂到太阳下去晒。等待有客时，这些干鱼同辣子炒在一个碗里待客。母亲如想到折钓竿的话，将说：“这是三三的鱼。”三三就笑，心想着：“怎么不是三三的鱼？潭里鱼若不是归我照管，早被村子里看牛孩子捉完了。”

三三如一般小孩，换几回新衣，过几回节，看几回狮子龙灯，就长大了。熟人都说看到三三是在糠灰里长大的。一个堡子里的人，都愿意得到这糠灰里长大的女孩子做媳妇，因为人人都知道这媳妇的妆奁是一座石头做成的碾坊。照规矩十五岁的三三，要招郎上门，也应当是时候了。但妈妈有了一点私心，记得一次签上的话语，不大相信媒人的话语，所以这碾坊还是只有母女二人，一时节不曾有谁添入。

三三大了，还是同小孩一样，一切得傍着妈妈。母女两人把饭吃过后，在流水里洗了脸，眺望到行将下沉的太阳，一个日子就打发走了。有时听到堡子里的锣鼓声音，或是什么人接亲，或是什么人做斋事，“娘，带我去看。”又像是命令又像是请求地说着；若无什么别的理由推辞时，娘总得答应同去。去一会儿，或停顿在什么人家喝一杯蜜茶，荷包里塞满了榛子、胡桃，预备回家时，有月亮天，什么也不用，就可以走回家。遇到夜色晦黑，燃了一把油柴，毕毕剥剥地响着爆着，什么也不必害怕。若到寨子里去玩时，还常有人打了灯笼火把送客，一直送到碾坊外边。三三觉得只有这类事是顶有趣味的事情。在雨里打灯笼走夜路，三三不能常常得到这机会，却常常梦到一人那么拿着小小红纸灯笼，在溪旁走着，好像只有鱼知道这回事。

当真说来，三三的事情，鱼知道的比母亲应当还多一点，也是当然的。三三在母亲身旁，说的是母亲全听得懂的话；那些凡是母亲不明白的，差不多都在溪边说去。溪边除了鸭子就只有那些水里的鱼。鸭子成天自己嘎嘎地叫个不休，哪里还有耳朵听别人说话！

这个夏天，母女两人一吃了晚饭，不到日黄昏，总常常过堡子里一个姓宋的熟人家去，陪一个行将远嫁的姑娘谈天，听一个从小寨来的人唱歌。有一天，照例又进堡子里去，却因为谈到绣花，要三三回碾坊来取样子，三三就一个人赶忙跑回碾坊来。快到屋边时，黄昏里望到溪边有两个人影子，有一个人到树下，拿着一支竿子，好像要下钩的神气。三三心想，这一定是来偷鱼的，因此照规矩喊着：“不许钓鱼，这鱼是有主人的！”一面想走上前去看是些什么人。

就听到一个人说："谁说溪里的鱼也有主人？难道溪里活水也可养鱼吗？"

另一个人又说："这是碾坊里小姑娘说着玩的。"

先说话的一个人就笑了。

旋即又听到第二个人说："三三，三三，你来，你鱼都被人捉完了！"

三三听到人家取笑她，声音好像是熟人，心里十分不平。就冲过去，预备看是谁在此撒野，以便回头告给母亲。走过去时，才知道那第二回说话的人是堡子里一个管事先生，另外是一个从不见面的年轻男人。那男人手里拿的原来只是一个拐杖，不是什么钓竿。那管事先生认得三三，三三也认识他，所以当三三走近身时，就取笑说：

"三三，怎么鱼是你家养的？你家养了多少鱼呀？"

三三见是堡子里管事先生，什么话也不说了，只低下头笑。头虽低低的，却望到那个好像从城里来的人白裤白鞋，且听到那个男子说："这女孩倒很聪明、很美，长得不坏。"管事的又说："这是我堡子里的美人。"两人这样说着，那男子就笑了。

到这时，她猜测男子是对她望着发笑。三三心想："你笑我干吗？"又想，"你城里人只怕狗，见了狗也害怕，还笑人，真亏你不羞。"她好像这句话已说出了口，为那人听到了，故打量趁此跑去。管事先生知道她要害羞跑了，便说："三三，你别走，我们是来看你碾坊的。你娘呢？"

"娘不在碾坊。"

"到堡子里听小寨人唱歌去了，是不是？"

"是的。"

"你怎么不欢喜听唱歌？"

"你怎么知道我不欢喜？"

管事先生笑着说：“因为看你一个人回来，还以为你是听厌了那歌，担心这潭里鱼被人偷尽，所以赶回来看看，好小气！”

三三同管事先生说着，慢慢地把头抬起，望到那生人的脸了，白白的脸好像在什么地方看见过，就估计：莫非这人是唱戏的小生，忘了擦去脸上的粉，所以那么白？那男子见到三三不再怕人，就问三三：“这是你的家吗？”

三三说：“怎么不是我家？”

因为这答话很有趣味，那男子就说：

“你住在这个山沟边，不怕大水把你冲去吗？”

“嗨，”三三抿着小小美丽嘴唇，狠狠地望了这陌生男子一眼，心里想：“狗来了，你这人吓倒落到水里，水就会冲去你。”想着当真冲去的情形，一定很是好笑，就不理会这两人，笑着跑去了。

从碾坊取了花样子回向堡子走去的三三，在潭边再上游一点，望到那两个白色影子还在前面，不高兴又同这管事先生打麻烦，于是故意跟随这两人身后，慢慢地走着。听两人说到城里什么人什么事情，听到说开河，又听到说学务局要办学校，因为这两人全都不知道有人在后面，所以自己觉得很有趣味。到后又听到管事先生提起碾坊，提起妈妈怎么好，更极高兴。再到后，就听到那城里男人说：

“女孩子倒真俏皮，照你们乡下习惯，应当快放人了。”

那管事的先生笑着说：“少爷欢喜，要总爷做红叶，可以去说说。不过这磨坊是应当由姑爷管业的。”

三三轻轻地呸了一口，停顿了一下，把两个指头紧紧地塞了耳朵。但依然听到那两人的笑声。她想知道那个由城里来好像唱小生的人还要说些什么，所以不久就继续跟上前去。

那小生说些什么，可听不明白，就只听那个管事先生一人说话。那管事先生说：“做了碾坊主人，别的不说，成天可有新鲜鸡蛋吃，也是很值得的！”话一说完，两人又笑了。

三三这次可再不能跟上去了，就坐在溪边的石头上，脸上发着烧，十分生气。心里想：“你要我嫁你，我才偏偏不嫁你！我家里的鸡就是成天下二十个蛋，我也不会给你一个吃。”坐了一会儿，凉凉的风吹到脸上，水声淙淙使她记忆起先一时估计中那男子为狗吓倒跌在溪里的情形，可又快乐了，就望到溪里水深处，一人自言自语说：“你怎么这样不中用！管事的救你，你可以喊他救你！”

到宋家时，宋家婶子正说起一件已经说了一会儿的事情，只听宋家妇人说：

“……他们养病倒稀奇，说是养病，日夜睡在廊下风里让风吹……脸儿白得如闺女，见了人就笑……谁说是团总的亲戚，团总见他那种恭敬样子，你还不见到。福音堂洋人还怕他，他要媳妇有多少！”

母亲就说：“那么他养什么病？”

“谁知道是什么病？横顺成天吃那些甜甜的药，什么事情不做，在床上躺着。在城里是享福，来乡里也是享福。老庚说，害第三期的病，又说是痨病，说也说不清楚。谁清楚城里人那些病名字。依我想，城里人欢喜害病，所以病的名字特别多。我们不能因害病耽搁事情，所以除打摆子就只发烧腹泻，别的名字的病，也就从不到乡下来了。”

另外一个妇人因为生过瘰疬，不大悦服宋家妇人武断的话，就说：“我不是城里人，可是也害城里人的病。”

“你舅妈是城里人！”

“舅妈管我什么事？”

“你文雅得像城里人，所以才生疬子！”

这样说着，大家全笑了起来。

母女两人回去时，在路上三三问母亲：“谁是白白脸庞的人？”

母亲就照先前一时听人说过的话，告给三三，堡子里如何来了一位城里的病人，样子如何俊，性情如何怪。一个乡下人，对于城中人隔膜的程度，在那些描写里是分明易见的，自然说得十分好笑。在平常某个时节，三三对于母亲在叙述中所加的批评与稍稍过分的形容，总觉得母亲说得极其俨然，十分有味，这时不知如何却不大相信这话了。

走了一会儿，三三忽问："娘，娘，你见到那个城里白脸人没有呢？"

妈妈说："我怎么会见他？我这几天又不到团总家里去。"

三三心想："你不见人怎么说了那么半天。"

三三知道妈妈不见到的，自己倒早见到了，便把这件事保守秘密，却十分高兴。以为只有自己明白这件事情，此外凡是说到城里人的都不甚可靠。

两人到潭边时，三三又问：

"娘，你见团总家管事先生没有？"

若是娘说没有见过，反问她一句，那么，三三就预备把先前遇到那两人的一切，都说给妈妈听了。但母亲这时正想起另一个问题，完全不关心三三问的话，所以三三把方才的事情瞒着母亲，一个字不提。

第二天，三三的母亲到堡子里去，在团总家门前，碰着那个从城里来的白脸客人，同团总的管事先生正在围城边看马打滚。那管事先生告她，说他们昨天曾到碾坊前散步，见到三三。又告给三三母亲说，这客人是从城里来养病的。到后就又告给那客人，说这个人就是碾坊的主人杨伯妈。那人说，真很同三小姐相像。那人又说三三长得很好、很聪明，做母亲的真福气。说了一阵话，把这老妇人说快乐了，在心中展开了一个幻景，想起自己觉得有些近于糊涂的事情，忙匆匆地回到碾坊去，望到三三痴笑。

三三不知母亲为什么今天特别乐，就问母亲到了什么地方，遇着了谁。

母亲想，应当怎么说才好？想了许久才开口：

“三三，昨天你见到谁？”

三三说：“我见到谁？没有！”

娘就笑了，“三三你记记，晚上天黑时，你不看见两个人吗？”

三三以为是娘知道一切了，就忙说：“人有两个，一个是团总家管事的先生，一个是生人……怎么？”

“不怎么。我告你，那个生人就是城里来的先生。今天我看见他们，他们说已经和你认识了，所以我们说了许多话。那人真像个姑娘样子。”母亲说到这里时，想起一件事情好笑。

三三以为妈妈是在笑她，偏过头去看土地上灶马[1]，不理会母亲。

母亲说：“他们问我要鸡蛋，你下半天送二十个去，好不好？”

三三听到说鸡蛋，打量昨天两个男人说的笑话都为母亲知道了，心里很不高兴，说道：“谁去送他们鸡蛋？娘，娘，我说……他们是坏人！”

母亲奇怪极了，问：“怎么是坏人？什么地方坏？”

三三红了脸不愿答应。母亲说：

“三三，你说什么事？”

迟了许久，三三才说：“他们背地里要找团总做媒，把我嫁给那个白脸人。”

母亲听到这天真话什么也不说，笑了好一阵。到后估计三三要跑了，才拉着三三说：“小报应，管事先生他们说笑话，这也生气吗？谁敢欺侮你！”

---

[1] 灶马：一种昆虫，常出没于灶台和杂物堆的缝隙中，以剩菜、植物和小型昆虫为食。

说到后来，三三也被说笑了。

三三后来就告给娘城里人如何怕狗的话，母亲听后不作声，好久以后，才说："三三，你真是还像个小丫头，什么也不懂。"

第二天，妈妈要三三送鸡子到寨子里去，三三不说什么，只摇头。妈妈既然答应了人家，就只好亲自送去。母亲走后，三三一个人在碾坊里玩，玩厌了，又到潭边去看白鸭，看了一会儿鸭子，等候母亲还不回来，心想莫非管事先生同妈妈吵了架，或者天热到路上发了痧？……心里老不自在，回到碾坊里去。

但是过了一会儿，母亲可仍然回来了。回到碾坊一脸的笑，跨着脚如一个男子神气。坐到小凳上，不住抹额头上汗水，告给三三如何见到那先生，那先生又如何要她坐到那个用粗布做成的软椅子上去，摇着荡着像一个摇网，怪舒服怪不舒服。又说到城里人说的三三为何不念书，城里女人全念书。又说到……

三三正因为等了母亲半天，十分不高兴，如今听到母亲说到的话，莫名其妙，不愿意再听，所以不让母亲说完就走了。走到外边站到溪岸旁，望着清清的溪水，记起从前有人告诉她的话，说这水流下去，一直从山里流一百里，就流到城里了。她这时忖想……什么时候我一定也不让谁知道，就要流到城里去，一进城里就不回来了。但是如当真要流去时，她倒愿意那碾坊、那些鱼、那些鸭子以及那一只花猫，和她在一处流去。同时还有，她很想母亲永远和她在一处，她才能够安安静静地睡觉。

母亲看不见三三，站在碾坊门前喊着：

"三三，三三，天气热，你脸上晒出油了，不要远走，快回来！"

三三一面走回来，一面就自己轻轻地说："三三不回来了！"

下午天气较热，倦人极了，躺到屋角竹凉床上的三三，耳中听着远处水车陆续的懒懒的声音，眯着眼睛觑母亲头上的髻子，仿佛一个瘦人的脸，越看越活，朦朦胧胧便睡着了。

她还似乎看到母亲包了白帕子，拿着扫帚追赶碾盘，绕屋打着圈儿，就听到有人在外面说话，提起她的名字。

只听人说："三三到什么地方去了，怎么不出来？"

她奇怪这声音很熟，又想不起是谁的声音，赶忙走出去，站在门边打望，才望到原来又是那个白脸的人，规规矩矩坐在那儿钓鱼。过细看了一下，却看见那个钓竿，原来是团总家管事先生的烟杆，一头还冒烟。

拿一根烟杆钓鱼，倒是极新鲜的事情，但身旁似乎又已经得到了许多鱼，所以三三非常奇怪。正想走去告母亲，忽然管事先生也从那边走来。

好像又是那一天的那种情景，天上全是红霞，妈妈不在家，自己回来原是忘了把鸡关到笼子里，因此赶忙跑回来捉鸡的。如今碰到这两人：管事先生同那白脸城里人，都站在那石磩子上，轻轻地商量一件事情。这两人声音很轻，三三却听得出是一件关于不利于自己的行为。因为听到说这些话，又不能嗾人走开，又不能自己走开，三三就非常着急，觉得自己的脸上也像天上的霞一样。

那个管事先生装作正经人样子说："我们是来买鸡蛋的，要多少钱把多少钱。"

那个城里人，也像唱戏小生那么把手一扬，就说："你说错了，要多少金子把多少金子。"

三三因为人家用金子恐吓她，所以说："可是我不卖给你，不想你的钱。你搬你家大块金子来，到场上去买老鸦蛋吧。"

管事先生于是又说："你不卖行吗？别人卖的凤凰蛋我也不稀罕。你舍不得鸡蛋为我做人情，你想想，妈妈以后写庚帖，还少得了管事先生吗？"

那城里人于是又说：“向小气的人要什么鸡蛋，不如算了吧。”

三三生气似的大声说：“就算我小气也行。我把鸡蛋喂虾米，也不卖给人！我们赌咒不羡慕别人的金子宝贝。你和别人去说金子，恐吓别人吧。”

可是两人还不走，三三心里就有点着急，很愿意来一只狗向两人扑去。正那么打量着，忽然从家里就扑出来一条大狗，全身是白色，大声汪汪地吠着，从自己身边冲过去，凶凶地扑到两人身边去，即刻就把这两个恶人冲落到水里去了。

于是溪里的水起了许多波花，起了许多大泡，管事先生露出一个光光的头在水面，那城里人则长长的头发，缠在贴近水面的柳树根上，情景十分有趣。

可是一会儿水面什么也没有了，原来那两人在水里摸了许多鱼，上了岸，拍拍身上的水点，把鱼全拿走了。

三三想去告给妈妈，一滑就跌下了。

刚才的事原来是做一个梦。母亲似乎是在灶房煮夜饭，因为听到三三梦里说话，才赶出来的。见三三醒了，摇着她问：“三三，三三，你同谁吵闹？”

三三定了一会儿神，望妈妈笑着，什么也不说。

妈妈说：“起来看看，我今天为你焖芋头吃。你去照照镜子，脸睡得一片红！”虽然依照母亲说的，去照了镜子，还是一句话不说。人虽早已清醒，还记得梦里一切的情景。到后来又想起母亲说的同谁吵闹的话，才反去问母亲，究竟听到吵闹些什么话。妈妈自然不注意这些，说听不分明，三三也就不再问什么了。

直到吃饭时，妈妈还说到脸上睡得发红，所以三三就告给老人家先后做了些什么梦，母亲听来笑了半天。

第二次送鸡蛋去时，三三也去了，那时是下午。吃过饭后不久，两人进了团总家的大院子。在东边偏院里，看到城里来的那个客，正躺在廊下藤椅上，眺望天上飞的老鹰。管事的不在家，三三认得那个男子，不大好意思上前去，就让母亲过去，自己站在月门边等候。母亲上前去时节，三三又为出主意，要妈妈站在门边大声说“送鸡蛋的来了”，好让他知道。母亲自然什么都照三三主意做去。三三听到母亲说这句话，说到第三次，才引起那个白白脸庞的城里人注意，自己就又急又笑。

三三这时是站在月门外边的。从门罅向里面窥看，只见那白脸人站起身来又坐下去，正像梦里那种样子。同时就听到这个人同母亲说话，说起天气和别的事情，妈妈一面说话一面尽掉过头来望到三三所在的一边。白脸人以为她就要走去了，便说：

“老太太，你坐坐，我同你说说话。”

妈妈于是坐下了，可是同时那白脸的城里人也注意到那一面门边有一个人等候了，“谁在那里？是不是你的小姑娘？”

一看情形不妙，三三就想跑。可是一回头，却望到管事先生站在身后，不知已站了多久。打量逃走自然是难办到的，末后就被拉着袖子，牵进小院子来了。

听到那个人请自己坐下，听到那个人同母亲说那天在溪边看见自己的情形，三三眼望另一边，傍近母亲身旁，一句话不说，巴不得即刻离开，可是想不出怎样就可以离开。

坐了一会儿，出来了一个穿白袍戴白帽、装扮古怪的女人。三三先还以为是个男子，不敢细细地望。后来听这女人说话，且看她站到城里人身旁，用一根小小白色管子塞进那白脸男子口里去，又抓了男子的手捏着，捏了好一会儿，拿一支好像笔的东西，在一张纸上写了些什么记号。那先生问：“多少‘豆’？”就听她回答说：“‘豆瘦’同昨天一样。”且因为另外一句话听到这个人笑，才晓得那是一个女人。这时似乎妈妈那一方面，也刚刚才明白这是一个女人，且听到说“多少‘豆’”，以为奇怪，所以两人互相望望，都抿着嘴笑了起来。

看着这母女生疏的情形，那白袍子女人也觉得好笑，就不即走开。

那白脸城里人说：“周小姐，你到这地方来一个朋友也没有，就同这小姑娘做个朋友吧。她家有个好碾坊，在那边溪头，有一个动人的水车，前面一点还有一个好堰坝。你同她做朋友，就可到那儿去玩，还可以钓些鱼回来。你同她去那边林子里玩玩吧，要这小姑娘告你那些花名、草名。”

这周小姐就笑着过来，拖了三三的手，想带她走去。三三想不走，望着母亲，母亲却做样子努嘴要她去，不能不走。

可是到了那一边，两人即刻就熟了。那看护把关于乡下的一切，这样那样问了她许多。她一面答着，一面想问那女人一些事情，却找不出一句可问的话，只很稀奇地望到那一顶白帽子发笑。觉得好奇怪，怎么顶在头上不怕掉下来。

过后听母亲在那边喊自己的名字，三三也不知道还应当同看护告别，还应当说些什么话，只说“妈妈喊我回去，我要走了”，就一个人忙忙地跑回母亲身边，同母亲走了。

母女两人回到路上走过了一个竹林，竹林里恰正当晚霞的返照，满竹林是金色的光。三三把一个空篮子戴在头上，扮作钓鱼翁的样子，同时想起团总家养病服侍病人那个戴白帽子的女人，就和妈妈说：

“娘，你看那个女人好不好？”

母亲说：“你说的是哪一个女人？”

三三好像以为这答复是母亲故意装作不明白的样子，因此稍稍有点不高兴，向前走去。

妈妈在后面说：“三三，你说谁？”

三三就说：“我说谁，我问你先前那个女子，你还问我！”

“我怎么知道你是说谁？你说那姑娘，脸庞红红白白的，是说她吗？”

三三才停住了脚，等着她的妈。且想起自己无道理处，悄悄地笑了。母亲赶上了三三，推着她的背：“三三，那姑娘长得好体面，你说是不是？”

三三本来就觉得这人长得体面，听到妈妈先说，所以就故意说：“体面什么？人高得像一条菜瓜，也算体面！”

“人家是读过书来的，你没看她会写字吗？”

“娘，那你明天要她拜你做干娘吧。她读过书，娘，你近来只欢喜读书的。”

“嗨，你瞧你！我说读书好，你就生气。可是……你难道不欢喜读书的吗？”

“男人读书还好，女人读书讨厌咧。”

“你以为她讨厌，那我们以后讨厌她得了。”

“不，干吗说‘讨厌她得了’？你并不讨厌她！”

“那你一人讨厌她好了。”

“我也不讨厌她！”

“那是谁该讨厌她？三三，你说。”

“我说，谁也不该讨厌她。”

母亲想着这个话就笑，三三想着也笑了。

三三于是又匆匆地向前走去。因为黄昏太美，三三不久又停顿在前面枫树下了，还要母亲也陪她坐一会儿，送那片云过去再走。母亲自然不会不答应的。两人坐在那石条上了，三三把头上的竹篮儿取下后，用手整理发辫，就又想起那个男人一样短短头发的女人。母亲说：“三三，你用围裙揩揩脸，脸上出汗了。”三三好像没听到妈妈的话，眺望另一方，她心中出奇，为什么有许多人的脸，白得像茶花。她不知不觉又把这个话同母亲说了，母亲就说，这是他们称呼作“城里人”的理由，不必擦粉，脸也总是很白的。

三三说：“那不好看。”母亲也说“那自然不好看”。三三又说：“宋家的黑子姑娘才真不好看。”母亲因为到底不明白三三意思所在，拿不稳风向，所以再不敢插言，就只貌作留神地听着，让三三自己去作结论。

三三的结论就只是故意不同母亲意见一致，可是母亲若不说话时，自己就不须结论，也闭了口，不再作声了。

另外某一天，有人从大寨里挑谷子来碾坊，挑谷子的男人走后，留下一个女人在旁边照料一切。这女人欢喜说白话，且不久才从六十里外一个寨上吃喜酒回来，有一肚子的故事，许多乡村消息，得和一个人说说才舒服，所以就拿来与碾坊母女两人说。母亲因为自己有一个女儿，有些好奇的理由，专欢喜问人家到什么地方吃喜酒，看见些什么体面姑娘，看到些什么好嫁妆。她还明白，照例三三也愿意听这些故事。所以就问那个人，问了这样又问那样，要那人一五一十说出来。

三三却静静地坐在一旁，用耳朵听着，一句话不说。有时说的话那女人以为不是女孩子应当听的，声音较低时，三三就装作毫不注意的神气，用绳子结连环玩，实际上仍然听得清清楚楚。因为听到些怪话，三三忍不住要笑了，却扭过头去悄悄地笑，不让那个长舌妇人注意到。

到后那两个老太太，自然而然就说到团总家中的来客，且说及那个白袍白帽的女人了。那妇人说她听人说这白帽白袍女人，是用钱雇来的，雇来照料那个先生，好几两银子一天。但她却又以为这话不十分可靠，以为这人一定就是城里人的少奶奶，或者小姨太太。

三三的妈妈意见却同那人的恰恰相反，她以为那白袍女人，绝不是少奶奶。

那妇人就说："你怎么知道不是少奶奶？"

三三的妈说："怎么会是少奶奶！"

那人说："你告诉我些道理。"

三三的妈说："自然有道理，可是我说不出。"

那人说："你又看不见，你怎么会知道？"

三三的妈说："我怎么看不见？"

两个人争着不能解决，又都不能把理由说得完全一点，尤其是三三的母亲，又忘记说是听到过哪一位喊叫过周小姐的话，用来做证据。三三却记到许多话，只是不高兴同那个妇人去说，所以三三就用别种的方法打乱了两人不能说清楚的问题。三三说："娘，莫争这些闲事情，帮我洗头吧，我去热水。"

到后那妇人把米碾完挑走了。把水热好了的三三，坐在小凳上一面解散头发，一面带着抱怨神气向她娘说：

"娘，你真奇怪，欢喜同那老婆子说空话。"

"我说了些什么空话？"

"人家媳妇不媳妇，关你什么事！"

……

母亲想起什么事来了，抿着口痴了半天，轻轻地叹了一口气。

过几天，那个白帽白袍的女人，却同寨子里一个小女孩子到碾坊来玩了。玩了大半天，说了许多话。妈妈因为第一次有这么一个稀客，所以走出走进，只想杀一只肥母鸡留客吃饭，但是又不敢开口，所以十分为难。

三三却把客人带到溪下游一点有水车的地方去，玩了好一阵，在水边摘了许多金针花，回来时又取了钓竿，搬了矮脚凳子，到溪边去陪白帽子女人钓鱼。

溪里的鱼好像也知道凑趣。那女人一根钓竿，一会儿就得了四条大鲫鱼，使她十分欢喜。到后应当回去了，女人不肯拿鱼回去，母亲可不答应，一定要她拿去。并且因为白帽子女人说南瓜子好吃，又另外取了一口袋的生瓜子，要同来的那个小女孩代为拿着。

再过几天，那白脸人同管事先生，也来钓了一次鱼，又拿了许多礼物回去。

再过几天，那病人却同女人在一块儿来了，来时送了一些用瓶子装的糖，还送了些别的东西，使得主人不知如何措置手脚。因为不敢留这两人吃饭，所以到临走时，三三母亲还捉了两只活鸡，一定要他们带回去。两人都说留到这里生蛋，用不着捉去，还不行。到后说等下一次来再杀鸡，那两只鸡才被开释放下了。

自从两个客人到来后，碾坊里有点不同过去的样子，母女两人说话，提到“城里”的事情，就渐渐多了。城里是什么样子，城里有些什么好处，两人本来全不知道。两人只从那个白脸男子、白袍女人的神气，以及平常从乡下人听来的种种，作为想象的根据，模拟到城里的一切景况，都以为城里是那么一种样子：一座极大的用石头垒就的城，这城里就竖了许多好房子。每一栋好房子里面住了一个老爷同一群少爷；每一个人家都有许多成天穿了花绸衣服的女人，装扮得同新娘子一样，坐在家里，什么事也不必做。每一个人家，房子里一定还有许多跟班同丫头，跟班的坐在大门前接客人的名片，丫头便为老爷剥莲心，去燕窝毛。城里一定有很多条大街，街上全是车马。城里有洋人，脚杆直直的，就在大街上走来走去。城里还有大衙门，许多官都如“包龙图”一样，威风凛凛，一天审案到夜，夜了还得点了灯审案。虽有一个包大人，坏人还是数不清。城里还有好些铺子，卖的是各样稀奇古怪的东西。城里一定还有许多大庙小庙，成天有人唱戏，成天也有人看戏。看戏的全是坐在一条板凳上，一面看戏一面剥黑瓜子。坏女人想勾引人就向人打瞟瞟眼。城门口有好些屠户，都长得胖墩墩的。城门口还坐有个王铁嘴，专门为人算命打卦。

这些情形自然都是实在的。这想象中的都市，像一个故事一样动人，保留在母女两人心上，却永远不使两人痛苦。她们在自己习惯生活中得到幸福，却又从幻想中得到快乐，所以若说过去的生活是很好的，那到后来可说是更好了。

但是，从另外一些记忆上，三三的妈妈却另外还想起了一些事情，因此有好几回同三三说话到城里时，却忽然又住了口不说下去。三三询问到这是什么意思，母亲就笑着，仿佛意思就只是想笑一会儿，什么别的意思也没有。

三三可看得出母亲笑中有原因，但总没有方法知道这另外原因究竟是什么。或者是妈妈预备要搬到城里，或者是做梦到过城里，或者是因为三三长大了，背影子已像一个新娘子了，妈妈惊讶着，这些躲在老人家心上一角儿的事可多着呐。三三自己也常常发笑，且不让母亲知道那个理由。每次到溪边玩，听母亲喊“三三你回来吧”，三三一面走一面总轻轻地说：“三三不回来了，三三永不回来了。”为什么说不回来，不回来又到什么地方来落脚，三三并不曾认真打量过。

有时候两人都说到前一晚上梦中去过的城里，看到大衙门、大庙的情形，三三总以为母亲到的是一个城里，她自己所到又是一个城里。城里自然有许多，同寨子差不多一样，这个三三老早就想到了的。三三所到的城里一定比母亲那个还远一点，因为母亲凡是梦到城里时，总以为同团总家那堡子差不多，只不过大了一点，却并不很大。三三因为听到那白帽子女人说过，一个城里看护至少就有两百，所以她梦到的，就是两百个白帽子女人的城里！

妈妈每次进寨子送鸡蛋去，总说他们问三三，要三三去玩，三三却怪母亲不为她梳头。但有时头上辫子很好，却又说应当换干净衣服才去。一切都好了，三三却常常临时又忽然不愿意去了。母亲自然不强着三三的。但有几次母亲有点不高兴了，三三先说不去，到后又去；去到那里，两人却都很快乐。

人虽不去大寨，等待妈妈回来时，三三总愿意听听说到那一面的事情。母亲一面说，一面注意三三的眼睛，这老人家懂得到一点三三心事。她自己以为十分懂得三三，所以有时话说得也稍多了一点。譬如关于白帽子女人，如何照料白脸男子那一类事，母亲说时总十分温柔，同时看三三的眼睛，也照样十分温柔。于是，这母亲，忽然又想到了远远的什么一件事，不再说下去；三三也想到了另外一件事，不必妈妈说话了。母女两人就沉默了。

寨子里人有次又过碾坊来了，来时三三已出到外边往下溪水车边采金针花去了。三三回碾坊时，望到母亲同那个人商量什么似的在那里谈话，一见到三三，就笑着什么也不说。三三望望母亲的脸，从母亲脸上颜色，她看出像有些什么事，很有点蹊跷。

那人一见到三三就说："三三，我问你，怎么不到堡子里去玩，有人等你！"

三三望到自己手上那一把黄花，头也不抬说："谁也不等我。"

"你的朋友等你。"

"没有人是我的朋友。"

"一定有人！想想看，有一个人！"

"你说有就有吧。"

"你今年几岁，是不是属龙的？"

三三对这个谈话觉得有点古怪，就对妈妈看着，不即作答。

“你不说我也知道，你妈妈还刚刚告我，四月十七，你看对不对？”

三三心想，四月十七、五月十八你都管不着，我又不稀罕你为我拜寿。但因为听说是妈妈告的，三三就奇怪，为什么母亲同别人谈这些话。她就对母亲把小小嘴唇撇了一下，怪着她不该同人说到这些。本来折的花应送给母亲，也不高兴了，就把花放在休息着的碾盘旁，跑出到溪边，拾石子打飘飘梭去了。

不到一会儿，听到母亲送那人出来了，三三赶忙用背对着大路，装着眺望溪对岸那一边牛打架的样子，好让他们走去。那人见三三在水边，却停顿到路上，喊三姑娘，喊了好几声，三三还故意不理会，又才听到那人笑着走了。

到了晚上，母亲因为见三三不大说话，和平时完全不同了，母亲说：“三三，怎么，是不是生谁的气？”

三三口上轻轻地说“没有”，心里却想哭一会儿。

过两天，三三又似乎仍然同母亲讲和了，把一切事都忘掉了，可是再也不提到大寨里去玩，再也不提醒母亲送鸡蛋给人了。同时母亲那一面，似乎也因为了一件事情，不大同三三提到城里的什么，不说是应当送鸡蛋到大寨去了。

日子慢慢地过着，许多人家田间的新稻，为了好的日头同恰当的雨水，长出的禾穗全垂了头。有些人家的新谷已上了仓，有些人家摘着早熟的禾线，舂出新米各处送人尝新了。

因为寨子里那家嫁女的好日子快到了，搭了信来接母女两人过去陪新娘子。母亲正新给三三缝了一件葱绿布围裙，要三三去住两天。三三没有什么理由可以说不去，所以母女两人就带了些礼物到寨子里来了。到了那个嫁女的家里，按照一乡的风气，在女人未出阁以前，有展览妆奁的习惯，一寨子的女人都可来看，就见到了那个白帽子的女人。她因为在乡下除了照料病人就无什么事情可做，所以一个月来在乡下就成天同乡下女人玩玩，如今随同别的女人来看嫁妆，碰到了三三母女两人。

一见面，这白帽子女人便用城里人的规矩，怪三三母亲，问为什么多久不到总爷家里来看他们；又问三三，为什么忘了她。这母女两人自然什么也不好说，只按照一个乡下人的方法，望到略显得黄瘦了的白帽子女人笑着。后来这白帽子的女人就告给三三妈妈，说病人的病还不怎么好，城里医生来了一次，以为秋天还要换换地方，预备八月里就回城去，再要到一个顶远的有海的地方去养息。因为不久就要走了，所以她自己同病人，都很想母女两人，和那个小小碾坊。

这白帽子女人又说，曾托过人带信要她们来玩的，不知为什么她们不来。又说，她很想再来碾坊那小潭边钓鱼，可是因为天气热了一点，不好出门。

这白帽子女人，看见三三的新围裙，裙上还扣了朵小花，式样秀美，充满了一种天真的妩媚，就说：

“三三，你这个围腰真美，妈妈自己做的是不是？”

三三却因为这女人一个月以来脸晒红多了，就只望到这个人的红脸好笑，笑中包含了一种纯朴的友谊。

母亲说：“我们乡下人，要什么讲究东西，只要穿得上身就好了。”因为母亲的话不大实在，三三就轻轻地接下去说：“可是改了三次。”

那白帽子女人听到这个话，向母女笑着：“老太太你真有福气，做你女儿的也真有福气。”

“这算福气吗？我们乡下人，哪里比得城里人好。”

因为有两人正抬了一盒礼物过去，三三追上前想看看是什么时，白帽子女人望着三三的背影：“老太太，你三姑娘陪嫁的，一定比这家还多。”

母亲也望那一方说：“我们是穷人，姑娘嫁不出去的。”

这些话三三都听到，所以看完了那一抬礼，还不即过来。

说了一阵话，白帽子女人想邀母女两人进寨子里去看看病人，母亲见三三神气有点不高兴，同时且想起是空手，乡下人照例又不好意思空手进人家大门，所以就答应过两天再去。

又过了几天，母女两人在碾坊，因为谈到新娘子敷水粉的事情，想到白帽子女人的脸，一到乡下后就晒红了许多的情形，且想起那天曾答应人家的话了，所以妈妈问三三，什么时候高兴去寨子里看“城里人”。三三先是说不高兴，到后又想了一下，去也不什么要紧，就答应母亲，不拘哪一天去都行。既然不拘什么时候，那么，自然第二天就可以去了。

因为记起那白帽子女人说的话，很想来碾坊玩，所以三三要母亲早上同去，好就便邀客来，到了晚上再由三三送客回去。母亲却因为想到前次送那两只鸡，客人答应了下次来吃，所以还预备早早地回来，好杀鸡款客。

一早上，母女两人就提了一篮鸡蛋，向大寨走去。过桥，过竹林，过小小山坡，道旁露水还湿湿的。金铃子像敲钟一样，叮叮地从草里发出声音来，喜鹊喳喳地叫着从头上飞过去。母亲走在三三的后面，看到三三苗条如一根笋子，拿着棍儿一面走一面打道旁的草，记起从前团总家管事先生问过她的话，不知道究竟是些什么意思。又想到几天以前，白帽子女人说及的话，就觉得这些从三三日益长大快要发生的事情，不知还有许多。

她零零碎碎就记起一些属于别人的印象来了……一顶凤冠，用珠子穿好的，搁到谁的头上？二十抬贺礼，金锁金鱼，这是谁？……床上撒满了花，同百果、莲子、枣子，这是谁？……这是谁？……那三三是不是城里人？……

若不是滑了一下，向前一蹿，这梦还不知如何放肆做下去。

因为听到妈妈口上连作呸呸，三三才回过头来：“娘，你怎么？想些什么？差点儿把鸡蛋篮子也摔了。你想些什么？”

“我想我老了，不能进城去看世界了。”

“你难道欢喜进城吗？”

“你将来一定是要到城里去的！”

“怎么一定？我偏不上城里去！”

“那自然好极了。”

两人又走着，三三忽然又说：“娘，娘，为什么你说我要到城里去？你怎么想起这件事？”

母亲忙分辩说：“你不去城里，我也不去城里。城里天生是给城里人预备的；我们有我们的碾坊，自然不会离开的。”

不到一会儿，就望到大寨子那门楼了，门前有许多大榆树和梧桐。两人进了寨门向南走，快要走到时，就望见榆树下面，有许多人站立，好像在看热闹，其中还有一些人，忙手忙脚地搬移一些东西，看情形一定是发生了什么事情，或者来了远客，或者还有别的原因。母女两人也不什么出奇，依然慢慢地走过去。三三一面走一面说：“莫非是衙门的委员来了？娘，我在这里等你，你先过去看看吧。”母亲随随便便答应着，心里觉得有点蹊跷，就把篮子放下，要三三等着，自己赶上前去了。

这时恰巧有个妇人抱了自己孩子向北走，预备回家，看见三三了，就问：“三三，怎么你这样早，有些什么事？”但同时却看到了三三篮里的鸡蛋了，“三三，你送谁的礼呢？”

三三说：“随便带来的。”因为不想同这人说别的话，于是低下头去，用手盘弄那个盘云的葱绿围腰扣子。

那妇人又说：“你妈呢？”

三三还是低着头用手向南方指着："过那边去了。"

那女人说："那边死了人。"

"是谁死了？"

"就是上个月从城中搬来在总爷家养病的少爷。只说是病，前一些日子还常常出外面玩，谁知忽然犯病就死了。"

三三听到这个，心里一跳，心想："难道是真话吗？"

这时节，母亲从那边也知道消息了，匆匆忙忙地跑回来，心口咚咚跳着，脸儿白白的，到了三三跟前，什么话也不说，拉着三三就走。好像是告三三，又像是自言自语地说："就死了，就死了，真不像会死！"

但三三却立定了，问："娘，那白脸先生死了吗？"

"都说是死了的。"

"我们难道就回去吗？"

母亲想想，"真的，难道就回去？"

因此母女两人又商量了一下，还是过去看看，好知道究竟是什么原因。三三且想见见那白帽子女人，找到白帽子女人，一切就明白了。但一走进大门边，望见许多人站在那里，大门却敞敞地开着。两人又像怕人家知道他们是来送礼的，不敢进去。在那里就听许多人说到这个病人的一切，说到那个白帽子女人，称呼她为病人的媳妇，又说到别的。都显然证明这些人并不和这两个城里人有什么熟识。

三三脸白白的拉着妈妈的衣角，低声地说："娘，走。"两人于是就走了。

到了磨坊，因为有人挑了谷子来在等着碾米，母亲提着蛋篮子进去了。三三站立溪边，眼望一泓碧流，心里好像掉了什么东西。极力去记忆这失去的东西的名称，却数不出。

母亲想起三三了，在里面喊着三三的名字，三三说：“娘，我在看虾米呢。”

“来把鸡蛋放到坛子里去，虾米在溪里可以成天看！”因为母亲那么说着，三三只好进去了。水闸门的闸板已提起，磨盘正开始在转动，母亲各处找寻油瓶，为碾盘轴木加油，三三知道那个油瓶挂在门背后，却不作声，尽母亲乱乱地各处去找。三三望着那篮子，就蹲到地下去数篮里的鸡蛋，数了半天。后来碾米的人，问为什么那么早拿鸡蛋到别处去，送谁，三三好像不曾听到这个话，站起身来又跑出去了。

一九三一年八月写成于青岛

龙　朱

第一　说这个人

郎家苗人中出美男子，仿佛是那地方的父母全曾参与过雕塑天王菩萨的工作，因此把美的模型留给儿子了。族长儿子龙朱年十七岁，是美男子中之美男子。这个人，美丽强壮像狮子，温和谦驯如小羊。是人中模型、是权威、是力、是光。种种比譬全只为了他的美。其他德行则与美一样，得天比平常人特别多。

提到龙朱相貌时，就使人生出一种鄙视自己的心情。平时在各样事业得失上全引不出妒忌的神巫，因为有次望到龙朱的鼻子，也立时变成小气，甚至于想用钢刀去刺破龙朱的鼻子。这样与天作难的倔强野心却生之于神巫。到后又却因为那个美，仍然把这神巫克服了。

郎家，以及乌婆、彝族、花帕、长脚各族，人人都说龙朱相貌长得好看，如日头光明，如花新鲜，正因为说这样话的人太多，无量的阿谀，反而烦恼了龙朱了。好的风仪用处不是得阿谀。（龙朱的地位，已就应当得到各样人的尊敬歆羡了。）既不能在女人中煽动勇敢的悲欢，好的风仪全成为无意思之事。龙朱走到水边去，照过了自己，相信自己的好处，又时时用铜镜检查自己，觉得并不为人过誉。然而结果如何呢？似乎龙朱不像是应当在每个女子理想中的丈夫那么平常，因此反而与妇女们离远了。

女人不敢把龙朱当成目标，做那荒唐艳丽的梦，不是女人的过错。在任何民族中，女子们，不能把神作对象，来热烈恋爱，来流泪流血，不是自然的事吗？任何种族的妇人，原永远是一种胆小知分的生物，要情人，也知道要什么样情人为合乎身份。纵其中并不乏勇敢不知事故的女子，也自然能从她的不合理希望上得到一种好教训。相貌堂堂是女子倾心的缘由，但一个过分美观的身材，却只做成了与女子相远的方便。谁不承认狮子是孤独兽物？狮子永远孤独，就只为了狮子全身的纹彩与众不同。

龙朱因为美，有那与美同来的骄傲不？凡是到过青石冈的苗人，全都能赌咒做证，否认这个事。人人总说总爷的儿子，从不用地位虐待过人畜，也从不闻对长年老辈妇人女子失过敬礼。在称赞龙朱的人口中，总还不忘同时提到龙朱的相貌。全寨中，年轻汉子们，有与老年人争吵事情时，老人词穷，就必定说，我老了，你青年人，干吗不学龙朱谦恭对待长辈？这青年汉子，若还有羞耻心存在，必立时遁去，不说话，或立即认错，作揖赔礼。一个妇人与人谈到自己儿子，总常说，儿子若能像龙朱，那就卖自己与江西布客，让儿子得钱花用，也愿意。所有未出嫁的女人，都想自己将来有个丈夫能与龙朱一样。所有同丈夫吵嘴的妇人，说到丈夫时，总说你不是龙朱，真不配管我磨我；你若是龙朱，我做牛做马也甘心情愿。

还有，一个女人同她的情人，在山峒里约会，男子不失约，女人第一句赞美的话总是“你真像龙朱”。其实这女人并不曾同龙朱有过交情，也未尝听到谁个女人同龙朱约会过。

一个长得太标致了的人，是这样常常容易为别人把名字放到口上咀嚼的。

龙朱在本地方远远近近，得到如此尊敬爱重。然而他是寂寞的。这人是兽中之狮，永远当独行无伴！

在龙朱面前，人人觉得是极卑小，把男女之爱全抹杀，因此这族长的儿子，却仿佛永远无从爱女人了。女人中，属于乌婆族，以出产多情才貌女子著名地方的女人，也从无一个敢来在龙朱面前，闭上一只眼，荡着她上身，向龙朱调情。也从无一个女人，敢把她绣成的荷包，掷到龙朱身边来。也从无一个女人，敢把自己姓名与龙朱姓名编成一首歌，来到跳年时节唱。然而所有龙朱的亲随，所有龙朱的奴仆，又正因为强壮美好，正因为与龙朱接近，如何在一种沉醉狂欢中享受这个种族中年轻女人小嘴长臂的温柔！

“寂寞的王子，向神请求帮忙吧。”

使龙朱生长得如此壮美，是神的权力，也就是神所能帮助龙朱的唯一事。至于要女人倾心，是人的事啊！

要自己，或他人，设法使女人来在面前唱歌，疯狂中裸身于草席上面献上贞洁的身，只要是可能，龙朱不拘牺牲自己所有任何物，都愿意。然而不行。任怎样设法，也不行。齐梁桥的洞口终于有合龙的一日，有人能说在高大山洞合龙以前，龙朱能够得到女人的爱，是不可信的事。

民族中积习，折磨了天才与英雄，不是在事业上粉身碎骨，便是在爱情中退位落伍。这不是仅仅白耳族王子的寂寞，他一种族中人，也总不缺少同样的故事！不是怕受天责罚，也不是另有所畏，也不是预言者曾有明示，也不是族中法律限制，自自然然，所有女人都将她的爱情给了一个男子，轮到龙朱却无分了。

在寂寞中龙朱是用骑马猎狐以及其他消遣把日子混下去的。

日子如此过了四年，他二十一岁。

四年后的龙朱，没有与以前日子龙朱两样处，另一方面也许可以指出一点不同来，那就是说如今的龙朱，更像一个好情人了。年龄在这个神工打就的身体上，增加上了些更表示“力”更像男子的东西，应长毛的地方生长了茂盛的毛，应长肉的地方添上了结实的肉，一颗心，则同样因为年龄所补充的，更其能顽固地预备承受爱、给予爱了。

他越觉得寂寞。

虽说齐梁洞并未有合龙，二十一岁的人年纪算轻，来日正长，前途大好，然而什么时候是那补偿填还时候呢？有人能做证，说天所给别的男子的那一分幸福与苦恼，过不久也将同样分派给龙朱吗？有人敢包，说到另一时，会有个初生之犊一般的女子。不怕一切来爱龙朱吗？

郎家族男女结合，在唱歌。大年时，端午时，八月中秋时，以及跳年刺牛大祭时，男女成群唱，成群舞。女人们，各自穿了峒锦衣裙，各戴花擦粉，供男子享受。平常时，大好天气下，或早或晚，在山中深洞，在水滨，唱着歌，把男女吸到一块儿来，即在太阳或月亮下，成了熟人，做着只有顶熟的人可做的事。在此习惯下，一个男子不能唱歌他是种羞辱，一个女子不能唱歌她不会得到好丈夫。抓出自己的心，放在爱人的面前，方法不是钱，不是貌，不是门阀也不是假装的一切，只有真实热情的歌。所唱的，不拘是健壮乐观，是忧郁，是怒，是恼，是眼泪，总之还是歌。一个多情的鸟绝不是哑鸟。一个人在爱情上无力勇敢自白，那在一切事业上也全是无希望可言，这样人绝不是好人！

那么龙朱必定是缺少这一项，所以不行了？

事实又并不如此。龙朱的歌全为人引作模范的歌。用歌发誓的青年男子女人，全采用龙朱誓歌那一个韵。一个情人被对方的歌窘倒时，总说胜利人拜过龙朱作歌师傅。凡是龙朱的声音，别人都知道。凡是龙朱唱的歌，无一个女人敢接声。各样的超凡入圣，把龙朱摒除于爱情之外，歌的太完全太好，也仿佛成为一种吃亏理由了。

有人拜龙朱作歌师傅的话，也是当真的。手下的用人，或其他青年汉子，在求爱时腹中歌词为女人逼尽，或为一种浓烈情感扼着了他的喉咙，歌唱不出心中的恩怨，来请教龙朱，龙朱总不辞。经过龙朱的指点，结果是多数把女子引回家，成了管家妇；或者领导到山峒中，互相把心愿了销。熟读龙朱的歌的男子，博得美貌善歌的女人倾心，也有过许多人。但是歌师傅永远是歌师傅，直接要龙朱教歌的，总全是男子，并无一个年轻女人。

龙朱是狮子，只有说这个人是狮子，可以使平常人对于他的寂寞得到一种解释！

当地年轻女人到什么地方去了呢？懂到唱歌要男人的，都给一些歌战胜，全引诱尽了。凡是女人都明白情欲上的固持是一种痴处，所以女人宁愿减价卖出，无一个敢屯货在家。如今是只能让日子过去一个办法，因了日子的推迁，希望那新生的犊中也有那不怕狮子的犊在。

龙朱是常常这样自慰着度着每个新的日子，人事凑巧处正多着，在齐梁桥洞口合龙以前，也许龙朱仍然可以得着一种好运！

第二　说一件事

中秋大节的月下整夜歌舞，已成了过去的事了。大节的来临，反而更寂寞，也成了过去的事了。如今已到了九月。打完谷子了。拾完桐子了。红薯早挖完下窖了。冬鸡已上孵，快要生出小鸡了。连日晴明出太阳，天气冷暖宜人。年轻女子全都负了柴耙同篾笼上坡扒草。各处山坡上都有歌声，各处山峒里，都有情人在用干草铺就并撒有野花的临时床铺上并排坐或并头睡。这九月是比春天还好的九月。

龙朱在这样时候更多无聊。出去玩，打鸠本来非常相宜，然而一出门，就听到各处歌声，到许多地方又免不了要碰到那成双作对的人，于是大门也不敢出了。

无所事事的龙朱，每天只在家中磨刀。这预备在冬天来剥豹皮的刀，是宝物，是龙朱的朋友。无聊无赖的龙朱，正用着那“一日三摩挲，剧于十五女”的心情来爱这口宝刀的。刀用清油在一方小石上磨了多日，光亮到暗中照得见人，锋利到把头发放近刀口，吹一口气发就成两截。然而他还是每天把这把刀来磨砺。

某天，一个比平常日子似乎更像是有意帮助青年男女“野餐”的一天，黄黄的日头照满全村，龙朱仍然在阳光下磨刀。

在这人脸上有种孤高鄙夷的表情，嘴角的笑纹也变成了一条对生存感到烦厌的线。他时时凝神听察堡外远处女人的尖细歌声，又时时顾望天空。黄日头照到他一身，使他身上有春天温暖。天是蓝天，在蓝天做底的景致中，常常有雁鹅排成人字或一字写在那虚空。龙朱望到这些也不笑。

什么事把龙朱变成这样阴郁的人呢？郎家、乌婆族、彝族、花帕、长脚……每一族的年轻女人都应负责，每一对年轻情人都应致歉。妇女们，在爱情选择中遗弃了这样完全人物，是菩萨神鬼不许可的一件事，是爱神的耻辱，是民族灭亡的先兆。女人们对于恋爱不能发狂，不能超越一切利害去追求，不能选她顶欢喜的一个人，不论是什么种族，这种族都近于无用。

龙朱正磨刀，一个五短身材的奴隶走到他身边来，伏在龙朱的脚边，用手攀他主人的脚。

龙朱瞥了一眼，仍然不作声，低头磨刀。

这个奴隶抚着龙朱的脚也不作声。

远处正有一片歌声飞来。过了一阵，龙朱发声了，声音像唱歌，在糅合了庄严和爱的调子中夹着一点儿愤懑，说：“矮子，你又不听我话，做这个样子！”

“主，我是你的奴仆。”

“难道你不想做朋友吗？”

“我的主，我的神，在你面前我永远卑小。谁人敢在你面前平排？谁人敢说他的尊严在美丽的龙朱面前还有存在必须！谁人不愿意永远为龙朱做奴做婢？谁……”

龙朱用顿足制止了矮奴的奉承，然而矮奴仍然把最后一句“谁个女子敢想象爱上龙朱？”恭维得不得体的话说毕，才站起来。

矮奴站起了，也仍然如平常人跪下一般高。矮人似乎真适宜做奴隶的。

龙朱说：“什么事使你这样可怜？”

“在主面前看出我的可怜，这一天我真值得生存了。”

“你人太聪明了。”

“经过主的称赞呆子也成了天才。”

“我说的是毫不必需的聪明。是令人讨厌的废话。我问你，到底有什么事？”

“是主人的事，因为主在此事上又可见出神的恩惠。”

“你这个只会唱歌不会说话的人，真要我打你了。”

矮奴到这时才把话说到身上。这时他哭着脸，表明自己的苦恼和失望，且学着龙朱生气时顿足的样子。这行为，若在别人猜来，也许以为矮子服了毒，或者肚脐被山蜂所螫，所以做成这神气，表明自己痛苦，至于龙朱，则早已明白，猜得出矮子的郁郁不乐，不出赌博输钱或失欢女人两件事。

龙朱不作声，高贵地笑，于是矮子说：

“我的主，我的神，我的事是瞒不了你的。在你面前的仆人，又被一个女子欺侮了！”

“得了，谁能欺负你？你是一只会唱谄媚曲子的鸟，被欺侮是不会有的事！”

“但是，主，爱情把仆人变成一只蠢鸟了。”

“只有人在爱情中变聪明的事。”

“是的，聪明了，仿佛比其他时节聪明了一点点，但在一个比自己更聪明的人面前，我看出我自己蠢得像一只猪。”

“你这土鹦哥平日的本事往什么地方去了？”

“平时哪里有什么本事呢！这只土鹦哥，嘴巴大，身体大，唱的歌全是学来的，不中用。”

“把你所学的全唱唱，也就很可以打胜仗。”

“唱虽唱过了，还是失败。”

龙朱皱了一皱眉毛，心想这事怪。

然而一低头，望到矮奴这样矮；便了然于矮奴的失败是在身体，不是在歌喉了。龙朱微笑说：

“矮东西，莫非是为你相貌把事情弄坏了。”

“但是她并不曾看清楚我是谁。若她知道我是在美丽无比的龙朱王子面前的矮奴，那她早被我引到黄虎洞做新娘子了。”

“我不信。一定是土气太重。”

“主，我赌咒。这个女人不是从声音上量得出我身体长短的人。但她在我歌声上，却一定把我心的长短量出了。”

龙朱还是摇头，因为自己是即或见到矮人站在面前，至于度量这矮奴心的长短，还不能够的。

“主，请你信我的话。这是一个美人，许多人唱枯了喉咙，还为她所唱败！”

“既然是好女人，你也就应把喉咙唱枯，为她吐血，才是爱。”

“我喉咙枯了，才到主面前来求救。”

“不行不行，我刚才还听过你恭维了我一阵，一个真真为爱情绊倒了脚的人，他绝不会过一阵又能爬起来说别的话！”

“主啊，”矮奴摇着他那颗大头颅，悲声地说道，“一个死人在主面前，也总有话赞扬主的完全美好，何况奴仆呢。奴仆是已为爱情绊倒了脚，但一同主人接近，仿佛又勇气勃勃了。主给人的勇气比何首乌补药还强十倍。我仍然唱去了。让人家战败了，我也不说是主的奴仆，不然别人会笑主用着这样一个蠢人，丢了郎家的光荣！”

矮奴于是走了。但最后说的几句话，却激起了龙朱的愤怒，把矮子叫着，问，到底女人是怎样的女人。

矮奴把女人的脸、身以及歌声，形容了一次。矮奴的言语，正如他自己所称，是用一支秃笔与残余颜色涂在一块破布上的。在女人的歌声上，他就把所有青石冈地方有名的出产比喻净尽。说到像甜酒，说到像枇杷，说到像三羊溪的鳜鱼，说到像大兴场的狗肉，仿佛全是可吃的东西。矮奴用口作画的本领并不蹩脚。

在龙朱眼中，看得出矮奴有点儿饥饿，在龙朱心中，则所引起的，似乎也同甜酒、狗肉引起的欲望相近。他有点好奇，不相信，就同到一起去看看。

正想设法使龙朱快乐的矮奴，见说主人要出去，当然欢喜极了，就着忙催主人出寨门往山中去。

不一会儿，这郎家的王子就到山中了。

藏在一堆干草后面的龙朱，要矮奴大声唱出去，照他所教的唱。先不闻回声。矮奴又高声唱。过一会儿，在对山，在毛竹林里，却答出歌来了。音调是花帕族中女子悦耳的音调。

龙朱把每一个声音都放到心上去，歌只唱三句，就止了。有一句留着待答歌人解释。龙朱就告给矮奴答复这一句歌。又教矮奴也唱三句出去，等那边解释。龙朱的歌意思：凡是好酒就归那善于唱歌的人喝，凡是好肉也应归善于唱歌的人吃，只是你姣好美丽的女人应当归谁？

女人就答一句，意思是：好的女人只有好男子才配。她且即刻又唱出三句歌来，就说出什么样男子方是好男子。说好男子时，提到龙朱的大名，又提到别的两人的名，那另外两个名字却是历史上的美男子名字，只有龙朱是活人。女人的意思是：你不是龙朱，又不是××××，你与我对歌的人究竟算什么人？你糊涂，你不用妄想。

“主，她提到你的名！她骂我！我就唱出你是我的主人，说她只配同主人的奴隶相交。”

龙朱说：“不行，不要唱了。”

“她胡说，应当要让她知道她是只够得上为主人擦脚的女子。”

然而矮奴见龙朱不作声，也不敢回唱出去了。龙朱的心深沉到刚才几句歌中去了。他料不到有女人敢这样大胆。虽然许多女子骂男人时，都总说，“你不是龙朱”，这事却又当别论了。因为这时谈到的正是谁才配爱她的问题。女人能提出龙朱名字来，女人骄傲也就可知了。龙朱想既然这样，就让她先知道矮奴是自己的用人，再看情形如何。

于是矮奴依照龙朱所教的，又唱了四句。歌的意思是：吃酒糟的人何必说自己量大，没有根底的人也休想同王子要好，若认为掺了水的酒总比酒糟还行，那与龙朱的用人恋爱也就很写意了。

谁知女子答得更妙，她用歌表明她的身份，说，只有乌婆族的女人才同龙朱用人相好，花帕族女人只有外族的王子可以论交，至于花帕苗中的自己，为预备在郎家苗中与男子唱歌三年，再预备来同龙朱对歌的。

矮子说：“我的主，她尊视了你却小看了你的仆人，我要解释我这无用用人并不是你的仆人，免得她知道了耻笑！”

龙朱对矮奴微笑，说：“为什么你不应当说‘你对山的女子，胆量大就从今天起始来同我龙朱主人对歌’呢？你不是先才说到要她知道我在此，好羞辱羞辱她吗？”

矮奴听到龙朱说的话，还不很相信得过，以为这只是主人说的笑话。他想不到主人因此就会爱上这个狂妄大胆的女人。他以为女人不知对山有龙朱在，唐突了主人，主人纵不生气，自己也应当生气。告女人龙朱在此，则女人虽觉得羞辱了，可是自己的事情也完了。

龙朱见矮奴迟疑，不敢接声，就打一声吆喝，让对山人明白，表示还有接歌的气概，尽女人起头。龙朱的行为使矮奴发急，矮奴说：“主，你在这儿我已没有歌了。”

“你照到意思唱下去，问她胆子既然这样大，就拢来，看看这个如虹如日的龙朱。”

“我当真要她来？”

“当真！要来我看看是什么样女人，敢轻视我们说不配同花帕族女子相好！”

矮奴又望了望龙朱，见主人情形并不是在取笑他的用人，就全答应下来了。他们歌唱出口后，于是等待着女子的歌声，稍过一会儿，女子果然又唱起来了。所唱的意思是：对山的竹雀你不必叫了，对山的蠢人你也不必唱了，还是想法子到你龙朱王子的奴仆前学三年歌，再来开口。

矮奴说：“主，这话怎么回答？她要我跟龙朱的用人学三年歌，再开口，她还是不相信我是你最亲信的奴仆，还是在骂我郎家苗的全体！”

龙朱告矮奴一首非常有力的歌，唱过去，那边好久好久不回。矮奴又提高喉咙唱。回声来了大骂矮子，说矮奴偷龙朱的歌，不知羞，至于龙朱这个人，却是值得在走过的路上撒满鲜花的。矮奴烂了脸，不知所答。年轻的龙朱，再也不能忍下去了，小小心心，压着了喉咙，平平地唱了四句。声音的低平仅仅使对山一处可以明白，龙朱是正怕自己的歌使其他男女听到，因此哑喉半天的。龙朱的歌中意思就是说：唱歌的高贵女人，你常常提到郎家苗一个平凡的名字使我惭愧，因为我在我族中是最无用的人，所以我族中男子在任何地方都有情人，独名字在你口中出入的龙朱却仍然是个独身。

不久，那一边像思索了一阵，也幽幽地唱和起来了，唱的是：你自称为郎家苗王子的人我知道你不是，因为这王子有银锣银钟的声音，本来呢，拿所有花帕苗年轻女子供龙朱做垫还不配，但爱情是超过一切的事情，所以你也不要笑我。所歌的意思，极其委婉谦和，音节又极其整齐，是龙朱从不闻过的好歌。因为对山女人总不相信与她对歌的是龙朱，所以龙朱不由得不放声唱了。

这歌是用顶精粹的言语，自顶纯洁的一颗心中摇着，从一个顶甜蜜的口中喊出，成为顶热情的音调。这样一来所有一切声音仿佛全哑了。一切鸟声与一切远处歌声，全成了这王子歌时和拍的一种碎声，对山的女人，从此沉默了。

龙朱的歌一出口，矮奴就断定了对山再不会有回答。这时节等了一阵，还无回声，矮奴说："主，一个在奴仆当来是劲敌的女人，不等主的第二个歌已压倒了。这女人不久还说大话，要与郎家王子对歌，她学三十年还不配！"

矮奴不问龙朱意见，许可不许可，就又用他不高明的中音唱道：

你花帕族中说大话的女子，
大话以后不用再说了，
若你欢喜做郎家王子仆人的新妇，
他愿意你过来见他的主同你的夫。

仍然不闻有回声。矮奴说，这个女人莫非害羞上吊了吧。矮奴说的原只是笑话，然而龙朱却说过对山看看去。龙朱说后就走，沿上谷流水沟下去。跟到龙朱身后追着，两手拿了一大把野黄菊同山红果的，是想做新郎的矮奴。

矮奴常说，在龙朱王子面前，跛脚的人也能跃过阔涧。这话是真的。如今的矮奴，若不是跟了主人，这身长不过四尺的人，就绝不会像腾云驾雾一般地飞！

第三　唱歌过后一天

“狮子，我说过你，永远是孤独的！”郎家为一个无名勇士立碑，曾有过这样句子。

龙朱昨天并没有寻到那唱歌人。到女人所在处的毛竹林中时，不见人。人走去不久，只遗了无数野花。跟踪各处追，还是见不着。各处找遍了，山中不少好女子，各躺在草地唱歌歇息，见到龙朱来时，识与不识都立起来怯怯地为龙朱的美所征服，见到的女子，问矮奴是不是那一个人，矮奴总摇头。

龙朱又重复回到女人唱歌地方，别无所有，只见一片落英撒在垫坐的干草上，望到这个野花的龙朱，如同嗅过血腥气的小豹，虽按捺自己咆哮，仍不免要憎恼矮奴走得太慢。其实那走在前面的是龙朱，矮奴则两只脚像贴了神行符，全不自主，只仿佛像飞。矮奴无过错。不过女人比鸟儿，这称呼得实在太久了，不怕主仆二人走得怎样飞快，鸟儿毕竟还是先已飞往远处去了！

天气渐渐夜下来，各处有鸡叫，各处有炊烟，龙朱废然归了家。那想做新郎的矮奴，跟在主人的后面，把所有的花全丢了，两只长手垂到膝下，还只说见了她非抱她不可，万料不到自己是拿这女人在主人面前开了多少该死的玩笑！天气当时原是夜下来了。矮奴又是跟在龙朱王子的后面，望不到主人脸上的颜色。一个聪明的仆人，即或怎样聪明，总也不会闭了眼睛知道主人的心情的。

龙朱过了一个特别的烦恼日子，半夜睡不着，起来怀了宝刀，披上一件豹皮小褂，走到堡墙上去瞭望。无所闻，无所见，入目的只是远山上的野烧明灭。各处村庄全睡尽了，大地也睡了。寒月凉露，助人悲思，于是这个少年王子，仰天叹息，悲怀抑郁。且远处山下，听有孩子哭声，如半夜醒来吃奶时情形，龙朱更难自遣。

龙朱想，这时节，各地各处，那洁白如羔羊、温和如鸽子的女人，岂不是全都正在新棉絮中做好梦？当地的青年，在日里唱歌倦了的心，做工疲倦了的身体，岂不是在这时节也全得到休息了吗？只是那扰乱了自己心胃的女人，究竟在什么地方呢？她不应当如同其他女人，在新棉絮中做梦。她不应当有睡眠。她这时应当来思索她所歆慕的王子的歌声。她应当野心扩张，希望我凭空而下。她应当为思我而流泪，如悲悼她情人的死去……但是，这女子究竟是什么人的女儿？

烦恼中的龙朱，拔出刀来，向天作誓说："你大神，你老祖宗，神明在左在右，我龙朱不能得到这女人做妻，我永远不与女人同眠，承宗接祖事我不负责！若爱情必须用血来调换时，我愿在神面前立约，我如得到她，斫下一只手也不翻悔！"

立过誓后的龙朱，回转自己的屋中，和衣睡了。睡后不久，就梦到女人缓缓唱歌而来，身穿白衣白裙，钉满了小小银泡，头发纷披在身后，模样如救苦救难观世音。女人的神奇，使白耳族王子屈膝，倾身膜拜。但是女人却不理会，越去越远了。白耳族王子就赶过去，拉着女人的衣裙。女人回过头笑了。女人一笑龙朱就勇敢了，这王子猛如豹子擒羊，把女人连衣抱起飞向一个最近的山洞中去。龙朱做了男子。龙朱把最武勇的力、最纯洁的血、最神圣的爱，全献给这梦中女子了。

郎家的大神是能护佑青年情人的，龙朱所要的，业已由神帮助得到了。

日里的龙朱，已明白昨夜一个好梦所交换的是些什么了，精神反而更充实了一点，坐到那大石磴上晒太阳，在太阳下深思人世苦乐的分界。

矮奴愁眉双结走进院中来，来到龙朱脚边伏下，龙朱轻轻用脚一踢，就乘势一个筋斗，翻身而起。

“我的主，我的神，若不是因为你有时高兴，用你尊贵的脚踢我，奴仆的筋斗绝不至于如此纯熟！”

“讨厌的东西，你该打十个嘴巴。”

“那大约因为口牙太钝，本来是在主跟前的人，无论如何也应当比奴仆聪明十倍！”

“唉，矮陀螺，你又在做戏了。我警告了你不知道有多少回，不许这样，难道全都忘记了吗？你大约似乎把我当作情人，来练习一种精粹谄媚技能吧。”

“主，惶恐！奴仆是当真有一种野心，在主面前来练习一种技能，以便将来把主的神奇编成历史的。”

“你近来一定赌博又输了，缺少钱扳本。一个天才在穷时越显得是天才，所以这时节的你到我面前时寡话就特别多。”

“主啊，是的。我赌输了，损失不少。但输的不是金钱，是爱情！”

“我以为你肚子这样大，爱情纵输也输不尽的！”

“用肚子大小比爱情贫富，主的想象真是历史上大诗人的想象。不过……”

矮奴从龙朱脸上看出龙朱今天情形不同往日，所以不说了。这据说爱情上赌输了的矮奴，看得出主人有要出去走走的样子，就改口说：

“主，这样好的天气，真是日头神特意为主出游而预备的天气，不出去像不大对得起这大神一番好意！”

龙朱说：“日神为我预备的天气我倒好意思接受，你为我预备的恭维我可受不了。”

“本来主并不是人中的皇帝，要倚靠恭维阿谀而生存。主是天上的虹，同日头与雨一块儿长在世界上的，赞美形容自然多余。”

“那你为什么还是这样唠唠叨叨？”

“在美好的月光下野兔也会跳舞，在主的光明照耀下我当然比野兔聪明一点儿。”

“够了！随我到昨天唱歌女人那地方去，或者今天可以见见那个女人。”

“主啊，我就是来报告这件事。我已经探听明白了。女人是黄牛寨寨主的姑娘。据说这寨主除会酿制好酒以外就是会养女儿。寨中据说姑娘有三个，这是第三个，还有大姑娘、二姑娘不常出来。不常出来的据说生长得更美。这全是有福气的人享受的！我的主，我当听到女人是这家人的姑娘时，我才知道我是一只癞蛤蟆。这样人家的姑娘，为郎家王子擦背擦脚，勉勉强强。主若是想要，我们就差人抢来。”

龙朱稍稍生了气，说：“给我滚了吧，矮子，白耳族的王子是抢别人家的女儿的吗？说这个话不知羞吗？”

矮奴当真就把身卷成一个球，滚到院中一角去。是这样，算是知羞了。然而听过矮奴的话以后的龙朱怎么样呢？三个女人就在离此不到三里路的堡寨里，自己却一无所知，白耳族的王子真是多么愚蠢！到第三的小鸟也能出窠迎太阳与生人唱歌，那大姐二姐是已成了熟透的桃子多日了。让好女人守在家中等候那命运中远方大风吹来的美男子作配，这是神的意思。但是神这意思又是多么自私！龙朱如今既把情形探明白了，也不要风，也不要雨，自己马上就应当走去！

龙朱不再理会矮奴就跑出去了。矮奴这时节正在用手代足走路，作戏法娱龙朱，见龙朱一走，知道主人脾气，也忙站起身追出去。

“我的主，慢一点儿，别太忙！在笼中畜养的雀儿是始终飞不远的。主，你白忙有什么用？”

龙朱虽听到后面矮奴的声音，却仍不理会，如一支箭向黄牛寨射去。

快要到大寨边，郎家的王子是已全身略觉发热了。这王子，一面想起许多事，还是要矮奴才行，于是就去到一株大榆树下的青石磴上歇息。这个地方再有两箭远近就是那黄牛寨用石砌成的寨门了。树边大路下是一口大井。溢出井外的水成一小溪活活流着，溪水清明如玻璃。井边有人低头洗菜，龙朱顾望到这人的背影是一个青年女子，心就一动。一个圆圆肩膀，一个大大的发髻，髻上簪了一朵小黄花。龙朱就目不转睛地注意这背影转移，以为总可以有机会见到她的脸。在那边大路上，矮奴却像一只海豹匍匐气喘走来了。矮奴不知道路下井边有人，只望到龙朱，深恐怕龙朱冒冒失失走进寨里却一无所得，就大声嚷：

“我的主，我的神，你不能冒失进去，里面的狗像豹子！虽说你是山中的狮子，无怕狗道理，但是为什么让笑话留给这花帕族，说狮子会被家养的狗吠过呢？”

龙朱也来不及喝止矮奴，矮奴的话却全为洗菜女人听到了。听到这话的女人，就哧地笑了。且知道有人在背后了，才抬起头回转身来，望了望路边人是什么样子。

这一望情形全了然了。不必道名通姓，也不必再看第二眼，女人就知道路上的男子便是白耳族的王子，是昨天唱过了歌今天追跟到此的王子。郎家王子也同样明白了这洗菜的女人是谁。平时气宇轩昂的龙朱，看日头不眨眼睛，看老虎也不动心，只略微把目光与女人清冷的目光相遇，却忽然觉得全身缩小到可笑的情形中了。女人的头发能系大象，女人的声音能制怒狮，这青年王子屈服到这寨主女儿面前，也是平平常常的一件事啊！

矮奴走到了龙朱身边，见到龙朱失神失志的情形，又望见了井边女人的背影，情形已明白了五分。他知道这个女人就是那昨天唱歌被主人收服的女人，且知道这时候无论如何女人也明白蹲在路旁石礅上的男子是龙朱。他有点慌张，不知所措，对龙朱做出一种呆样子，又用一手掩自己的口，一手指女人。

龙朱轻轻附到他耳边说："聪明的扁嘴，这时节，是你做戏的时节！"

矮奴于是咳了一声。女人明知道了头却不回。矮奴于是把音调弄得极其柔和，像唱歌一样地开口说道：

"郎家王子的仆人昨天做了错事，今天特意来当着他主人在姑娘面前赔礼。不可恕的过失是永远不可恕，因此我如今把姑娘想对歌的人引导前来了。"

女人头不回，却轻轻说道："跟到凤凰飞的乌鸦也比锦鸡还好。"

矮奴说："这乌鸦若无凤凰在身边，就有人要拔它的毛……"

说出这样话的矮奴，毛虽不曾拔，耳朵却被龙朱拉长了。小子知道了自己猪八戒性质未脱，赶忙赔礼作揖。听到这话的女人，笑着回过头来，见到矮奴情形，更好笑了。

矮奴见女人掉回了头，就又说道："我的世界上唯一良善的主人，你做错事了。"

"为什么？"龙朱很奇怪矮奴有这种话，所以追问。

"你的富有与慷慨，是各苗族全知道的，所以用不着在一个尊贵的女人面前赏我的金银，那本来不必需，你的良善喧传远近，所以你故意这样教训你的奴仆，别人也相信你不是会发怒的人。但是你为什么不差遣你的奴仆，为那花帕族的尊贵姑娘把菜篮提回，表示你应当同她说说话呢？”

郎家的王子与黄牛寨主的女儿，听到这个话全笑了。

矮奴话还说不完，才责备了主人又来自责。他说：

“不过郎家王子的仆人，照理他应当不必主人使唤就把事情做好，这样他也才配说是龙朱好仆人——”

于是，不听龙朱发言，也不待那女人把菜洗好，走到井边去，把菜篮拿来挂到屈着的手肘上，向龙朱眨了一下眼睛，却回头走了。

龙朱迟了许久才走到井边去。

十天后，龙朱用三十只牛、三十坛酒下聘，做了黄牛寨寨主的女婿。

一九二九年作于上海

萧　萧

乡下人吹唢呐接媳妇，到了十二月是成天会有的事情。

唢呐后面一顶花轿，两个伕子平平稳稳地抬着，轿中人被铜锁锁在里面，虽穿了平时不上过身的体面红绿衣裳，也仍然得荷荷大哭。在这些小女人心中，做新娘子，从母亲身边离开，且准备做他人的母亲，从此必然将有许多新事情等待发生。像做梦一样，将同一个陌生男子汉在一个床上睡觉，做着承宗接祖的事情，这些事想起来，当然有些害怕，所以照例觉得要哭哭，于是就哭了。

也有做媳妇不哭的人。萧萧做媳妇就不哭。这小女子没有母亲，从小寄养到伯父种田的庄子上，终日提个小竹兜箩，在路旁田坎捡狗屎挑野菜。出嫁只是从这家转到那家。因此到那一天，这女人还只是笑。她又不害羞，又不怕。她是什么事也不知道，就做了人家的新媳妇了。

萧萧做媳妇时年纪十二岁，有一个小丈夫，年纪还不到三岁。丈夫比她年少九岁，还不曾断奶。按地方规矩，过了门，她喊他做弟弟。她每天应做的事是抱弟弟到村前柳树下去玩，到溪边去玩。饿了，喂东西吃；哭了，就哄他，摘南瓜花或狗尾草戴到小丈夫头上，或者亲嘴，一面说："弟弟，哪，啵。再来，啵。"在那肮脏的小脸上亲了又亲，孩子于是便笑了。孩子一欢喜兴奋，行动粗野起来，会用短短的小手乱抓萧萧的头发。那是平时不大能收拾蓬蓬松松在头上的黄发。有时候，垂到脑后那条小辫儿被拉得太久，把红绒线结也弄松了，生气了，就打那弟弟几下，弟弟自然哇地哭出声来。萧萧于是也装成要哭的样子，用手指着弟弟的哭脸，说："哪，人不讲理，可不行！"

天晴落雨日子混下去，每日抱抱丈夫，也帮同家中做点杂事，能动手的就动手。又时常到溪沟里去洗衣、搓尿片，一面还捡拾有花纹的田螺给坐在身边的小丈夫玩。到了夜里睡觉，便常常做这种年龄人所做的梦，梦到后门角落或别的什么地方捡得大把大把铜钱，吃好东西，爬树，自己变成鱼到水中各处溜。或一时仿佛身子很小很轻，飞到天上众星中，没有一个人，只是一片白，一片金光，于是大喊"妈！"人就吓醒了。醒来心还只是跳。吵了隔壁的人，不免骂着："疯子，你想什么！白天玩得疯，晚上就做梦！"萧萧听着却不作声，只是咕咕地笑。也有很好很爽快的梦，为丈夫哭醒的事。那丈夫本来晚上在自己母亲身边睡，吃奶方便。有时吃多了奶，或因另外情形，半夜大哭，起来放水拉稀是常有的事。丈夫哭到婆婆无可奈何，于是萧萧轻脚轻手爬起床来，睡眼迷蒙，走到床边，把人抱起，给他看月光、看星光；或者仍然啵啵亲嘴，互相觑着，孩子气地"嗨嗨，看猫啊！"那样喊着哄着，于是丈夫笑了，玩一会会儿，困倦起来，慢慢地合上眼。人睡定后，放上床，站在床边看着，听远处一传一递的鸡叫，知道天快到什么时候了，于是仍然蜷到小床上睡去。天亮后，虽不做梦，却可以无意中闭眼开眼，看一阵在面前空中变幻无端的黄边紫心葵花，那是一种真正的享受。

萧萧嫁过了门，做了拳头大丈夫的小媳妇，一切并不比先前受苦，这只看她一年来身体发育就可明白。风里雨里过日子，像一株长在园角落不为人注意的蓖麻，大叶大枝，日增茂盛。这小女人简直是全不为丈夫设想那么似的，一天比一天长大起来了。

夏夜光景说来如做梦。大家饭后坐到院中心歇凉，挥摇蒲扇，看天上的星同屋角的萤，听南瓜棚上纺织娘子咯咯拖长声音纺车，远近声音繁密如落雨，禾花风悠悠吹到脸上，正是让人在各种方便中说笑话的时候。

萧萧好高，一个人常常爬到草料堆上去，抱了已经熟睡的丈夫在怀里，轻轻地轻轻地随意唱着自编的四句头山歌。唱来唱去却把自己也催眠起来，快要睡去了。

在院坝中，公公婆婆，祖父祖母，另外还有帮工汉子两个，散乱地坐在小板凳上，摆龙门阵学古，轮流下去打发上半夜。

祖父身边有个烟包，在黑暗中放光。这用艾蒿做成的烟包，是驱逐长脚蚊得力东西，蜷在祖父脚边，犹如一条乌梢蛇。间或又拿起来晃那么几下。

想起白天场上的事，祖父开口说话：

“我听三金说，前天又有女学生过身。”

大家就哄然笑了起来。

这笑的意义何在？只因为在大家印象中，都知道女学生没有辫子，留下个鹌鹑尾巴，像个尼姑，又不完全像。穿的衣服像洋人，又不是洋人。吃的，用的……总而言之，事事不同，一想起来就觉得怪可笑！

萧萧不大明白，她不笑。所以老祖父又说话了。他说：

“萧萧，你长大了，将来也会做女学生！”

大家于是更哄然大笑起来。

萧萧为人并不愚蠢，觉得这一定是不利于己的一件事情，所以接口便说：

“爷爷，我不做女学生。”

“你像个女学生，不做可不行。”

“我不做。”

众人有意取笑，异口同声地说："萧萧，爷爷说得对，你非做女学生不行！"

萧萧急得无可如何，"做就做，我不怕。"其实做女学生有什么不好，萧萧全不知道。

女学生这东西，在本乡的确永远是奇闻。每年一到六月天，据说放"水假"日子一到，照例便有三三五五女学生，由一个荒谬不经的热闹地方来，到另一个远地方去，取道从本地过身。从乡下人眼中看来，这些人都近于另一世界中活下的人，装扮奇奇怪怪，行为更不可思议。这种女学生过身时，使一村人都可以说一整天的笑话。

祖父是当地一个人物，因为想起所知道的女学生在大城中的生活情形，所以说笑话要萧萧也去做女学生。一面听到这话，就感觉一种打哈哈趣味，一面还有那被说的萧萧感觉一种惶恐，说这话不为无意义了。

女学生由祖父方面所知道的是这样一种人：她们穿衣服不管天气冷热，吃东西不问饥饱，晚上交到子时才睡觉，白天正经事全不做，只知唱歌打球，读洋书。她们都会花钱，一年用的钱可以买十六只水牛。她们在省里京里想往什么地方去时，不必走路，只要钻进一个大匣子中，那匣子就可以带她到地。城市中还有各种各样的大小不同匣子，都用机器开动。她们在学校，男女一处上课读书，人熟了，就随意同那男子睡觉，也不要媒人，也不要财礼，名叫"自由"。她们也做州县官，带家眷上任，男子仍然喊作"老爷"，小孩子叫"少爷"。她们自己不养牛，却喝牛奶羊奶，如小牛小羊；买那奶时是用铁罐子盛的。她们无事时到一个唱戏地方去，那地方完全像个大庙，从衣袋中取出一块洋钱来（那洋钱在乡下可买五只母鸡），买了一小方纸片，拿了那纸片到里面去，就可以坐下看洋人扮演影子戏。她们被冤了，不赌咒，不哭。她们年纪有老到二十四岁还不肯嫁人的，有老到

三十、四十居然还好意思嫁人的。她们不怕男子，男子不能使她们受委屈，一受委屈就上衙门打官司，要官罚男子的款，这笔钱她有时独占自己花用，有时和官平分。她们不洗衣煮饭，也不养猪喂鸡；有了小孩子，也只花五块钱或十块钱一月，雇个人专管小孩，自己仍然整天看戏打牌，或者读那些没有用处的闲书……

总而言之，说来事事都稀奇古怪，和庄稼人不同，有的简直还可说岂有此理。这时经祖父一说明，听过这话的萧萧，心中却忽然有了一种模模糊糊的愿望，以为倘若她也是个女学生，她是不是照祖父说的女学生一个样子去做那些事情？不管好歹，女学生并不可怕，因此一来，却已为这乡下姑娘初次体念到了。

因为听祖父说起女学生是怎样的人物，到后萧萧独自笑得特别久。笑够了时，她说：

“爷爷，明天有女学生过路，你喊我，我要看看。”

“你看，她们捉你去做丫头。”

“我不怕她们。”

“她们读洋书念经你也不怕？”

“念观音菩萨消灾经，念紧箍咒，我都不怕。”

“她们咬人，和做官的一样，专吃乡下人，吃人骨头渣渣也不吐，你不怕？”

萧萧肯定地回答说：“也不怕。”

可是这时节萧萧手上所抱的丈夫，不知为什么，在睡梦中哭了，媳妇于是用做母亲的声势，半哄半吓地说：

“弟弟，弟弟，不许哭，不许哭，女学生咬人来了。”

丈夫仍然哭着，得抱起各处走走。萧萧抱着丈夫离开了祖父，祖父同人说另外一样古话去了。

萧萧从此以后心中有个“女学生”。做梦也便常常梦到女学生，且梦到同这些人并排走路。仿佛也坐过那种自己会走路的匣子，她又觉得这匣子并不比自己跑路更快。在梦中那匣子的形体同谷仓差不多，里面还有小小灰色老鼠，眼珠子红红的，各处乱跑，有时钻到门缝里去，把个小尾巴露在外边。

因为有这样一段经过，祖父从此喊萧萧不喊“小丫头”，不喊“萧萧”，却唤作“女学生”。在不经意中萧萧答应得很好。

乡下的日子也如世界上一般日子，时时不同。世界上人把日子糟蹋，和萧萧一类人家把日子吝惜是同样的，各有所得，各属分定。许多城市中文明人，把一个夏天完全消磨到软绸衣服、精美饮料以及种种好事情上面。萧萧的一家，因为一个夏天的劳作，却得了十多斤细麻，二三十担瓜。

做小媳妇的萧萧，一个夏天中，一面照料丈夫，一面还绩了细麻四斤。到秋八月工人摘瓜，在瓜间玩，看硕大如盆、上面满是灰粉的大南瓜，成排成堆摆到地上，很有趣味。时间到摘瓜，秋天真的已来了，院子中各处有从屋后林子里树上吹来的大红大黄木叶。萧萧在瓜旁站定，手拿木叶一束，为丈夫编小小笠帽玩。

工人中有个名叫花狗，年纪二十三岁，抱了萧萧的丈夫到枣树下去打枣子。小小竹竿打在枣树上，落枣满地。

“花狗大[1]，莫打了，太多了吃不完。”

虽这样喊，还不动身。到后，仿佛完全因为丈夫要枣子，花狗才不听话。萧萧于是又警告她那小丈夫：

“弟弟，弟弟，来，不许捡了。吃多了生东西肚子痛！”

丈夫听话，兜了大堆枣子向萧萧身边走来，请萧萧吃枣子。

[1] “大”即“大哥”的简称。

“姐姐吃，这是大的。”

“我不吃。”

“要吃一颗！”

她两手哪里有空！木叶帽正在制边，工夫要紧，还正要个人帮忙！

“弟弟，把枣子喂我口里。”

丈夫照她的命令做事，做完了觉得有趣，哈哈大笑。

她要他放下枣子帮忙捏紧帽边，便于添加新木叶。

丈夫照她吩咐做事，但老是顽皮地摇动，口中唱歌。这孩子原来像一只猫，欢喜时就得捣乱。

“弟弟，你唱的是什么？”

“我唱花狗大告我的山歌。”

“好好地唱一个给我听。”

丈夫于是帮忙拉着帽边，一面就唱下去，照所记到的歌唱：

天上起云云起花，
苞谷林里种豆荚，
豆荚缠坏苞谷树，
娇妹缠坏后生家。
天上起云云重云，
地下埋坟坟重坟，
娇妹洗碗碗重碗，
娇妹床上人重人。

歌中意义丈夫全不明白，唱完了就问萧萧好不好。萧萧说好，并且问跟谁学来的，她知道是花狗教他的，却故意盘问他。

“花狗大告我，他说还有好多歌，长大了再教我唱。”

听说花狗会唱歌，萧萧说：

“花狗大，花狗大，你唱一个好听的歌我听听。”

那花狗，面如其心，生长得不很正气，知道萧萧要听歌，人也快到听歌的年龄了，就给她唱“十岁娘子一岁夫”。那故事说的是妻年大，可以随便到外面做一点儿不规矩事情；夫年小，只知吃奶，让他吃奶。这歌丈夫完全不懂，懂到一点儿的是萧萧。把歌听过后，萧萧装成“我全明白”那种神气，她用生气的样子，对花狗说：

“花狗大，这个不行，这是骂人的歌！”

花狗分辩说：“不是骂人的歌。”

“我明白，是骂人的歌。”

花狗难得多说话，歌已经唱过了，错了赔礼，只有不再唱。他看她已经有点懂事了，怕她回头告祖父，会挨顿臭骂，就把话支开，扯到“女学生”上头去。他问萧萧，看没看过女学生习体操唱洋歌的事情。

若不是花狗提起，萧萧几乎已忘却了这事情。这时又提到女学生，她问花狗近来有没有女学生过路，她想看看。

花狗一面把南瓜从棚架边抱到墙角去，告她女学生唱歌的事情，这些事的来源还是萧萧的那个祖父。他在萧萧面前说了点大话，说他曾经到官路上见过四个女学生，她们都拿得有旗子，走长路流汗喘气之中仍然唱歌，同军人所唱得一模一样。不消说，这自然完全是胡诌的笑话。可是那故事把萧萧可乐坏了。因为花狗说这个就叫作“自由”。

花狗是起眼动眉毛、一打两头翘、会说会笑的一个人。听萧萧带着歆羡口气说“花狗大，你膀子真大”，他就说：“我不只膀子大。”

“你身个子也大。”

“我全身无处不大。”

萧萧还不大懂得这个话的意思，只觉得憨而好笑。

到萧萧抱了她的丈夫走去以后，同花狗在一起摘瓜，取名字叫哑巴的，开了平时不常开的口。

“花狗，你少坏点。人家是十三岁黄花女，还要等十年才圆房！”

花狗不作声，打了那伙计一巴掌，走到枣树下捡落地枣去了。

到摘瓜的秋天，日子计算起来，萧萧过丈夫家有一年半了。

几次降霜落雪，几次清明谷雨，一家中人都说萧萧是大人了。天保佑，喝冷水，吃粗粝饭，四季无疾病，倒发育得这样快。婆婆虽生来像一把剪子，把凡是给萧萧暴长的机会都剪去了，但乡下的日头同空气都帮助人长大，却不是折磨可以阻拦得住。

萧萧十五岁时已高如成人，心却还是一颗糊糊涂涂的心。

人大了一点儿，家中做的事也多了一点儿。绩麻、纺车、洗衣、照料丈夫以外，打猪草推磨一些事情也要做，还有浆纱织布。凡事都学，学学就会了。乡下习惯凡是行有余力的都可从劳作中攒点本分私房，两三年来仅仅萧萧个人份上所聚集的粗细麻和纺就的棉纱，也够萧萧坐到土机上抛三个月的梭子了。

丈夫早断了奶。婆婆有了新儿子，这五岁儿子就像归萧萧独有了。不论做什么，走到什么地方去，丈夫总跟在身边。丈夫有些方面很怕她，当她如母亲，不敢多事。他们俩实在感情不坏。

地方稍稍进步，祖父的笑话转到“萧萧你也把辫子剪去好自由”那一类事上去了。听着这话的萧萧，某个夏天也看过了一次女学生，虽不把祖父笑话认真，可是每一次在祖父说过这笑话以后，她到水边去，必不自觉地用手捏着辫子末梢，设想没有辫子的人那种神气，那点趣味。

打猪草，带丈夫上螺蛳山的山阴是常有的事。

小孩子不知世故，听别人唱歌也唱歌。一开腔唱歌，就把花狗引来了。

花狗对萧萧生了另外一种心，萧萧有点明白了，常常觉得惶恐不安。但花狗是男子，凡是男子的美德恶德都不缺少，劳动力强，手脚勤快，又会玩会说，所以一面使萧萧的丈夫非常欢喜同他玩，一面一有机会即缠在萧萧身边，且总是想方设法把萧萧那点惶恐减去。

山大人小，到处是树木蒙茸，平时不知道萧萧所在，花狗就站在高处唱歌逗萧萧身边的丈夫；丈夫小口一开，花狗穿山越岭就来到萧萧面前了。

见了花狗，小孩子只有欢喜，不知其他。他原要花狗为他编草虫玩，做竹箫哨子玩，花狗想方法支使他到一个远处去找材料，便坐到萧萧身边来，要萧萧听他唱那使人开心红脸的歌。她有时觉得害怕，不许丈夫走开；有时又像有了花狗在身边，打发丈夫走去反倒好一点儿。终于有一天，萧萧就这样给花狗把心窍子唱开，变成个妇人了。

那时节，丈夫走到山下采刺莓去了，花狗唱了许多歌，到后却向萧萧唱：

娇家门前一重坡，
别人走少郎走多，
铁打草鞋穿烂了，
不是为你为哪个？

末了却向萧萧说："我为你睡不着觉。"他又说他赌咒不把这事情告给人。听了这些话仍然不懂什么的萧萧，眼睛只注意到他那一对粗粗的手膀子，耳朵只注意到他最后一句话。末了花狗大便又唱了许多歌给她听。她心里乱了。她要他当真对天赌咒，赌过了咒，一切好像有了保障，她就一切尽他了。到丈夫返身时，手被毛毛虫蜇伤，肿了一大片，走到萧萧身边。萧萧捏紧这一只小手，且用口去呵它，吮它，想起刚才的糊涂，才仿佛明白自己做了一点儿不大好的糊涂事。

花狗诱她做坏事情是麦黄四月，到六月，李子熟了，她欢喜吃生李子。她觉得身体有点特别，在山上碰到花狗，就将这事情告给他，问他怎么办。

讨论了多久，花狗全无主意。虽以前自己当天赌得有咒，也仍然无主意。原来这家伙个子大，胆量小。个子大容易做错事，胆量小做了错事就想不出办法。

到后，萧萧捏着自己那条乌梢蛇似的大辫子，想起城里了，她说：

“花狗大，我们到城里去自由，帮帮人过日子，不好吗？”

“那怎么行？到城里去做什么？”

“我肚子大了。”

“我们找药去。场上有郎中卖药。”

“你赶快找药来，我想……”

“你想逃到城里去自由，不成的。人生面不熟，讨饭也有规矩，不能随便！”

“你这没有良心的，你害了我，我想死！”

“我赌咒不辜负你。”

“负不负我有什么用？帮我个忙，赶快拿去肚子里这块肉吧。我害怕！”

花狗不再作声，过了一会儿，便走开了。不久丈夫从他处拿了大把山里红果子回来，见萧萧一个人坐在草地上眼睛红红的，丈夫心中纳罕。看了一会儿，问萧萧：

“姐姐，为什么哭？”

“不为什么，灰尘落到眼睛窝里，痛。”

“我吹吹吧。”

“不要吹。”

“你瞧我，得这些这些。”

他把手中拿的和从溪中捡来放在衣口袋里的小蚌、小石头全部陈列到萧萧面前。萧萧泪眼婆娑看了一会儿，勉强笑着说：“弟弟，我们要好，我哭你莫告家中。告家中我可要生气！”到后这事情家中当真就无人知道。

过了半个月，花狗不辞而行，把自己所有的衣裤都拿去了。祖父问同住的长工哑巴，知不知道他为什么走路，走哪儿去？是上山落草，还是做薛仁贵投军？哑巴只是摇头，说花狗还欠了他两百钱，临走时话都不留一句，为人少良心。哑巴说他自己的话，并没有把花狗走的理由说明。因此这一家稀奇一整天，谈论一整天。不过这工人既不偷走物件，又不拐带别的，这事情过后不久，自然也就把他忘掉了。

萧萧仍然是往日的萧萧。她能够忘记花狗就好了，但是肚子真有些不同了，肚中东西总在动，使她常常一个人干着急，尽做怪梦。

她脾气坏了一点儿，这坏处只有丈夫知道，因为她对丈夫似乎严厉苛刻了好些。

仍然每天同丈夫在一处，她的心，想到的事自己也不十分明白。她常想，我现在死了，什么都好了。可是为什么要死？她还很高兴活下去，愿意活下去。

家中人不拘谁在无意中提起关于丈夫弟弟的话，提起小孩子，提起花狗，都像使这话如拳头，在萧萧胸口上重重一击。

到九月，她担心人知道更多了，引丈夫庙里去玩，就私自许愿，吃了一大把香灰。吃香灰被她丈夫见到了，丈夫问这是做什么，萧萧就说肚痛，应当吃这个。虽说求菩萨保佑，菩萨当然没有如她的希望，肚子中长大的东西依旧在慢慢地长大。

她又常常往溪里去喝冷水，给丈夫看见时，丈夫问她，她就说口渴。

一切她所想到的方法都没有能够使她同自己不欢喜的东西分开。大肚子只有丈夫一人知道，他却不敢告这件事给父母晓得。因为时间长久，年龄不同，丈夫有些时候对于萧萧的怕同爱，比对于父母还深切。

她还记得花狗赌咒那一天里的事情，如同记着其他事情一样。到秋天，屋前屋后毛毛虫都结茧，成了各种好看蝶蛾，丈夫像故意折磨她一样，常常提起几个月前被毛毛虫蜇手的旧话，使萧萧心里难过。她因此极恨毛毛虫，见了那小虫就想用脚去踹。

有一天，又听人说有好些女学生过路，听过这话的萧萧，睁了眼做过一阵梦，愣愣地对日头出处痴了半天。

萧萧步花狗后尘，也想逃走，收拾一点儿东西预备跟了女学生走的那条路上城去。但没有动身，就被家里人发觉了。这种打算照乡下人说来是一件大事，于是把她两手捆了起来，丢在灶屋边，饿了一天。

家中追究这逃走的根源，才明白这个十年后预备给小丈夫生儿子继香火的萧萧肚子已被另一个人抢先下了种。这在一家人生活中真是了不得的一件大事！一家人的平静生活，为这件新事全弄乱了。生气的生气，流泪的流泪，骂人的骂人，各按本分乱下去。悬梁，投水，吃毒药，被禁困着的萧萧，诸事漫无边际地全想到了，究竟是年纪太小，舍不得死，却不曾做。于是祖父从现实出发，想出了个聪明主意，把萧萧关在房里，派人好好看守着，请萧萧本族的人来说话，照规矩，看是“沉潭”还是“发卖”？萧萧家中人要面子，就沉潭淹死了她；舍不得就发卖。萧萧只有一个伯父，在近处庄子里为人种田，去请他时先还以为是吃酒，到了才知道是这样丢脸事情，弄得这老实忠厚的家长手足无措。

大肚子做证，什么也没有可说。照习惯，沉潭多是读过“子曰”的族长爱面子才做出的蠢事。伯父不读“子曰”，不忍把萧萧当牺牲，萧萧当然应当嫁人做“二路亲”了。

这也是一种处罚，好像极其自然，照习惯受损失的是丈夫家里，然而却可以在发卖上收回一笔钱，当作为损失赔偿。那伯父把这事告给了萧萧，就要走路。萧萧拉着伯父衣角不放，只是幽幽地哭。伯父摇了一会儿头，一句话不说，仍然走了。

一时没有相当的人家来要萧萧，送到远处去也得有人，因此暂时就仍然在丈夫家中住下。这件事情既经说明白，照乡下规矩，倒又像不什么要紧，只等待处分，大家反而释然了。先是小丈夫不能再同萧萧在一处，到后又仍然如月前情形，姐弟一般有说有笑地过日子了。

丈夫知道了萧萧肚子中有儿子的事情，又知道因为这样萧萧才应当嫁到远处去。但是丈夫并不愿意萧萧去，萧萧自己也不愿意去。大家全莫名其妙，只是照规矩像逼到要这样做，不得不做。究竟是谁定的规矩，是周公还是周婆，也没有人说得清楚。

在等候主顾来看人，等到十二月，还没有人来，萧萧只好在这人家过年。

萧萧次年二月间，十月满足，坐草生了一个儿子，团头大眼，声响洪壮。大家把母子二人照料得好好的，照规矩吃蒸鸡同江米酒补血，烧纸谢神。一家人都欢喜那儿子。

生下的既是儿子，萧萧不嫁别处了。

到萧萧正式同丈夫拜堂圆房时，儿子已经年纪十岁，有了半劳动力，能看牛割草，成为家中生产者一员了。平时喊萧萧丈夫做大叔，大叔也答应，从不生气。

这儿子名叫牛儿。牛儿十二岁时也接了亲，媳妇年长六岁。媳妇年纪大，才能诸事做帮手，对家中有帮助。唢呐吹到门前时，新娘在轿中呜呜地哭着，忙坏了那个祖父、曾祖父。

这一天，萧萧抱了自己新生的毛毛，在屋前榆腊树篱笆间看热闹，同十年前抱丈夫一个样子。

一九二九年作

八骏图

“先生，您要到海边去玩，从草坪走去，穿过那片树林子，就是海。”

“先生，您想远远地看海，瞧，草坪西边，走过那个树林子——那是加拿大杨树，那是银杏树，从那个银杏树夹道上山，山头可以看海。”

“先生，他们说，青岛海比一切海都不同，比中国各地方海美丽。比北戴河呢，强过一百倍；您不到过北戴河吗？那里海水是清的，浑的？”

“先生，今天七月五号，还有五天学校才上课。上了课，你们就忙了，应当先看看海。”

青岛住宅区 ×× 山上，一座白色小楼房，楼下一个光线充足的房间里，到地不过五十分钟的达士先生，正靠近窗前眺望窗外的景致。看房子的听差，一面为来客收拾房子，整理被褥，一面就同来客攀谈。这种谈话很显然是这个听差希望客人对他得到一个好印象的。第一回开口，见达士先生笑笑不理会。顺眼一看，瞅着房中那口小皮箱上面贴的那个黄色大轮船商标，觉悟达士先生是出过洋的人物了，因此就换口气，要来客注意青岛的海。达士先生还是笑笑的不说什么。那听差于是解嘲似的说，青岛的海与其他地方的海如何不同，它很神秘，很不易懂。

分内事情做完后，这听差搓着两只手，站在房门边说："先生，您叫我，您就按那个铃。我名王大福，他们都叫我老王。先生，我的话您懂不懂？"

达士先生直到这个时候方开口说话："谢谢你，老王。你说话我全听得懂。"

"先生，我看过一本书，学校朱先生写的，名叫《投海》，有意思。"这听差老王那么很得意地说着，笑眯眯地走了。天知道，这是一本什么书。

听差出门后，达士先生便坐在窗前书桌边，开始给他那个远在两千里外的美丽未婚妻写信。

瑗瑗：

我到青岛了。来到了这里，一切真同家中一样。请放心，这里吃的住的全预备好好的！这里有个照料房子的听差，样子还不十分讨人厌，很欢喜说话，且欢喜在说话时使用一些新名词，一些与他生活不大相称的新名词。这听差真可以说是个"准知识阶级"，他刚刚离开我的房间。在房间帮我料理行李时，就为青岛的海，说了许多好话。照我的猜想，这个人也许从前是个海滨旅馆的茶房。他那派头很像一个大旅馆的茶房。他一定知道许多故事，记着许多故事。我想当他作一册活字典，在这里两个月把他翻个透熟。

我窗口正望着海，那东西，真有点迷惑人！可是你放心，我不会跳到海里去的。假若到这里久一点，认识了它，了解了它，我可不敢说了。不过我若一不小心失足掉到海里去了，我一定还将努力向岸边泅来，因为那时我必想起你，我不会让海把我攫住，却尽你一个人孤孤单单。

达士先生打量捕捉一点窗外景物到信纸上，寄给远地那个人看看，停住了笔，抬起头来时，窗外野景便朗然入目。草坪树林与远海，衬托得如一幅动人的画。达士先生于是又继续写道：

我房子的小窗口正对着一片草坪，那是经过一种精密的设计，用人工料理得如一块美丽毯子的草坪。上面点缀了一些不知名的黄色花草，远远望去，那些花简直是绣在上面。我想起家中客厅里你做的那个小垫子。草坪尽头有个白杨林，据听差说那是加拿大种白杨林。林尽头便是一片大海，颜色仿佛时时刻刻皆在那里变化；先前看看是条深蓝色缎带，这个时节却正如一块银子。

达士先生还想引用两句诗，说明这远海与天地的光色。一抬头，便见着草坪里有个黄色点子，恰恰镶嵌在全草坪最需要一点黄色的地方。那是一个穿着浅黄颜色袍子女人的身影。那女人正预备通过草坪向海边走去，随即消失在白杨树林里不见了。人俨然走入海里去了。

没有一句诗能说明阳光下那种一刹而逝的微妙感印。

达士先生于是把寄给未婚妻的第一封信，用下面几句话做了结束。

学校离我住处不算远，估计只有一里路。上课时，还得上一个小小山头，通过一个长长的槐树夹道。山路上正开着野花，颜色黄澄澄如金子。我欢喜那种不知名的黄花。

达士先生下火车时是上午七点二十分。到地把住处安排好了，写完信，就过学校教务处去接洽，同教务长商量暑期学校十二个钟头讲演的分配方法。很简便地办完了，就独自一人跑到海滨一个小餐馆吃了一顿很好的午饭。回到住处时，已是下午两点了。便又起始给那个未婚妻写信，报告半天中经过的事情。

瑗瑗：

我已经过教务处把我那十二个讲演时间排定了。所有时间皆在上午十点前。有八个讲演，讨论的问题，全是我在北京学校教过的那些东西。我不用预备就可以把它讲得很好。另外我还担任四点钟现代中国文学，两点钟讨论几个现代中国小说家所代表的倾向。你想象得出，这些问题我上堂同他们讨论时，一定能够引起他们的兴味。今天五号，过五天方能够开学。

我应当照我们约好的办法，白天除了上课堂上图书馆，或到海边去散步以外，就来把所见所闻一一告给你。我要努力这样做。我一定使你每天可以接到我一封信，这信上有个我，与我在此所见社会的种种。小米大的事也不会瞒你。

我现在住处是一座外表很可观的楼房。这原是学校特别为几个远地聘来的教授布置的。住在这个房子里一共有八个人，其余七个人我皆不相熟。这里住的有物理学家教授甲，生物学家教授乙，哲学家教授丙，史汉专家教授丁，以及西洋文学史专家教授戊等等。这些名流我还不曾见面，过几天我会把他们的神气一一告诉你。

我预备明天到校长家去，我明天将到他那儿吃午饭。我猜想得到，这人一见我就会说："怎么样，还可……应当邀你那个来海边看看！我要你来这里不是害相思病，原就只是让你休息休息，看看海。一个人看海，也许会跌到海里去给大鱼咬掉的！"瑗瑗，你说，我应如何回答这个人。下车时我在车站外边站了一会儿，无意中就见到一种贴在阅报牌上面的报纸。那报纸登载着关于我们的消息，说我们两人快要到青岛来结婚。还有许多事是我们自己不知道的，也居然一行一行地上了版，印出给大家看了。那个做编辑的转述关于我的流行传说时，居然还附加着一个动人的标题：“欢迎周达士先生。”我真害怕这种欢迎。我担心一会儿就会有人来找我。我应当有个什么方法，同一切麻烦离远些，才有时间给你写信。你试想想看，假若我这时正坐在桌边写信，一个不速之客居然进了我的屋子猝然发问：“达士先生，你又在写什么恋爱小说！你一共写了多少？是不是每个故事都是真的？都有意义？”这询问真使人受窘！我自然没有什么可回答。然而一到第二天，他们仍然会写出许多我料想不到的事情！他们会说：达士先生亲口对记者说的。事实呢，他也许就从没见过我。

达士先生离开 ×× 时，与他的未婚妻瑗瑗说定，每天写一封信回 ××。但初到青岛第一天，他就写了三封信。第三封信写成，预备叫听差老王丢进学校邮筒里去时，天已经快夜了。

达士先生在住处窗边享受来到青岛以后第一个黄昏。一面眺望窗外的草坪——那草坪正被海上夕照烘成一片浅紫色。那种古怪色泽引起他一点回忆。

想起另外某一时，仿佛也有那么一片紫色在眼底炫耀。那是几张紫色的信笺，不会记错。

他打开箱子，从衣箱底取出一个厚厚的杂记本子，就窗前余光向那个书本寻觅一件东西。这上面保留了这个人一部分过去的生命。翻了一阵，果然的，一个“七月五日”标题的记事被他找出来了。

七月五日

一切都近于多余。因为我走到任何一处皆将为回忆所围困。

新的有什么可以把我从泥淖里拉出？这世界没有“新”，连烦恼也是很旧了的东西。

读完这个，有一点茫然自失。大致身体为长途折磨疲倦了，需要一会儿休息。

可是达士先生一颗心却正准备到一个旧的环境里散散步。他重新去念着那个两年前七月五日寄给南京的 × 请他代他过 ×× 去看看瑗瑗的一个信稿。那个原信是用暗紫色纸张写的，那个信发出时，也正是那么一个悦人眼目的黄昏。

这几个人的关系是 × 欢喜他，他却爱瑗瑗，瑗瑗呢，不讨厌 ×。

当瑗瑗听人说到 × 极爱达士先生时，瑗瑗便说：“这真是好事情。”然而人类事情常常有其相左的地方，上帝同意的人不同意，人同意的命运又不同意。× 终于怀着一点悲痛，嫁给一个会计师了。× 做了另外一个人的太太后，知道达士先生尚在无望无助中遣送岁月。便来信问达士先生，是不是要她做点什么事。她很想为他效点劳。因为她觉得他虽不爱她，派她做点事，尚可借此证明他还信任她。来信说得多委婉，多可怜！当时他被她一点点隐伏着的酸辛把心弄软了，便写了个信给 × 托她去看看瑗瑗。这个信不单是信任 ×，同时也就是告给 ×，莫用过去那点幻想折磨她自己。

×，你信我已见到了，一切我都懂。一切不是人力所能安排的，我们总莫过分去勉强。我希望我们皆多有一分理知，能够解去爱与憎的缠缚。

听说你是很柔顺贞静做了一个人的太太，这消息使熟人极快乐……死去了的人，死去了的日子，死去了的事，假若还能折磨人，都不应当留在人心上来受折磨。所以，一个不善忘的人，如果企想“幸福”，最先应当学习就是善忘。我近来正在一种逃遁中生活，希望从一切记忆围困中逃遁。与其尽回忆把自己弄得十分软弱，还不如保留一个未来的希望较好。

谢谢你在来信上提到那些故事，恰恰正是我讨厌一切写下的故事的时节。一个人应当去生活，不应当尽去想象生活！若故事真如你称赞得那么好，也不过只证明这个拿笔的人，很愿意去一切生活里生活，因为无用无能，才转而来虐待那一只手罢了。

你可以写小说，因为很明显的事，你是个能够把文章写得比许多人还要好的女子。若没有这点自信力，就应当听一个朋友忠厚老实的意见。家庭生活一切过得极有条理，拿笔本不是必需的事。为你自己设想可不必拿笔；为了读者，你不能不拿笔了。中国还需要这种人，忘了自己的得失成败，来做一点事情。我听人说到你预备去当伤兵看护，实际上你的长处可以当许多男子受伤灵魂的看护，后者职务实在比你去伺候伤兵还精细在行。你不觉得你写点文章比调换绷带方便些？你需要一点自觉，一点自信。

我不久或过 ×× 来，我想看看，那个“我极爱她她可毫不理我”的瑗瑗。三年来我一切完了。我看看她，若一切还依然那么沉闷，预备回乡下去过日子，再不想麻烦人了。我应当保持一种沉默，到乡下生活十年，把最重要的一段日子费去。×，你若是个既不缺少那种好心也不缺少那种空闲的人，我请你去为我看看她。我等候你一个信。你随便给我一点见她以后的报告，对于我都应当说是今年来最难得的消息。

再过两年我会不会那么活着？

一切人事皆在时间下不断地发生变化。第一，这个 × 去年病死了。第二，这个瑗瑗如今已成达士先生的未婚妻。第三，达士先生现在已不大看得懂那点日记与那个旧信上面所有的情绪。

他心想：人这种东西够古怪了，谁能相信过去？谁能知道未来？旧的，我们忘掉它。一定的，有人把一切旧的皆已忘掉了，却剩下某时某地一个人微笑的影子还不能够忘去。新的，我们以为是对的，我们想保有它，但谁能在这个人间保有什么？

在时间对照下，达士先生有点茫然自失的样子。先是在窗边痴着，到后来笑了。目前各事仿佛已安排对了。一个人应知足，应安分。天慢慢地黑下来，一切那么静。

瑗瑗：

暑期学校按期开了学。在校长欢迎宴席上，他似庄似谐把远道来此讲学的称为“千里马”；一则是人人皆赫赫大名，二则是不怕路远。假若我们全是千里马，我们现在住处，便应当称为“马房”了！我意思同校长稍稍不同。我以为几个人所住的房子，应当称为“天然疗养院”才能名实相副。你信不信，这里的人，从医学观点看来，皆好像有一点病。（在这里我真有个医生资格！）我不是说过我应当极力逃避那些麻烦我的人吗？可是，结果相反，三天以来同住的七个人，有六个人已同我很熟悉了。我有时与他们中一个、两个出去散步，有时他们又到我屋子里来谈天，在短短时期中我们便发生了很好的友谊。教授丁、丙、乙、戊，尤其同我要好。便因为这种友谊，我诊断他们都是病人。我说的一点不错，这不是笑话。这些教授中至少有两人还有点儿疯狂，便是教授乙同教授丙。我很觉得高兴，到这里认识了这些人，从这些专家方面，学了许多应学的东西。这些专家年龄有的已经五十四岁，有的还只三十左右。正仿佛他们一生所有的只是专门知识，这些知识有的同“历史”或“公式”不能分开，因此为人显得很庄严，很老成。但这就同人性有点冲突，有点不大自然。一个不到三十岁的小说作家，年龄同事业，从这些专家看来，大约应当属于“浪漫派”。正因为他们是“古典派”，所以对我这个“浪漫派”发生了兴味，发生了友谊。我相信我同他们的谈话，一面在检查他们的健康，一面也就解除了他们的“意结”。这些专家有的儿女已到大学三年级，早在学校里给同学写情书谈恋爱了，然而本人的心，真还是天真烂漫。这些人虽富于学识，却不曾享受过什么人生。便是一种心灵上的欲望，也被抑制着、堵塞着。我从这儿得到一点珍贵知识，原来十多年大家叫喊着“恋爱自由”这个名词，这些过渡人物所受的刺激，以及在这种刺激之下，藏了多少悲剧，这悲剧又如何普遍存在。

瑗瑗，你以为我说得太过分了是不是？我将把这些可尊敬的朋友神气，一个一个慢慢地写出来给你看。

达士

教授甲把达士先生请到他房里去喝茶谈天，房中布置在达士先生脑中留下那么一些印象：房中小桌上放了张全家福的照片，六个胖孩子围绕着夫妇两人。太太似乎很肥胖。

白麻布蚊帐里，有个白布枕头，上面绣着一点蓝花，枕旁放了一个旧式扣花抱兜。一部《疑雨集》，一部《五百家香艳诗》。大白麻布蚊帐里挂一幅半裸体的香烟广告美女画。

窗台上放了个红色保肾丸小瓶子，一个鱼肝油瓶子，一贴头痛膏。

教授乙同达士先生到海边去散步。一队穿着新式浴衣的青年女子迎面而来。切身走过，教授乙回身看了一下几个女子的后身，便开口说：

“真稀奇，这些女子，好像天生就什么事都不必做，就只那么玩下去，你说是不是？”

“……”

“上海女子全像不怕冷。”

“……”

“宝隆医院的看护，十六元一月，新新公司的售货员，四十块钱一月。假若她们并不存心抱独身主义，在货台边相攸的机会，你觉不觉得比病房中机会要多一些？”

“……”

“我不了解刘半农的意思。女子文理学院的学生全笑他。”

走到沙滩尽头时，两人便越马路到了跑马场。场中正有人调马。达士先生想同教授乙穿过跑马场，由公园到山上去。教授乙发表他的意见，认为那条路太远，海滩边潮水尽退，倒不如湿沙上走走有意思些。于是两人仍回到海滩边。

达士先生说：

“你怎不同夫人一块来？家里在河南，在北京？”

“……”

“小孩子读书实在也麻烦，三个都在南开吗？”

“……”

“家乡无土匪倒好。从不回家，其实把太太接出来也不怎么费事。怎不接出来？”

“……”

“那也很好，一个人过独身生活，实在可以说是洒脱，方便。但是，有时不寂寞吗？”

“……”

“你觉得上海比北平好？奇怪。一个二十来岁的人，若想胡闹，应当称赞上海。若想念书，除了北平往哪里走？你觉得上海可以——”

那一队青年女子，恰好又从浴场南端走回来。其中一个穿着件红色浴衣，身材丰满高长，风度异常动人。赤着两脚，经过处，湿沙上便留下一列美丽的脚印。教授乙低下头去，从女人一个脚印上拾起一枚闪放珍珠光泽的小小蚌螺壳，用手指轻轻地很情欲地拂拭着壳上黏附的沙子。

“达士先生，你瞧，海边这个东西真美丽。”

达士先生不说什么，只是微笑着，把头掉向海天一方，眺望着天际白帆与烟雾。

哲学教授丙，从住处附近山中散步回到宿舍，差役老王在门前交给他一个红喜帖，“先生，有酒喝！”教授丙看看喜帖是上海 × 先生寄来的。过达士先生房中谈闲天时，就说起 × 先生。

“达士先生，你写小说我有个故事给你写。民国十二年，我在杭州 ×× 大学教书，与 × 先生同事。这个人您一定闻名已久。这是个从五四运动以来过了好一阵戏剧性热闹日子的人物！这 × 先生当时住在西湖边上，租了两间小房子，与一个姓 × 的爱人同住。各自占据一个房间，各自有一铺床。两人日里共同吃饭，共同散步，共同做事读书，只是晚上不共同睡觉。据说这个叫作‘精神恋爱’。× 先生为了阐发这种精神恋爱的好处，同时还著了一本书，解释它，提倡它。性行为在社会上引起纠纷既然特别多，性道德又是许多学者极热烈高兴讨论的问题。当时倘若有只公鸡，在母鸡身边，还能做出一种无动于衷的阉鸡样子，也会为青年学者注意。至于一个男人，能够如此，自然更引人注意，成为了不起的一件大事了。社会本是那么一个凡事皆浮在表面上的社会，因此 × 先生在他那份生活上，便自然有一种伟大的感觉，日子过得仿佛很充实。分析一下，也不过是佛教不净观，与儒家贞操说两种鬼在那里作祟罢了。

“有朋友问 × 先生，你们过日子怪清闲，家里若有个小孩，不热闹些吗？ × 先生把那朋友看得很不在眼似的说：‘嗨，先生，你真不了解我。我们恋爱哪里像一般人那种兽性；你真是——有眼不识泰山。你没看过我那本书吗？’他随即送了那朋友一本书。

“到后丈母娘从四川远远地跑来了，两夫妇不得不让出一间屋子给丈母娘住。两人把两铺床移到一个房中去并排放下。另一朋友知道了这件事，就问他，× 先生如今主张变了吧？ × 先生听到这种话，非常生气地说，哼，你把我当成畜生！从此不再同那个朋友来往。

“过了一年，那丈母娘感觉生活太清闲，那么过日子下去实在有点寂寞，希望做外祖母了。同两夫妇一面吃饭，一面便用说笑话口气发表意见，以为家中有个小孩子，麻烦些同时也一定可以热闹些。两夫妇不待老母亲把话说完，同声齐嚷起来：‘娘，你真是无办法。怎不看看我们那本书？’两夫妇皆把丈母娘当成老顽固，看来很可怜。以为没受过高等教育的人，除了想儿女为她养孩子含饴弄孙[1]以外，真再也没有什么高尚理想可言！

“再过一阵，女的害了病；害了一种因贫血而起的某种病。× 先生陪她到医生处去诊病。医生原认识两人，在病状报告单上称女的为 × 太太，两夫妇皆不高兴，勒令医生另换一纸片，改为 × 小姐。医生一看病人，已知道了病因所在，是这一对理想主义者，为了那点违反人性的理想把身体弄糟了。要它好，简便得很。医生有做医生的义务，就老老实实把意见告给 × 先生。× 先生听完，一句话不说，拉了女的就走。女的还不明白是怎么回事。× 先生说，这家伙简直是一个流氓，一个疯子，哪里配做医生。后来且同别人说，这医生太不正经，一定靠卖春药替人堕胎讨生活。我要上衙门去告他。公家应

[1] 含饴弄孙：含着糖逗小孙子，形容老年人闲适生活的乐趣。

当用法律取缔这种坏蛋，不许他公然在社会上存在，方是道理。

“于是女人另换医生服中药，贝母当归煎剂吃了无数，延缠半年，终于死去了。× 先生在女的坟头立了一个纪念碑，石上刻着字：我们的恋爱，是神圣纯洁的恋爱！当时的社会是不大吝惜同情的，自然承认了这件事。凡朋友们不同意这件事的，× 先生就觉得这朋友很卑鄙龌龊，不了解人间恋爱可以做到如何神圣纯洁与美丽，永远不再同那个朋友往来。

“今天我却接到这个喜帖，才知道原来 × 先生八月里在上海又要同上海交际花结婚了，有意思。潮流不同了，现在一定不再坚持那个了。”

达士先生听完了这个故事，微笑着问教授丙：

“丙先生，我问你，你的恋爱观怎么样？”

教授丙把那个红喜帖折叠成一个老猪头。

“我没有恋爱观。我是个老人了，这些事应当是儿女们的玩意儿了。”

达士先生房中墙壁上挂了个希腊爱神照片，教授丙负手看了又看，好像想从那大理石胴体上凹下处凸出处寻觅些什么，发现些什么。到把目光离开相片时，忽然发问：

“达士先生，你班上有个杨秀青，是不是？”

“有这样一个人。你认识她？这个女孩子真是班上顶美的……”

“她是我的内侄女。”

“哦，你们是亲戚！”

“这孩子还聪敏，书读得不坏。”说着，教授丙把视线再度移到墙头那个照片上去，心不在焉地问道，“达士先生，这照片是从希腊人的雕刻照下的吗？”这种询问似乎不必回答，达士先生很明白。

达士先生心想，“丙先生倒有眼睛，认识美。”不由得不来一个会心微笑。

两人于是同时皆有一个苗条圆熟的女孩子影子，在印象中晃着。

教授丁邀约达士先生到海边去坐船。乳白色的小游艇，支持了白色三角形小帆，顺着微风，向做宝石蓝颜色镜平放光的海面滑去。天气明朗而温柔。海浪轻轻地拍着船头和船舷，船身略侧，向前滑去时轻盈得如同一只掠水的小燕儿。海天尽头有一点淡紫色烟子。天空正有白鸟三五，从容向远海飞去。这点光景恰恰像达士先生另外一个记载里的情形。便是那只船，也如当前的这只船。有一点稍稍不同，就是坐在达士先生对面的一个人，不是医生，却换了一个史汉专家教授丁。

两人把船绕着小青岛去。讨论着当年若墨医生与达士先生尚未得出讨论结果的那个问题——女人，一个永远不能结束定论的议题！

教授丁说：

“大概每个人皆应当有一种辖治，方能像一个人。不管受神的，受鬼的，受法律的，受医生的，受金钱的，受名誉的，受牙痛的，受脚气的，必须有一点从外而来或由内而发的限制，人才能够像一个人，一个不受任何拘束的人，表面看来极其自由，其实他做什么也不成功。因为他不是个人。他无拘束同时也就不会有多少气力。

“我现在若一点不受拘束，一切欲望皆苦不了我，一切人事我不管，这绝不是个好现象。我有时想着就害怕。我明白，我自己居然能够活下去，还得感谢社会给我那一点拘束。若果没有它，我就自杀了。

“若墨医生同我在这只小船上的座位虽相差不多，我们又同样还没结婚。可是，他讨厌女人，他说：一个女人在你身边时折磨你的身体，离开你身边时又折磨你的灵魂。女子是一个诗人想象的上帝，是一个浪子官能的上帝。他口上尽管讨厌女人，不久却把一个双料上帝弄到家中作了太太，在裙子下讨生活了。我一切恰恰同他相反。我对女人，许多女人皆发生兴味。那些肥的、瘦的，有点儿装模作样或是势利肤浅的，似乎只因为她们是女子，有女子的好处，也有女子的弱点，我就永远不讨厌她们。我不能说出若墨医生那种警句，却比他更了解女子。许多讨厌女子的人，皆在很随便情形下同一个女子结了婚。我呢，我欢喜许多女人，对女人永远倾心，我却再也不会同一个女人结婚。

“若依我自己的意见来说，我早就应当自杀了。然而到今天还不自杀，就亏得这个世界上还有一些女人。这些女人我皆很爱她们。我在那种想象荒唐中疯人似的爱着她们。其中有一个我尤其倾心，但我却极力制止我自己的行为，始终不让她知道我爱她。我若让她知道了，她也许就会嫁给我。我不预备这一着。我逃避这一着。我只想等到她有了四十岁，把那点女人极重要的光彩大部分已失去时，我再去告她，她失去了的，在我心上还好好地存在。我为的是爱她，总觉得单是得到了她还不成，我便尽她去嫁给一个明明白白一切皆不如我的人，使她同那男子在一处消磨尽这个美丽生命。到了她本身已衰老时，我的爱一定还新鲜而活泼。

“您觉得怎么样，达士先生？”

达士先生有他的意见：

“您的打算还仍然同若墨医生差不多。您并不是在那里创造哲学，不过是在那里被哲学创造罢了。你同许多人一样，放远期账，表示远见与大胆，且以为将来必可对本翻利。但是您的账放得太远了，我为您担心。这种投资我并无反对理由，因为各人有各人耗费生命的权利和自由，这正同我打量投海，觉得投海是一种幸福时，您不便干涉一样。不过我若是个女人，对于您的计划，可并无多少兴味。您虽有哲学，却缺少常识。您以为您到了那个年龄，脑子还能像如今这样充满幻想，且以为女子到了四十岁，也还会如十八岁时那么多情善感，这真是糊涂。我敢说您必输到这上面。您若有兴味去看一本关于××的书籍，您会觉得您那意见必须加以小小修改了。您爱她，得给她。这是自然的道理。您爱她，使她归您，这还不够，因为时间威胁到您的爱，便想违反人类生命的秩序，而且说这一切是为女人着想。我看看，这同束身缠脚一样，不大自然，有点残忍。”

“您以为这个事太不近情，是不是？我们每一个人都可以听凭自己意志建筑一座礼拜堂，供奉自己所信仰的那个上帝。我所造的神龛，我认为是世界上最美丽的神龛。这事由您看来，这么办耗费也许大一点。可是恋爱原本就是一种奢侈的行为。这世界正因为吝啬的人太多了，所以凡事总做不好。我觉得吝啬原邻于愚蠢。一个人想把自己人格放光，照耀蓝空，炫人眼目如金星，愚蠢人绝做不出。”

“您想这么做是中了戏剧的毒。您能这么做可以说是很有演剧的天才。我承认您的聪明。”

“您说对了，我是在演剧。很大胆地把角色安排下来，我期待的就正是在全剧进行中很出众。然而近人情，到重要时忽然一转，尤其惊人。”

达士先生说：

“说得对。一个人若真想把自己全生活放在热闹紧张场面上发展，放在一种变态的不自然的方法中去发展，从一个艺术家眼里看来，没有反对的道理。一切艺术原皆不容许平凡。不过仍然用演戏取譬，您想没想到时间太久了一点，您那个女角，能不能支持得下去？世界上尽有许多女人在某一时具有为诗人与浪子拜倒那个上帝的完美，但绝不能持久。您承认她们到某一时会把生命光彩失去，却不想想一个表面失去了光彩的女人，还剩下一些什么东西。”

“那您意思怎么样？”

“爱她，得到她。爱她，一切给她。”

“爱她，如何能长久得到她？一切给她，什么是我？若没有我，怎么爱她？”

达士先生知道教授戊是个结了婚后一年又离婚的人，想明白他对于这件事的意见同感想。下面是教授戊的答案：

女人，多古怪的一种生物！你若说“我的神，我的王后，你瞧，我如何崇拜你！让莎士比亚的胸襟为一个女人而碎吧，同我来接一个吻！”好辞令。可是那地方若不是戏台，却只是一个客厅呢？你将听到一种不大自然的声音，（她们照例演戏时还比较自然，她们会回答你说：“不成，我并不爱你。”）好，这事也就那么完结了。许多男子就那么离开了她的爱人，男的当然便算作失恋。过后这男子事业若不大如意，名誉若不大好，这些女人将那么想：“我幸好不曾上当。”但是，另外某种男子，也不想做莎士比亚，说不出那么雅致动人的话语，他要的只是机会。机会许可他傍近那个女子身边时，他什么空话都不必说，就默默地吻了女人一下。这女子在惊慌失措中，也许一伸手就打了他一个耳光。然而男子不作声，却索性抱了女子，在那小小嘴唇上吻个一分钟。他始终没有说话，不为行为加以解释。他知道这时节本人不在议会，也不在课室。他只在做一件事！结果，沉默了。女人想：“他已吻过我了。”同时她还知道了接吻对于她毫无什么损失。到后，她成了他的妻子。这男人同她过日子过得好，她十年内就为他养了一大群孩子，自己变成一个中年胖妇人；男子不好，她会解说：这是命。

是的，女人也有女人的好处。我明白她们那些好处。上帝创造她们时并不十分马虎，既给她们一个精致柔软的身体，又给她们一种知足知趣的性情，而且更有意思，就是同时还给她们创造一大群自作多情又痴又笨的男子，因此有恋爱小说，有诗歌，有失恋自杀，有结果便是女人在社会上居然占据一种特殊地位，仿佛凡事皆少不了女人。

“我以为这种安排有一点错误。从我本身起始，想把女人的影响，女人的牵制——尤其是同过家庭生活那种无趣味的牵制，在摆脱得开时趁早摆脱开。我就这样离了婚。”

达士先生向草坪望着：“老王，草坪中那黄花叫什么名？”

老王不曾听到这句话，不作声，低头做事。

达士先生又说：“老王，那个从草坪里走来看庚先生的女人是什么人？”

听差老王一面收拾书桌一面也举目从窗口望去：“×× 女子中学教书先生。长得很好，是不是？”说着，又把手向楼上指指，轻声地说，“快了，快了。”那意思似乎在说两人快要订婚，快要结婚。

达士先生微笑着：“快什么了？”

达士先生书桌上有本老舍作的小说，老王随手翻了那么一下：“先生，这是老舍作的，你借我这本书看看好不好？怎么这本书名叫《离婚》？”

达士先生好像很生气地说：

“怎么不叫《离婚》？我问你，老王。”

楼上电铃忽响，大约住楼上的教授庚，也在窗口望见了经草坪里通过向寄宿舍走来的女人了，呼唤听差预备一点茶。

一个从 ×× 寄过青岛的信——

达士先生：

你给我为历史学者教授辛画的那个小影，我已见到了。你一定把它放大了点。你说到他向你说的话，真不大像他平时为人。可是我相信你画他时一定很忠实。你那支笔可以担保你的观察正确。这个速写同你给其他先生们的速写一样，各自有一种风格，有一种跃然纸上的动人风格，我读它时非常高兴。不过我希望你——因为你应当记得，你把那些速写寄给什么人。教授辛简直是个疯子。你不是说宿舍里一共有八个人吗？怎么始终不告给我第七个是谁？你难道半个月以来还不同他相熟？照我想来这一定也有点原因。好好地告给我。

天保佑你。

瑗瑗

达士先生每当关着房门，记录这些专家的风度与性格到一个本子上去时，便发生一种感想：“没有我这个医生，这些人会不会发疯？”其实这些人永远不会发疯，那是很明白的。并且发不发疯也并非他注意的事情，他还有许多必须注意的事。

他同情他们、可怜他们，因为他自以为是个身心健康的人。他预备好好地来把这些人物安排在一个剧本里，这自以为医治人类灵魂的医生，还将为他们指示出一条道路，就是凡不能安身立命的中年人，应勇敢走去的那条道路。他把这件事，描写得极有趣味地寄给那个未婚妻去看。

但这个医生既感觉在为人类尽一种神圣的义务，发现了七个同事中有六个心灵皆不健全，便自然引起了注意另外那一个健康人的兴味。事情说来稀奇，另外那个人竟似乎与他“无缘”。那人的住处，恰好正在达士先生所住房间的楼上，从 ×× 大学欢迎宴会的机会中，那人因同达士先生座位相近，× 校长短短的介绍，他知道那是经济学者教授庚。除此以外，就不能再找机会使两人成为朋友了。两人不能相熟，自然有个原因。

达士先生早已发现了，原来这个人精神方面极健康，七个人中只有他当真不害什么病。这件事得从另外一个人来证明，就是有一个美丽女子常常来到寄宿舍，拜访经济学者庚。

有时两人在房子里盘桓，有时两人就在窗外那个银杏树夹道上散步。那来客看样子约有二十五六岁，同时看来也可以说只有二十来岁。身材面貌皆在中人以上，最使人不容易忘记，就是一双诗人常说“能说话能听话”的那种眼睛。也便是这一双眼睛，因此使人估计她的年龄，容易发生错误。

这女人既常常来到宿舍，且到来以后，从不闻一点声息，仿佛两人只是默默地对坐着。看情形，两人感情很好。达士先生既注意到这两人，又无从与他们相熟，因此在某一时节，便稍稍滥用一个作家的特权，于一瞥之间从女人所得的印象里，想象到这个女子的出身与性格，以及目前同教授庚的关系。

这女子或毕业于北平故都的国立大学，所学的是历史，对诗词具有兴味，因此辞章知识不下于历史知识。

这女子在家庭中或为长女。家中一定是个绅士门阀，家庭教育良好，中学教育也极好。从 × 大学历史系毕业后，就来到 ×× 女子中学教书，每星期约教十八点钟课，收入约八十元左右。在学校中很受同事与学生敬爱，初来时，且间或还会有一个富冒险心而不大知趣的山东籍国文教员，给她一种不甚得体的殷勤。然而那一种端静自重的外表，却制止了这男子野心的扩张。还有个更重要的原因，便是北京方面每天有一封信给她，这件事从学校同事看来，便是“有了主子”的证明，或是一个情人，或是一个好友，便因为这通信，把许多人的幻想消灭了。这种信从上礼拜起始不再寄来，原来那个写信人教授庚已到了青岛，不必再写什么信了。

这女人从不放声大笑，不高声说话，有时与教授庚一同出门，也静静地走去，除了脚步声音便毫无声响。教授庚与女人的沉默，证明两人正爱着，而且贴骨贴肉如火如荼地爱着。唯有在这种证候中，两人才能够如此沉静。

女人的特点是一双眼睛，它仿佛总时时刻刻在警告人、提醒人。你看她，它似乎就在说："您小心一点，不要那么看我。"一个熟人在她面前说了点放肆话，有了点不庄重行动，它也不过那么看看。这种眼光能制止你行为的过分，同时又俨然在奖励你手足的撒野。它可以使俏皮角色诚实稳重，不敢胡来乱为，也能使老实人发生幻想，贪图进取。它仿佛永远有一种羞怯之光；这个光既代表贞洁，同时也就充满了情欲。

由于好奇，或由于与好奇差不多的原因，达士先生愿意有那么一个机会，多知道一点点两人的关系。因为照他的观察来说，这两人关系一定不大平常，其中有问题、有故事。再则女的那一分静实在吸引着他，使他觉得非要知道她一点不可。而且仿佛那女人的眼光，在达士先生脑子里，已经起了那么一种感觉："先生，我知道你是谁。我不讨厌你。到我身边来，认识我、崇拜我，你不是个糊涂人，你明白，这种情形是命定的，非人力所能抗拒的。"这是一种挑战，一种沉默的挑战。然而达士先生却无所谓。他不过有点儿好奇罢了。

那时节，正是国内许多刊物把达士先生恋爱故事加以种种渲染，引起许多人发生兴味的时节。这个女人必知道达士先生是个什么人，知道达士先生行将同谁结婚，还知道许多达士先生也不知道的事，就是那种失去真实性的某一类铺排的极其动人的谣言。

达士先生来到青岛的一切见闻，皆告诉给那个未婚妻，上面事情同一点感想，却保留在一个日记本子上。

达士先生有时独自在大草坪散步，或从银杏夹道上山去看海，有三四次皆与那个经济学者一对碰头，这种不期而遇也可以说是什么人有意安排的。相互之间虽只随随便便那么点一点头各自走开，然而在无形中却增加了一种好印象。当达士先生从那个女人眼睛里再看出一点点东西时，他逃避了那一双稍稍有点危险的眼睛，散步时走得更远了一点。

他心想："这真有点好笑。若在一年前，一定的，目前的事会使我害一种很厉害的病。可是现在不碍事了。生活有了免疫性，那种令人见寒作热的病不至于上身了。"他觉得他的逃避，却只是在那里想方设法使别人不至于害那种病。因为那个女人原不宜于害病，那个教授庚，能够不害那一种病，自然更好。

可是每种人事原来皆俨然被一只看不见的手所安排。一切事皆在凑巧中发生，一切事都在意外情形下变动。×× 学校的暑期学校演讲行将结束时，某一天，达士先生忽然得到一个不具名的简短信件，上面只写着这样两句话：

学校快结束了，舍得离开海吗？（一个人）

一个什么人？真有点离奇可笑。

这个怪信送到达士先生手边时，凭经验，可以看出写这个信的人是谁。这是一颗发抖的心同一只发抖的手，一面很羞怯，又一面在狡猾地微笑，把信写好亲自付邮的。不管这个人是谁，不管这信写得如何简单，不管写这封信的人如何措辞，达士先生皆明白那种来信表示的意义。达士先生照例不声不响，把这种来信搁在一个大封套里。一切如常，不觉得幸福也不觉得骄傲。间或也不免感到一点轻微惆怅。且因为自己那份冷静，到了明知是谁以后，表面上还不注意，仿佛多少总辜负了面前那年轻女孩子一分热情、一分友谊。可是这仍然不能给他如何影响。假若沉静是他分内的行为，他始终还保持那分沉静。达士先生的态度，应当由人类那个习惯负一点责。应当由那个拘束人类行为，不许向高尚纯洁发展，制止人类幻想，不许超越实际世界，一个极有势力的名词负点责。达士先生是个订过婚的人。在“道德”名分下，把爱情的门锁闭，把另外女子的一切友谊拒绝了。

得到那个短信时，达士先生看了看，以为这一定又是一个什么自作多情的女孩子写来的。手中拈着这个信，一面想起宿舍中六个可怜的同事，心中不由得不侵入一点忧郁。“要它的，它不来；不要的，它偏来。”这便是人生？他于是轻轻地自言自语说：“不走，又怎么样？一个真正古典派，难道还会成一个病人？便不走，也不至于害病！”的确，就因事留下来，纵不走，他也不至于害病的。他有经验、有把握，是个不怕什么魔鬼诱惑的人。另外一时他就站过地狱边沿，也不目眩、不发晕。当时那个女子，却是个使人值得向地狱深阱跃下的女子。他有时自然也把这种近于挑战的来信，当成青年女孩子大胆妄为感情的游戏，为了训练这些大胆妄为的女孩子，他以为不做理会是一种极好的处置。

瑗瑗：

我今天晚车回××。

达

达士先生把一个简短电报亲自送到电报局拍发后，看看时间还只五点钟。行期既已定妥，在青岛勾留算是最后一天了。记起教授乙那个神气，记起海边那种蚌壳。当达士先生把教授乙在海边拾蚌壳的这件事告给瑗瑗时，回信就说：不要忘记，回来时也为我带一点点蚌壳来。我想看看那个东西！

达士先生出了电报局，便向海边走去。

到了海水浴场，潮水方退，除了几个骑马会的外国人骑着黑马在岸边奔跑外，就只有两个看守浴场工人在那里收拾游船，打扫沙地。达士先生沿着海滩走去，低着头寻觅这种在白沙中闪放珍珠光的美丽蚌壳。想起教授乙拾蚌壳那副神气，觉得好笑。快要走到东端时，忽然发现湿沙上有谁用手杖斜斜地画着两行字迹，走过去看看，只见沙上那么写着：

这个世界也有人不了解海，不知爱海。也有人了解海，不敢爱海。

达士先生想想那个意思，笑了。他是个辨别笔迹的专家，认识那个字迹。懂得那个意义。看看潮水的印痕，便知道留下这种玩意儿的人，还刚刚离此不久。这倒有点古怪。难道这人就知道达士先生今天一早上会来海边，恰好先来这里留下这两行字迹？还是这人每天来到海边，写那么两行字，期望有一天会给达士先生见到？不管如何，这方式显然的是在大胆妄为以外还很机灵狡猾的。达士先生皱眉头看了一会儿，就走开了。一面仍然低头走去，一面便保护自己似的想道：“鬼聪明，你还是要失败的。你太年轻了，不知道一个人害过了某种病，就永远不至于再传染了！你真聪明，你这点聪明将来会使你在另外一件事情上成就一件大事业，但在如今这件事情上，应当承认自己赌输了！这事不是你的错误，是命运。你迟了一年……”然而不知不觉，却面着大海一方，轻轻地舒了一口气。

不了解海，不爱海，是的。了解海不敢爱海，是不是？

他一面走一面口中便轻轻数着：“是——不是？不是——是？”

忽然间，沙地上一件新东西使他愣住了。那是一对眼睛，在湿沙上画好的一对美丽眼睛。旁边还那么写着：“瞧我，你认识我！”是的，那是谁，达士先生认识得很清楚的。

一个扒沙工人扛一把平头铲沿着海岸走来，走过达士先生身边时，达士先生赶着问："慢点走，我问你，你知不知道这是谁画的？"说完他把手指着那些骑马的人。那工人却纠正他的错误，手指着山边一堵浅黄色建筑物，"哪，女先生画的！"

"你亲眼看见是个女先生画的？"

工人看看达士先生，不大高兴似的说："我怎不眼见？"

那工人说完，扬扬长长地走了。

达士先生在那沙地上一对眼睛前站立了一分钟，仍然把眉头略微皱了那么一下，沉默地沿海走去了。海面有微风皱着细浪。达士先生弯腰拾起了一把海沙向海中抛去。"狡猾东西，去了吧。"

十点二十分钟达士先生回到了宿舍。

听差老王从学校把车票取来，告给达士先生，晚上十一点二十五分开车，十点半上车不迟。

到了晚上十点钟，那听差来问达士先生，是不是要他把行李先送上车站去，就便还给达士先生借的那本《离婚》。达士先生会心微笑地拿起那本书来翻阅，却给听差一个电报稿，要他到电报局去拍发。那电报说：

瑗瑗：

我害了点小病，今天不能回来了。我想在海边多住三天，病会好的。

达士

一件真实事情，这个自命为医治人类灵魂的医生，的确已害了一点很蹊跷的病。这病离开海，不易痊愈的，应当用海来治疗。

一九三五年夏作

如　蕤

（秋天，仿佛春天的秋天。）

协和医院里三楼甬道上，一个头戴白帽身穿白色长袍的年轻看护，手托小小白瓷盆子，匆匆忙忙从东边回廊走向西去。到楼梯边时，一个招呼声止住了她的脚步。

从二楼上来了一个女人，在宽阔之字形楼梯上盘旋，身穿绿色长袍，手中拿着一个最时新的朱红皮夹，使人一看有“绿肥红瘦”感觉。这女人有一双长长的腿子，上楼时便显得十分轻盈。年纪大约有了二十七八，由于装饰合法，又仿佛可以把她岁数减轻一些。但靥额之间，时间对于这个人所做的记号，却不能倚赖人为的方法加以遮饰。便是那写在口角眉目间的微笑，风度中也已经带有一种佳人迟暮的调子。

她不能说是十分美丽，但眉眼却秀气不俗，气派又大方又尊贵。身体长得修短合度，所穿的衣服又非常称身，且正因为那点“绿肥红瘦”的暮春风度，使人在第一面后，就留下一个不易忘掉的良好印象。

这个月以来她因为每天按时来院中看一病人，同那看护已十分熟悉，如今在楼梯边见到了看护，故招呼着，随即快步跑上楼了。

她向那看护又亲切又温柔地说：

“夏小姐，好呀！”

那看护含笑望望喊她的人手中的朱红皮夹。

“如蕤小姐，您好！”

“夏小姐，医生说病人什么时候出院？”

“曾先生说过一礼拜好些，可是梅先生自己，上半天却说今天想走。”

“今天就走吗？”

“他那么说的。”

穿绿衣的不作声，把皮夹从右手递过左手。

穿白衣的看护仿佛明白那是什么意思，便接着说：“曾先生说不行。他不签字，梅先生就不能出院。”

甬道上西端某处病房里门开了，一个穿白衣剃光头的男子，露出半个身子，向甬道中的看护喊：“密司夏，快一点来！”

那看护轻轻地说：“我偏不快来！”用眉目做了一个不高兴的表示，就匆匆地走去了。

如蕤小姐站在楼梯边一阵子，还不即走，看到一个年轻圆脸女孩，手中执了一把浅蓝色的花，搀扶了一个青年优美的男子，慢慢地走下楼去。男子显得久病初瘥的样子，脸色苍白，面作笑容，女孩则脸上光辉红润，极其愉快。

一双美丽灵活的眼睛，随着那两个下楼人在之字形宽阔楼梯上转着，到后那俪影不见了，为楼口屏风掩着消灭了。这美丽的眼睛便停顿在楼梯边棕草毡上，那是一朵细小的蓝花。

“把我拾起来，我名字叫‘毋忘我草’。”

她弯下腰把它拾起来。

一张猪肝色的扁脸，从肩膀边擦过去。一个毛子军人把一双碧眼似乎很情欲地望着这女人一会儿，她仿佛感到了侮辱，匆匆地就走了。

不到一会儿，三楼三百十七号病房外，就有只戴着灰色丝织手套的纤手，轻轻地叩着门。里面并无声音，但她仍然轻轻地推开了那房门。门开后，她见到那个病人正披了白色睡衣，对窗外望，把背向着门边。似乎正在想到某样事情，或为某种景物堕入玄思，故来了客人，他却全不注意。

她轻轻地把门掩上，轻轻地走近那病人身边，且轻轻地说："我来了。"

病人把头掉回，便笑了。

"我正想到为什么秋天来得那么快。你看窗外那株杨柳。"

穿绿衣的听到这句话，似乎忽然中了一击，心中刺了一下，装作病人所说的话与彼全无关系的神气，温柔地笑着。

"少想些，秋来了，你认识它就得了，并不需要你想它。"

"不想它，能认识它吗？"

女人于是轻轻地略带解嘲的神气那么说："譬如人，有些人你认识她就并不必去想她！"

"坐下来，不要这样说吧。这是如蕤小姐说话的风格，昨天不是早已说好不许这样吗？"

病人把如蕤小姐拉在一张有靠手的椅子旁坐下，便站在她面前，捏着那两只手不放："你为什么知道我不正在念你？"

女人嘴唇略张，绽出两排白色小贝，披着优美鬈发的头略歪，作出的神气，正像一个小姑娘常作的神气。

病人说：

"你真像小孩子。"

"我像小孩子吗？"

"你是小孩子！"

“那么，你是个大人了。”

“可是我今年还只二十二岁。”

“但你有些方面，真是个二十二岁的大人。”

“你是不是说我世故？”

“我说我不如你那么……”

“得了。”病人走过窗边去，背过了女人，眉头轻微蹙了一下。回过头来时就说，“我想出院了，医生不让我走。”

女人说：“忙什么？”随即又说，“我见到那看护，她也说曾医生以为你还不能出去。”

“我心里躁得很。我还有许多事……”

“你好些没有？睡得好不好？”

病人听到这种询问，似乎从询问上引起了些另一时另一事不愉快的印象，反问女人：“你什么时候动身？”

女人不即回答，抬起头把一双水汪汪的眼睛望着病人，望了一会儿，柔弱无力地垂下去，轻轻地透了一口气，自言自语地说：“什么时候动身？”

病人明白那是什么原因，就说：

“不走也好！北京的八月，无处景物不美。并且你不是说等我好了，出了院，就陪我过西山去住半个月吗？那边山上树叶极美，我欢喜那些树木。你若走了，我一个人可不想到那边去。你为什么要走？”

女的把头低着，带着伤感气氛说：“我为什么要走？我真不知道！”

病人说：

“我想起一首诗来了。那首名为《季蕤之谜》的诗，我记得你那么……”若说下去，他不知道应当说的是“寂寞”还是“多情善感”，于是他换了口气向女人说，“外边一定很冷了，你怎么不穿紫衣？”

女人装作不曾听到这句话，无力地扭着自己那两只手套，到后又问：“你出了院，预备上山不预备上山？”

病人似乎想起了这一个月来病中的一切，心中柔和了，悄然说道：“你不走，你同我上山，不很好吗？你又一定要走。”

“我一定要走，是的，我要走。”

“我要你陪我！”

“你并不要我陪你！”

“但你知道……”

“但你……”

什么话也不必说了，两人皆为一件事喑哑了。

她爱他，他明白的，他不爱她，她也明白的。问题就在这里，三年来各人的地位还依然如故，并不改变多少。

他们年龄相差约七岁。一片时间隔着了这两人的友谊，使他们不能不停顿到某一层薄幕前面。两人皆互相望着另外一个心上的脉络，却常常黯然无声地待着，无从把那个人的臂膊张开，让另一个无力地任性地卧到那一个臂膊里去。

（夏天，热人闷人倦人的夏天。）

三年前，南国××暑期海滨学术演讲会上，聚集五十个年轻女人、七十个年轻男子，用帐幕在海边度暑期生活。这些年轻男女皆从各大学而来，上午齐集在林荫里与临时搭盖的席棚里，听北平来的名教授讲学，下午则过海边浴场做海水浴，到了晚上，则自由演剧，放映电影，以及小组谈话会、跳舞会，同时分头举行。海边沙上与小山头，且常燃有营火，焚烧柴堆，为海上荡舟人与入山迷失归途的人指示营幕所在地。

女子中有个杰出的人物。××总长庶出的女儿，岭南大学二年级学生。这女子既品学粹美，相貌尤其艳丽。游泳、骑马、划船、击球，无不精通超人一等。且为人既活泼异常，又无轻狂佻野习气。待人接物，温柔亲切，故为全个团体所倾心。其中尤以一个青年教授，一个中年教授，两人异常崇拜这个女子。但在当时，这女孩子对于一切殷勤，似乎皆不甚措意。俨然这人自觉应永远为众人所倾心，永远属于众人，不能尽一人所独占，故个人仍独来独往，不曾被任何爱情所软化。

当她发觉了男子中即或年纪到了四十五岁，还想在自己身边装作天真烂漫的神气，认为妨碍到她自己自由时，就抛开了男子们，常常带领了几个年幼的女孩，驾了白色小船，向海中驶去。在一群女孩中间她处处像个母亲，照料得众人极其周到，但当几人在沙滩上胡闹时，则最顽皮、最天真的也仍然推她。

她能独唱独舞。

她穿着任何颜色任何质料的衣服，皆十分相称，坏的并不显出俗气，好的也不显出奢华。

她说话时声音引人注意，使人快乐。

她不独使男子倾倒，所有女子也无一不十分爱她。

但这就是一个谜，这为上帝特别关切的女孩子，将来应当属谁？

就因为这个谜，集会中便有许多男子皆发着痴，心中思索着、苦恼着。林荫里、沙滩上、帐幕旁，大清早有人默默地单独地踱着躺着，黄昏里也同样如此。大家皆明白“一切路皆可以走近罗马”那句格言，却不明白有什么方法，可以把这颗心傍近这女人的心。“一切美丽皆使人痴呆”，故这美丽的女孩，本身所到处，自然便有这些事情发生，同时也将发生些旁的使男子们皆显得可怜可笑的事情。

她明白这些，她却不表示意见。

她仍然超越于人类痴妄以上，又快乐又健康地打发每个日子。

她欢喜散步，海滨潮落后，露出一块赭色沙滩，齐平如茵褥，比茵褥复更柔和。脚所践履处，皆起微凹，分明地印出脚掌或脚跟美丽痕迹。这沙滩常常便印上了一行她的脚迹。许多年轻学生，在无数脚迹中皆辨识得出这种特别脚迹，一颗心追数着留在沙滩上那点东西，直至潮水来到，洗去了那东西时，方能离开。

每天潮水的来去，又正似乎是特别为洗去那沙上其他纵横凌乱的践履记号，让这女孩子脚迹最先印到这长沙上。

海边的潮水涨落因月而异。有时恰在中午夜半，有时又恰在天明黄昏。

有一天，日头尚未从海中升起，潮水已退，淡白微青的天空，还嵌了疏疏的几颗白星，海边小山皆还包裹在银红色晓雾里，大有睡犹未醒的样子。沿海小小散步石道上，矗立在轻雾中的电灯白柱，尚有灯光如星子，苍白着脸儿。

她照常穿了那身轻便的衣服，披了一件薄绒背心，持了一条白竹鞭子，钻出了帐幕，走向海边去。晨光熹微中大海那么温柔，一切万物皆那么温柔，她饱饱地吸了几口海上的空气，便起始沿了尚有湿气与随处还留着绿色海藻的长滩，向日头出处的东方走去。

她轻轻地啸着，因为海也正在轻轻地啸着。她又轻轻地唱着，因为海边山脚豆田里，有初醒的雀鸟也正在轻轻地唱着。

有些银色的雾，流动在沿海山上，与大海水面上。

这些美丽的东西会不会到人的心头上？

望到这些雾她便笑着。她记起蒙在她心头上一张薄薄的人事网子。她昨天黄昏时，曾同一个女伴，坐到海边一个岩石上，听海涛呜咽，波浪一个接着一个撞碎在岩石下。那女孩子年纪不过十七岁，爱了一个牧师的儿子，那牧师儿子却以为她是小孩子，一切打算皆由于小孩子的糊涂天真，全不近于事实所许可。那牧师儿子伤了她的心。她便一一诉说着，且说他若再只把她当小孩，她就预备自杀给他看。问那女孩子："自杀了，他会明白吗？除了自杀难道就没有别的办法让他明白吗？而且，是不是当真爱他？爱他即或是真的，这人究竟有什么好处？"那女孩沉默了许久，昂起头带着羞涩的眼光，却回答说："我自己也不知道这是怎么回事。他所有好处在别个男孩子品性中似乎都可以发现，我爱他似乎就只是他不理我那份骄傲处。我爱那点骄傲。"当时她以为这女孩子真正是小孩子。

但现在给她有了一个反省的机会。她不了解这女孩子的感情，如今却极力来求索这感情的起点与终点。

爱她的人可太多了，她却不爱他们。她觉得一切爱皆平凡得很，许多人皆在她面前见得又可怜又好笑。许多人皆因为爱了她把他自己灵魂、感情、言语、行为，某种定型弄走了样子。譬如大风，百凡草木皆为这风而摇动，在暴风下无一草木能够坚凝静止，毫不动摇。她的美丽也如大风。可是她希望的正是永远皆不动摇的大树，在她面前昂然地立定，不至于为她那点美丽所征服。她找寻这种树，却始终没有发现。

她想：海边不会有这种树。若需要这种树，应当向深山中去找寻。

的的确确，都市中人是全为一个都市教育与都市趣味所同化，一切女子的灵魂，皆从一个模子里印就，一切男子的灵魂，又皆从另一模子中印出，个性与特性是不易存在，领袖标准是在共通所理解的榜样中产生的。一切皆显得又庸俗又平凡，一切皆转成为商品形式。便是人类的恋爱，没有恋爱时那份观念，有了恋爱时那份打算，也正在商人手中转着，千篇一律，毫不出奇。

海边没有一株稍稍倔强的树，也无一个稍稍倔强的人。为她倾倒的人虽多，却皆在同样情形下露出蠢相，做出同样的事情。世故一些的先是借些别的原因同在一处，其次就失去了人的样子，变成一只狗了。年纪轻些的，则就只知写出那种又粗鲁又笨拙的信，爱了就谦卑谄媚，装模作样，眼看到自己所做的糊涂样子，还不能够引动女人，既不知道如何改善方法，便做出更可笑的表示，或要自杀，或说请你好好防备，如何如何。一切爱不是极其愚蠢，就是极其下流，故她把这些爱看得一钱不值了。

真没有一个稍稍可爱的男子。

她厌倦了那些成为公式的男子，与成为公式的爱情。她忽然想起那个女孩口中的牧师儿子。她为自己倏然而来飘然而逝的某种好奇意识所吸引，吃了点惊。她望望天空，一颗流星正划空而逝，于是轻轻地轻轻地自言自语说道："逝去的，也就完事了。"

但记忆中那颗流星，还闪着悦目的光辉。"强一些，方有光辉！"她微笑了，因为她自觉是极强的。然而在意识之外，就潜伏了一种欲望，这欲望是隐秘的，方向暧昧的。

左拉在他的某篇小说上，曾提及一个贞静的女人，拒绝了所有向她献媚输诚的一群青年绅士，逃到一个小乡村后，却坦然尽一个粗鲁的农夫，在冒昧中吻了她的嘴唇同手足。骄傲的妇人厌倦轻视了一切柔情，却能在强暴中得到快感。

她记起了左拉那篇小说。那作品中从前所不能理解的，现在完全理解了。倘若有那么凑巧的遭遇，她也将如故事所说，毫不拒绝地躺到那金黄色稻草积上去。固执的热情、疯狂的爱，火焰燃烧了自己后还把另外一个也烧死，这爱情方是爱情！

但什么地方有这种农夫？所有农夫皆大半饿死了。这里则面前只是一片沙、一片海。

民族衰老了，为本能推动而做成的野蛮事，也不会再发生了。都市中所流行的，只是为小小利益而出的造谣中伤，与为稍大利益而出的暗杀诱捕。恋爱则只是一群阉鸡似的男子，各处扮演着丑角喜剧。

她想起十个以上的丑角，温习这些自作多情的男子各种不得体的爱情，不愉快的印象。

她走着，重复又想着那个不识面的牧师儿子。这男子，十七岁的女子还只想为他自杀哩，骄傲的人！

流星，就是骑了这流星，也应当把这种男子找到，看他的骄傲，如何消失到温柔雅致、体贴亲切的友谊应对里。她记着先前一时那颗流星。

日光出来了，烧红了半天。海面一片银色，为薄雾所包裹。

早日正在融解这种薄雾。清风吹人衣袂如新秋样子。

薄雾渐渐融解了，海面光波耀目，如平敷水银一片，不可逼视。

炫目的海需要日光，炫目的生活也需要类乎日光的一种东西。这东西在青年绅士中既不易发现，就应当注意另外一处！

当天那集会里应当有她主演的一个戏剧，时间将届时，各处找寻这个人，皆不能见到。有人疑心她或在海边出了事，海边却毫无征兆可得。于是有人又以可笑的测度，说她或者走了，离开这里了，因此赴她独自占据的小帐幕中去寻觅，一点简单行李虽依然在帐幕里，却有个小小字条贴在撑柱上，只说：“我不高兴再留到这里，我走了。大家还是快乐地打发这个假期吧。”大家方明白这人当真走了。

也像一颗流星，流星虽然长逝了，在人人心中，却留下一个光辉夺目的记号。那件事在那个消夏会中成为一群人谈论的中心，但无一个人明白这标致出众的女人，为什么忽然独自走去。

日头出自东方，她便向东方注意，坐了法国邮船向中国东部海岸走去。她想找寻使她生活放光同时他本身也放光的一种东西。她到了属于北国的东方另一海滨。

那里有各地方来的各样人，有久住南洋带了椰子气味的美国水兵，有身着宽博衣裳的三岛倭人，有流离异国的北俄，有庞然大腹由国内各处跑来的商人政客，有……她并不需要明白这些。她住到一个滨海旅馆中后，每日皆默默地躺到海滩白沙上大伞下，眺望着大海太空的明蓝。她正在用北海风光，洗去留在心上的南海厌人印象。她在休息。她在等待。

有时赁了一匹白马，到山上各处跑去，或过无人海浴处，沿了潮汐退尽的沙滩上跑去。有时又一人独自坐在一只小艇内，慢慢地摇着小桨，把船划到离岸远到三里五里的海中，尽那只小艇在一汪盐水中漂流荡漾。

陌生地方陌生的人群，却并不使她感到孤寂。在清静无扰孤独生活中，她有了一个同伴，就是她自己的心。

当她躺在沙上时，她对于自然与对于本性，皆似乎多认识了一些。她看一切，听一切，分析一切，皆似乎比先前明澈一些。

尤其使她愉快的，便是到了这地方来，若干游客中，似乎并无一个人明白她是谁。虽仿佛有若干双陌生的眼睛，每日皆可在沙滩中无意相碰，她且料想到，这些眼睛或者还常常在很远处与隐避处注视到她，但却并无什么麻烦。一个女子即或如何厌烦男子，在意识中，也仍然常常有把这种由于自己美丽使男子现出种种蠢相的印象，作为一种秘密悦乐的时节。我们固然不能欢喜一个嗜酒的人，但一个文学者笔下的酒徒，却并不使我们看来皱眉。这世界上，也正有若干种为美所倾倒的人类可怜悯的姿态，玩味起来令人微笑！

划船是她所擅长的运动，青岛的海面早晚尤宜于轻舟浮泛。有一天她独自又驾了那白色小艇，打着两桨，沿海向东驶去。

东方为日头所出的地方，也应当有光明热烈如日头的东西等待在那边。可是所等待的是什么？

在东方除了两个远在十里以外金字塔形的岛屿，就只一片为日光镀上银色的大海。这大海上午是银色，下午则成为蓝色，放出蓝宝石的光辉。一片空阔的海，使人幻想无边的海。

东边一点，还有两个海湾，也有沙滩，可以做海水浴，游人却异常稀少。

她把船慢慢地划去，想到了第三个海湾时为止。她欢喜从船上看海边景物。她欢喜如此寂寞地玩着，就因她早为热闹弄疲倦了。

当船摇到离开浴场约两里左右，将近第三海湾，接近名为太平角的山岨时，海上云物奇幻无方，为了看云，忘了其他事情。

盛夏的东海，海上有两种稀奇的境界，一是自海面升起的阵云，白雾似的成团成饼从海上涌起，包裹了大山与一切建筑；一是空中的云彩，五色相渲，尤以早晨的粉红细云与黄昏前绿色片云为美丽。至于中午则白云嵌镶于明蓝天空，特多变化，无可仿佛，又另外有一番惊人好处。

她看的是白云。

到后夏季的骤雨到了，夹以雷声电闪，向海面逼来。海面因之咆哮起来，各处是白色波帽，一切皆如正为一只人目难于瞧见的巨手所翻腾、所搅动。她匆忙中把船向近岸处尽力划去。她向一个临海岩壁下划去。她以为在那方面当容易寻觅一个安全地方。

那一带岩石的海岸，却正连续着有屋大的波浪，向岩石撞去，成为白沫。船若傍近，即不能不与一切同归于尽。

船离岩壁尚远，就倾覆了，她被波浪卷入水中后，便奋力泅着。

头上是骤雨与吓人的雷声，身边是黑色愤怒的海，她心想："这不是一个坏经验！"她毫不畏怯，以为自己的能力足支持下去，不会有什么不幸。她仍然快乐地向前泅去。

她忽然记起岩壁下海面的情形，若有船只，尚可停泊，若属空手，恐怕无上岸处，故重复向海中泅去，再看看方向，观察向某一方泅去，可以省事一些、方便一些。

她觉得她应当向东泅去，就可在第二海湾背风的一面上岸。

她大约还应泅半里左右。她估计她自己能力到岸有剩余，故她毫不忙乱。

但到离岸只有二百米左右时，她的气力已不济事了，身体为大浪所摇撼，她感觉疲倦，以为不能拢岸，行将沉入海底了。

她被波浪推动着。

她把方向弄迷糊了，本应当再向东泅去，忽又转向南边一点泅去。再向南泅去，她便将为浪带走，摔碎到岩石上。

当她在海面挣扎中，忽被一只强而有力的手攫住头发，带她向海岸边泅去时，她知道她已得了救助，她手脚仍然能够拍水分水，口中却喑哑无言，到岸时便昏迷了。那人把她抱上了岸，尽她俯伏着倒出了些咸水，后来便让她卧下，蹲在她身边抚摩着手心。

她慢慢地清楚了。张开两只眼睛，便看到一个黑脸长身青年俯伏在她身边。她记起了前一时在水中种种情形，便向那身边陌生男子孱弱地笑着，做的是感谢的微笑。她明白这就是救她出险的男子。她想起来一下，男子却把手摇着，制止了她。男子也微笑着，也感谢似的微笑着，因为他显然在这件事情上得到了最大的快乐。

她闭上眼睛时，就看到一颗流星，两颗流星。这是流星还是一个男孩子纯洁清明的眼睛呢？

她迷糊着。

重新把眼睛睁开时，那陌生青年男子因避嫌已站远了一些了。她伸出手去招呼他。且让他握着那只无力的手。于是两人皆微笑着。一句“感谢”的话语融解成为这种微笑，两人皆觉得感谢。

年轻人似乎还刚满二十岁，健全宽阔的胸脯，发育完美的四肢，尖尖的脸，长长的眉毛，悬胆垂直的鼻头，带着羞怯似的美丽嘴唇，无一不见得青春的力与美丽。

行雨早过了。她望着那男子身后天空，正挂着一条长虹。

女人说：

“先生，这一切真美丽！”

那男子笑了，也点头说：

“是的，太美丽了。”

“谢谢您。没有您来带我一手，我这时一定沉到海底，再不能看到这种好景致了。为什么我在海中你会见到？”

“我也划了一只小船来的，我看看云彩，知道快要落雨了，准备把船泊近岸边去。但我见到你的白船，我从草帽上知道你是个小姐，我想告你一下，又不知道如何呼喊你。到后雨来了，我眼看着你把船尽力向岸边划来，大声告你不能向那边岩壁下划去，你却听不到。我见你把船向岩边靠拢，知道小船非翻不可，果然一会儿就翻了，我方从那边跳下来找你。”

“你冒了险做这件事，是不是？”

男子笑着，承认了自己的行为。

“你因为看清楚我是个女人，才那么勇敢从悬岩上跃下把我救起，是不是？”

那男子羞怯似的摇着头，表示承认也同时表示否认。

“现在我们已经成为朋友了，请告我些你自己的事情吧。我希望多知道些，譬如说，你住在什么地方？在什么学校念书？家里有些什么人，家中人谁对你最好，谁最有趣？你欢喜读的书是哪几本？”

“我姓梅……”

“得了，好朋友是用不着明白这些的。这对我们友谊毫无用处。你且告我，你能够在这一汪咸水里尽你那手足之力，泅得多远？”

“我就从不疲倦过。”

“你欢喜划船吗？”

“我有时也讨厌这些船。”

“你常常是那么一个人把船划到海中玩着吗？”

“我只是一个人。”

“我到过南方。你见不见到过南方的大棕榈树同凤尾草？”

“我在黑龙江黑壤中长大的。”

“那么你到过北平城了。”

“我在北平城受的中学教育。”

“你不讨厌北平吗？”

“我欢喜北平。”

“我也欢喜北平。”

“北平很好。”

“但我看得出你同别的人欢喜北平不同。别人以为北平一切是旧的，一切皆可爱。你必定以为北平罩在头上那块天，踏在脚下那片地，四面八方卷起黄尘的那阵风，一些无边无际那种雪，莫不带点儿野气。你是个有野性的人，故欢喜它，是不是。”

这精巧的阿谀使年轻男子十分愉快。他说：“是的，我当真那么欢喜北平，我欢喜那种明朗粗豪风光。”

女子注意到面前男子的眉目口鼻，心中想说：“这是个小雏儿，不济事，一点点温柔就会把这男子灵魂高举起来！你并不欢喜粗野，对于你最合适的，恐怕还是柔情！”

但这小雏儿虽天真却不俗气。她不讨厌他。她向他说：“你傍我这边坐下来，我们再来谈谈一点别的问题，会不会妨碍你？你怕我吗？”

青年人无话可说，只好微带腼腆站近了一点，又把手遮着额部，眺望海中远处，吃惊似的喊着：“我们的船并不在海中，一定还在岩壁附近。”

他们所在的地方，已接近沙滩，为一个小阜上，却被树林隔着了视线，左边既不能见着岩壁，右边也看不到沙滩，只是前面一片海在脚下展开。年轻男子走过左边去，不见什么，又走过右边去，女人那只白色小艇正斜斜地翻卧在沙滩上，赶忙跑回来告给女人。

女的口上说："船坏了并不碍事，"心中却想着：应当有比这小船儿更坚固结实的"小船"，容载这个心，向宽泛无边的人海中摇去！她看看面前，却正泊着一只理想的小船。强健的胳膊，强健的灵魂，一切皆还不曾为人事所脏污。如若有所得地微笑着，她几乎是本能地感到了他们的未来一切。

她觉得自己是美丽的，且明白在面前一个人眼光中，她几乎是太美丽了。她明白他曾又怯又贪注意过她的身体的每一部分。她有些羞恧，但她却不怕他，也不厌烦他。

他毫无可疑，只是一个大学一年生，一切兴味同观念，就是对女人的一分知识，也不会离开那一年级生的限制。他读书并不多，对于人生的认识有限，他慢慢地在学习都市中人的生活，他也会成为庸碌而无个性的城市中人。她初初看他，好像全不俗气，多谈了几句话，就明白凡是高级中学所输给学生的那分坏处，这个人也完全得到他应得的一分。但不知怎么样的稀奇原因，这带着乡下人气氛的男子，单是那点野处单纯处，使她总觉得比绅士有意思些。他并不十分聪明，但初生小犊似的，天下事什么都不怕的勇气，仿佛虽不使他聪明，却将令他伟大。真是的，这孩子可以伟大起来！

她问他：

"你每天洗海水浴吗？"

他点着头。她又问：

"你什么时候离开这海滨？"

"我自己也不知道。"

"自己应当知道自己。想怎么样就怎么样，你难道不想吗？"

"我想也没有用处。"

“你这是小孩子说法，还是老头子说法？小孩子，相信爸爸，因为家中人管束着他，可以那么说。老头子相信上帝，因为一切事皆以为上帝早有安排，故常常也不去过分折磨自己情感。你……”

女的说到这里时，她眼看着身边那一个有一分害羞的神气，她就不再说下去了。她估计得出他不是个“老头子”。她笑了。

那男子为了有人提说到小孩与老人，意思正像请他自行挑选，他便不得不说出下面的话：“我跟了我爸爸来的。我爸爸在 ×× 部里做参事，有人请我们上崂山去，我在山上住了两天厌倦了，独自跑回来了，爸爸还在山上作诗！”

“你爸爸会作诗吗？”

“他是诗人，他同梁任公夏 ×× 曾……”

“啊，你是 ×× 先生的少爷吗？”

“你认识我爸爸吗？”

“在 ×× 讲演时我见过一次，我认得他，他不认识我。”

“你愿不愿意告给我……”

女的想起了自己来此，本不愿意另外还有人知道她的打算了，她极不愿意人家知道她是 ×× 总长的小姐，她尤其不愿意想傍近她的男子，知道她是个百万遗产的承继人。现在被问到时，她一时不易回答，就把手摇着，且笑着，不许男的询问。且说：“崂山好地方，你不欢喜吗？”

“我怕寂寞。”

“寂寞也有寂寞的好处，它使人明白许多平常所不明白的事情。但不是年轻人需要的，人年纪轻轻的时节，只要的是热闹生活，不会在寂寞中发现什么的。”

“你样子像南方人，言语像北方人。”

“我的感情呢，什么都不像。”

“我似乎在什么地方看过你。”

“这是句绅士说的话。绅士看到什么女人，想同她要好一点时，就那么说，其实他们在过去任何一时皆并不见到。他那句话意思也不过是说‘我同你熟了’或‘看你使人舒服’罢了。你是不是这意思？”

男的有点羞怯了，把手去抓取身边小石子，奋力向海中掷去，要说什么又不好说，不敢说。其实他记忆若好一点，就能够说得出他在某种画报上看到过她的相片。但他如今一时却想不起。女的希望他活泼点、自由点，于是又说：“我们应当成为很好的朋友，你说，我是怎么样一种人？”

男的说：“我不知道你是怎么样身份的人，但你实在是个美人！”

听到这种不文雅的赞美，女的却并不感觉怎样难堪。其实他不必说出来，她就知道她的美丽早已把这孩子眼目迷乱了。这时她正躺着，四肢匀称柔和，她穿的原是一件浴衣，浴衣外面再罩了一件白色薄绸短褂。这短褂落水时已弄湿，紧紧地贴着身体，各处皱襞着。她这时便坐了起来，开始脱去那件短褂，拧去了水，晾到身边有太阳处去。短褂脱掉后，这女人发育合度的肩背与手臂，以及那个紧束在浴衣中典型的胸脯，皆收入了男子的眼底。

男子重新拾起了一粒石子，奋力向海中抛去，仿佛那么一来，把一点引起妄想的东西同时也就抛入了海中。他说：“得把它摔得极远极远，我会做这件事！”但石子多着，他能摔尽吗？

女的脱掉短褂后，站起来活动了一下四肢，也拾起了一粒石子向海中摔去，成绩似乎并不出色，女的便解嘲一般说道：“这种事我不成，这是小孩子做的事！”

两人想起了那只搁在浅滩上的小船，便一同跑下去看船，从水中拉起搁到沙上，且坐在那船边玩。玩得正好，男的忽向先前两人所在的小阜上跑去，过一会儿，才又见他跑回来，原来他为的是去拿女人那件短褂，把短褂拿来时晾到船边，直到这时，两人似乎才注意到男子身上所穿的衣服，不是入水的衣服。这男孩子把船从浴场方面绕过炮台摇来时，本不预备到水中去，故穿的是一件白色翻领衬衫，一件黄色短裤。当时因为匆忙援救女子，故从岩壁上直向海中跳下，后来虽离了险境，女子苏醒了，只顾同她谈话，把自己全身也忘记了。

若干时以来，湿衣在身上还裹着，这时女子才说："你衣全湿了，不好受吧。"

"不碍事。"

"你不脱下衣拧拧吗？"

"不碍事，晒晒就干了。"

男子一面用木枝画着沙土，一面同女子谈了很多的话。他告给她，关于他自己过去未来的事情，或者说得太多了些，把不必说到的也说到了，故后来女人就问他是不是还想下海中去游泳一阵。他说他可以把小船送她回到惠泉浴场去，她却告他不必那么费事，因为她的船是旅馆的，走到前面去告给巡警一声，就不再需要照料了。她自己正想坐车回去。

其实她只是因为同这男子太接近了，无从认清这男子。她想让他走后，再来细细玩味一下这件凑巧的奇遇。

她爬上小阜去，眼看到那男孩子上了船，把船摇着离开了海岸后，这方面摇着手，那方面也摇着手，到后船转过峭壁不见了，她方重新躺下，甜甜地睡了一阵。

他们第二天又在浴场中见了面。

他们第三天又把船沿海摇去，停泊在浴人稀少的长沙旁小湾里，在原来树林里玩了半天。分别时，那女孩子心想："这倒是很好的，他似乎还不知道说爱谁，但处处见得他爱我！"她用的是快乐与游戏心情，引导这个男孩子的感情到了一个最可信托的地位。她忘了这事情的危险。弄火的照例也就只因为火的美丽，忘了一切灼手的机会。

那男孩子呢，他欢喜她。他在她面前时，又活泼，又年轻，离开她时，便诸事毫无意绪。他心乱了。他还不会向她说“他爱了她”，他并不清楚什么是爱。

她明白他是不会如何来说明那点心中烦乱的爱情的，她觉得这些方面美丽处，永远在心上构成一条五色的虹。

但两人在凑巧中成了朋友，却仍然在另一凑巧中发生了点误会，终于又离开了。

（一个极长的冬天。）

那年秋天他转入了北平的工业大学理科。她也到了北平入了燕京大学的文科二年级。

他们仍然见了面。她成了往日在南海之滨所见到的一个十七岁女孩子，非得到那个男孩子不成了。

她爱了他。他却因为明白了她是一个官僚的女子，且从一些不可为据的传闻上，得到这个女人一些故事，他便尽避着她。

年龄同时形成两人间一种隔阂，女人却在意外情形中成为一个失恋者。在各样冷淡中她仍然保持到她那份真诚。至于他呢，还只是一个二十一岁的孩子，气概太强了点，太单纯了点，只想在化学中将来能有一分成就，对于国家有所贡献。这点单纯处使他对于恋爱看得与平常男子不同了。事实上他还是个小孩子，有了信仰，就不要恋爱了。

如此在一堆无多精彩的连续而来的日子中，打发了将近一千个日子。两人只在一分亲切友谊里自重地过下去。

到后却终于决裂了。女人既已毕了业，且在那个学校研究院过了一年，他也毕业了。她明白这件事应当有一个结束，她便告给他，她已预备过法国去。那男的只是用三年来已成习惯的态度，对于她所说的话表示同意，他到后却告她，他只想到上海一家化工厂做助理技师，积了钱再出国读书。

她告他只要他想读书，她愿意他把她当个好朋友，让她借给他一笔钱。他就说他并不想这样读书，这种读书毫无意思。

他们另外还说了别的，这骄傲美丽的男子，差不多全照上面语气答复女子。

她到后便什么话也不说，只预备走了。

他恰好于这时节在实验室中了毒。

后来入了医院，成为协和医院病房中一位常住者，病房中病人床边那张小椅子上，便常常坐了那个女子。

人在病中性情总温柔了些。

他们每天温习三年前那海上一切，这一片在各人印象中的海，颜色鲜明，但两人相顾，却都不像从前那么天真了。这病对于女人给了许多机会，使女人的柔情在各种小事上，让那个躺在白色被单里的病人，明白它，领会它。

（春天，有雪微融的春天。不，黄叶做证，这不是春天！）

一辆汽车停顿在西山饭店前门土地上，出来了一个男子，一个颀长俊美的男子，一个女人，一个穿了绿色丝质长袍的女人，两人看了三楼一间明亮的房间。一会儿，汽车上的行李，一个黄衣箱，一个黑色打字机小箱，从楼下搬来时，女人告给穿制服的仆役，嘱告汽车夫，等一点钟就要下山。

过了一点钟后，那辆汽车在八里庄坦平官道上向城中跑去时，却只是一辆空车。

……

将近黄昏时，男子拥了薄呢大衣，伴同女人立定在旅馆屋顶石栏杆边，望一抹轻雾流动于山下平田远村间，天上有赪霞如女人脸庞，天空东北方角隅里，现出一粒星星，一切皆如梦境。旅馆前面是上八大处的大道，山道上正有两个身穿中学生制服的女孩子，同一个穿翻领衬衣黄色短裤的男子，向旅馆看门人询问上山过某处的道路。一望而知，这些年轻人都是从城中结伴上山来旅行的。

女人看看身旁久病初瘥的男子，轻轻地透了口气。

去旅馆大约半里远近，有一个小小山阜，阜上种的全是洋槐，那树林浴在夕阳中，黄色的叶子更耀人眼目。男子似乎对这小阜发生了兴味，向女人说："我们到那边去看看好不好？"

女人望了一望他的脸儿，便轻轻地说："你不是应当休息吗？"

"我欢喜那个小山。"男的说，"这山似乎是我们的……"

"你不能太累！"女的虽那么说，却侧过了身，让男的先走。

"我精神好极了，我们去玩玩，回来好吃饭。"

两人不久就到了那山阜树林。这里一切恰恰同数年前的海滨地方一样，两人走进树林时，皆有所惊讶，不约而同急促地举步穿过树林，仿佛树林尽处，即是那片变化无方的大海。但到了树林尽头处，方明白前面不是大海，却只是一个私人的坟地。女的一见坟地，为之一怔，站着发了痴。男的却不注意到这坟地，只愉快地笑着。因为更远处，夕阳把大地上一切皆镀了金色，奇景当前，有不可形容的瑰丽。

男子似乎走得太急促了一些，已微微作喘，把手递给女子后，便问女子这地方像不像一个两人十分熟悉的地方。她听着这个询问时，轻微地透了一口气，勉强笑着，用这个微笑掩饰了自己的感情。

"回忆使人年轻了许多。"男的自言自语地说着。

但那女的却在心中回答着："一个人用回忆来生活，显见得这人生活也只剩下些残余渣滓了。"

晚风轻轻地刷着槐树，黄色叶子一片一片落在两人身上与脚边，男子心中既极快乐，故意做成感慨似的说：“夏天过了，春天在夏天的前面，继着夏天而来的是秋天。多美丽的秋天！”

他说着，同时又把眼睛望着有了秋意的女人的眼、眉、口、鼻。她的确是美丽的，但一望而知这种美丽不是繁花压枝的三月，却是黄叶藉地的八月。但他现在觉得她特别可爱，觉得那点妩媚处，却使她超越了时间的限制，变成永远天真可爱，永远动人吸人的好处了。他想起了几年来两人间的关系，如何交织了眼泪与微笑。他想起她因爱他而发生的种种事情，他想起自己，几年来如何被爱，却只是初初看来好像故意逃避，其实说来则只漫无理性地拒绝，便带了三分羞惭，把一只手向女人伸去，两人握着了手，眼睛对着眼睛时，他便抱歉似的轻轻地说：“我快乐得很。我感谢你。”

女人笑了。瞳子湿湿的，放出晶莹的光。一面愉快地笑，一面似乎也正孤寂地有所思索，就在那两句话上，玩味了许久，也就正是把自己嵌入过去一切日子里去。

过了一会儿，女人说：

“我也快乐得很。”

“我觉得你年轻了许多，比我在山东那个海边见你时还年轻。”

“当真吗？”

“你看我的眼睛，你看看，你就明白你的美丽，如何反映在一个男子惊讶上！”

“但你过去从不为什么美丽所惊讶，也不为什么温柔所屈服。”

“我这样说过吗？”

“虽不这样说过，却有这样事实。”

他傍近了她，把另一只手轻轻地搭上她的肩部，且把头靠近她鬓边去。

“我想起我自己糊涂处，十分羞惭。”

她把脸掉过去，遮饰了自己的悲哀，却轻轻地说道：“看，下面的村子多美……”

男子同一个小孩子一样，走过她面前去，搜索她的脸，她便把头低下去，不再说话。他想拥抱她，她却向前跑了。前面便是那个不知姓氏的坟园短墙，她站在那里不动，他赶上前去把她两只手捏得紧紧的，脸对着脸，两人皆无话可说。两人皆似乎触着一样东西，喑哑了，不能用口再说什么了。

女的把一只白白的手抚摩着男的脸颊同胳膊，“冷不冷？夜了，我们回去。”男的不说什么，只把那只手拖到嘴边吻着。

两人默默地走回去。

到旅馆后，男的似乎还兴奋，躺在一张靠背椅上，女的则站在他的身边，带着亲切的神气，把手去摸男子的额部，且轻轻地问他：“累不累？头昏不昏？”

男的便仰起头颅，看到女人的白脸，作将近第五十次带着又固执又孩子气的模样说：“我爱你。”

女的笑说：

“不爱既不必用口说我就明白，爱也无须乎用口说。”

男的说：

“还生我的气吗？”

女的说：

“生你什么气？生气有什么用处？”

两人后来在煤油灯下吃了晚饭。饭吃过后，女的便照医生所嘱咐的把两种药水混合到一个小瓶子里，轻轻地摇了一会儿，再倒出到白瓷杯子里去。

服过了药，男的躺在床上，女的便坐在床边，同他来谈说一切过去事情。

两人谈到过去在海边分手那点误会时，男的向女的说：“……你不是说过让我另外给你一个机会，证明你是个什么样的人吗？我问你，究竟是什么样的机会？”

女的不说什么，站起了一下，又重复坐下去，把脸贴到男的脸边去。男的只觉得香气醉人，似乎平时从不闻过这种香味。

第二天早上约莫八点钟，男的醒来时，房中不见女人，枕头边有个小小信封，一个外面并不署名，一掂到手中却知道有信件在里面的白色封套。撕去了那个信封的纸皮，里面果然有一张写了字的白纸，信上写着：

我不知为什么，总觉得走了较好，为了我的快乐，为了不委屈我自己的感情，我就走了。莫想起一切过去有所痛苦，过去既成为过去，也值不得把感情放在那上面去受折磨。你本来就不明白我的。我所希望的，几年来为这点愿心经验一切痛苦，也只是要你明白我。现在你既然已明白我，而且爱了我，为了把我们生命解释得更美一些，我走了，当然比我同你住下去较好的。

你的药已配好，到时照医生嘱咐按时服药，服后安安静静地睡觉。学做个男子，学做个你自己平时以为是男子的模样，不必大惊小怪，不必让旅馆中知道什么。

希望你能照往常一样，不必担心我的事情。我并不是为了增加你的想念而走的。我只觉得我们事情业已有了一个着落，我应当走，我就走了。

愿天保佑你。

如蕤留

把信看完后，他赶忙揿床边电铃。听差来了，他手中还捏着那个信，躺在床上。本想询问那听差的，同房女人什么时候下的山，但一看到听差，却不作声，只把头示意，要他仍然出去。听差拉上了门出去后，他伸手去攫取那个药瓶，药瓶中的白汁，被振荡时便发着小小泡沫。

他望着这些泡沫在振荡静止以后就消灭了，便继续摇着。

他爱她，且觉得真爱了她。

一九二二年六月在青岛写成

（登于《申报·自由谈》，原名《女人》）

月下小景

初八的月亮圆了一半，很早就悬到天空中。傍了 ×× 省边境由南而北的横断山脉长岭脚下，有一些为人类所疏忽、历史所遗忘的残余种族聚集的山寨。他们用另一种言语，用另一种习惯，用另一种梦，生活到这个世界一隅，已经有了许多年。当这松杉挺茂、嘉树四合的山寨，以及寨前大地平原，整个为黄昏占领了以后，从山头那个青石硐堡向下望去，月光淡淡地洒满了各处，如一首富于光色和谐雅丽的诗歌。山寨中，树林角上，平田的一隅，各处有新收的稻草积，以及白木做成的谷仓。各处有火光，飘扬着快乐的火焰，且隐隐地听得着人语声，望得着火光附近有人影走动。官道上有马项铃清亮细碎的声音，有牛项下铜铎沉静庄严的声音。从田中回去的种田人，从乡场上回家的小商人，家中莫不有一个温和的脸儿等候在大门外。厨房中莫不预备得有热腾腾的饭菜与用瓦罐炖热的家酿烧酒。

薄暮的空气极其温柔，微风摇荡的大气中，有稻草香味，有烂熟了山果香味，有甲虫类气味，有泥土气味。一切在成熟，在开始结束一个夏天阳光雨露所及长养生成的一切。一切光景具有一种节日的欢乐情调。

柔软的白白月光，给位置在山岨上石头硐堡画出一个明明朗朗的轮廓，碉堡影子横卧在斜坡间，如同一个巨人的影子。碉堡缺口处，迎月光的一面，倚着本乡寨主独生儿子傩佑，傩神所保佑的儿子，身体靠定石墙，眺望那半规新月，微笑着思索人生苦乐。

“……人实在值得活下去，因为一切那么有意思，人与人的战争，心与心的战争，到结果皆那么有意思。无怪乎本族人有英雄追赶日月的故事。因为日月若可以请求，要它停顿在哪儿时，它便停顿，那就更有意思了。”

这故事是这样的：第一个 ×× 人，用了他武力同智慧得到人世一切幸福时，他还觉得不足，贪婪的心同天赋的力，使他勇往直前去追赶日头，找寻月亮，想征服主管这些东西的神，勒迫它们在有爱情和幸福的人方面，把日子去得慢一点，在失去了爱，心为忧愁失望所啮蚀的人方面，把日子又去得快一点。结果这贪婪的人虽追上了日头，却被日头的热所烤炙，在西方大泽中就渴死了。至于日月呢，虽知道了这是人类的欲望，却只是万物中之一的欲望，故不理会。因为神是正直的，不阿其所私的，人在世界上并不是唯一的主人，日月不单为人类而有。日头给一切生物热和力，月亮给一切虫类唱歌和休息，用这种歌声与银白光色安息劳碌的大地。日月虽仍然若无其事地照耀着整个世界，看着人类的忧乐，看着美丽的变成丑恶，又看着丑恶的称为美丽，人类太进步了一点，比一切生物智慧较高，也比一切生物更不道德。既不能用严寒酷热来困苦人类，又不能不将日月照及人类，故同另一主宰人类心的创造的神，想出了一个办法，就是使此后快乐的人越觉得日子太短，使此后忧愁的人越觉得日子过长，人类既然凭感觉来生活，就在感觉上加给人类一种处罚。

这故事有作为月神与恶魔商量结果的传说，就因为恶魔是在夜间出世的。人都相信这是月亮做成的事，与日头毫无关系。凡一切人讨论光阴去得太快或太慢时，却常常那么诅咒：“日子，滚你的去吧。”

痛恨日头而不憎恶月亮。土人的解释，则为人类性格中，慢慢地已经神性渐少，恶性渐多。另外就是月光较温柔、和平，给人以智慧的冷静的光，却不给人以坦白直率的热，因此普遍生物都欢喜日光，人类中却常常诅咒日头。约会恋人的，走夜路的，做夜工的，皆觉得月光比日光较好。在人类中讨厌月光的只是盗贼，本地方土人中却无盗贼，也缺少这个名词。

这时节，这一个年纪还刚满二十一岁的寨主独生子，由于本身的健康，以及从另一方面所获得的幸福，对头上的月光正满意地会心微笑，似乎月光也正对了他微笑。傍近他身边，有一堆白色东西。这是一个女孩子，把她那长发散乱的美丽头颅，靠在这年轻人的大腿上，把它当作枕头安静无声地睡着。女孩子一张小小的尖尖的白脸，似乎被月光漂过的大理石，又似乎月光本身。一头黑发，如同用冬天的黑夜作为材料，由盘踞在山洞中的女妖亲手纺成的细纱。眼睛，鼻子，耳朵，同那一张产生幸福的泉源的小口，以及颊边微妙圆形的小涡；如本地人所说的藏吻之巢窝，无一处不见得是神所着意成就的工作。一微笑，一眨眼，一转侧，都有一种神性存乎其间。神同魔鬼合作创造了这样一个女人，也得用侍候神同对付魔鬼的两种方法来侍候她，才不委屈这个生物。

女人正安安静静地躺在他的身边，一堆白色衣裙遮盖到那个修长丰满柔软温香的身体，这身体在年轻人记忆中，只仿佛是用白玉、奶酥、果子同香花调和削筑成就的东西。两人白日里来此，女孩子在日光下唱歌，在黄昏里与落日一同休息，现在又快要同新月一样苏醒了。

一派清光洒在两人身上，温柔地抚摩着睡眠者的全身。山坡下是一部草虫清音繁复的合奏。天上那规新月，似乎在空中停顿着，长久还不移动。

幸福使这个孩子轻轻地叹息了。

他把头低下去，轻轻地吻了一下那用黑夜搓成的头发，接近那魔鬼手段所成就的东西。

远处有吹芦管的声音。有唱歌声音。身近旁有斑背萤，带了小小火把，沿了碉堡巡行，如同引导小仙人来参观这古堡的神气。

当地年轻人中唱歌圣手的傩佑，唯恐惊了女人，惊了萤火，轻轻地轻轻地唱：

> 龙应当藏在云里，
> 你应当藏在心里。
> ……

女孩子在迷糊梦里，把头略略转动了一下，在梦里回答着：

> 我灵魂如一面旗帜，
> 你好听歌声如温柔的风。

他以为女孩子已醒了，但听下去，女人把头偏向月光又睡去了。于是又接着轻轻地唱道：

> 人人说我歌声有毒，
> 一首歌也不过如一升酒使人沉醉一天，
> 你那敷了蜂蜜的言语，
> 一个字也可以在我心上甜香一年。

女孩子仍然闭了眼睛在梦中答着：

不要冬天的风，不要海上的风，
这旗帜受不住狂暴大风。
请轻轻地吹，轻轻地吹；
（吹春天的风，温柔的风，）
把花吹开，不要把花吹落。

小寨主明白了自己的歌声可作为女孩子灵魂安宁的摇篮，故又接着轻轻地唱道：

有翅膀鸟虽然可以飞上天空，
没有翅膀的我却可以飞入你的心里。
我不必问什么地方是天堂，
我业已坐在天堂门边。

女孩又唱：

身体要用极强健的臂膀搂抱，
灵魂要用极温柔的歌声搂抱。

寨主的独生子傩佑，想了一想，在脑中搜索话语，如同宝石商人在口袋中搜索宝石。口袋中充满了放光炫目的珠玉奇宝，却因为数量太多了一点，反而选不出那自以为极好的一粒，因此似乎受了一点儿窘。他觉得神祇创造美和爱，却由人来创造赞誉这神工的言语。向美说一句话，为爱下一个注解，要适当合宜，不走失感觉所及的式样，不是一个平常人的能力所能企及。

“这女孩子值得用龙朱的爱情装饰她的身体，用龙朱的诗歌装饰她的人格。”他想到这里时，觉得有点惭愧了、口吃了，不敢再唱下去了。

歌声做了女孩子睡眠的摇篮，所以这女孩子才在半醒后重复入梦。歌声停止后，她也就惊醒了。

他见到女孩子醒来时，就装作自己还在睡眠，闭了眼睛。女孩从日头落下时睡到现在，精神已完全恢复过来，看男子还依靠石墙睡着，担心石头太冷，把白羊毛披肩搭到男子身上去后，傍了男子靠着。记起睡时满天的红霞，望到头上的新月，便轻轻地唱着，如母亲唱给小宝宝听催眠歌。

睡时用明霞做被，
醒来用月儿点灯。

寨主独生子哧地笑了。

“……”

“……”

四只放光的眼睛互相瞅着，各安置一个微笑在嘴角上，微笑里却写着白日两人的一切行为，两人似乎皆略略为先前一时那点回忆所羞了，就各自向身旁那一个紧紧地挤了一下，重新交换了一个微笑。两人发现了对方脸上的月光那么苍白，于是齐向天上所悬的半规新月望去。

远远的有一派角声与锣鼓声，为田户巫师禳土酬神所在处。两人追寻这快乐声音的方向，于是向山下远处望去。远处有一条河。

“没有船舶不能过那条河，没有爱情如何过这一生？”

“我不会在那条小河里沉溺，我只会在你这小口上沉溺。”

两人意思仍然写在一种微笑里，用的是那么暧昧神秘的符号，却使对面一个从这微笑里明明白白，毫不含糊。远处那条长河，在月光下蜿蜒如一条带子，白白的水光，薄薄的雾，增加了两人心上的温暖。

女孩子说到她梦里所听的歌声，以及自己所唱的歌，还以为他们两人皆在梦里。经小寨主把刚才的情形说明白时，两人笑了许久。

女孩子天真如春风，快乐如小猫，长长的睡眠把白日的疲倦完全恢复过来，因此在月光下，显得如一尾鱼在急流清溪里，十分活泼。

只想说话，说的全是那些远无边际的、与梦无异的，年轻情人在狂热中所能说的糊涂话、蠢话，皆完全说到了。

小寨主说：

“不要说话，让我好在所有的言语里，找寻赞美你眉毛头发美丽处的言语！”

“说话呢，是不是就妨碍了你的谄谀？一个有天分的人，就是谄谀也显得不缺少天分！”

“神是不说话的。你不说话时像……”

“还是做人好！你的歌中也提到做人的好处！我们来活活泼泼地做人，这才有意思！”

“我以为你不说话就像何仙姑的亲姊妹了。我希望你比你那两个姐姐还稍呆笨一点。因为呆笨一点，我的言语字汇里，才有可以形容你高贵处的文字。”

“可是，你曾同我说过，你也希望你那只猎狗敏捷一点。”

“我希望它灵活敏捷一点，为的是在山上找寻你比较方便，为我带信给你时也比较妥当一点。”

“希望我笨一点，是不是也如同你希望羚羊稍笨一样，好让你嗾使那只猎狗追我时，不至于使我逃脱？”

“好的音乐常常是复音，你不妨再说一句。”

“我记得到你也希望羚羊稍笨过。”

“羚羊稍笨一点，我的猎狗才可以赶上它，把它捉回来送你。你稍笨一点，我才有相当的话颂扬你！”

“你口中体面话够多了，你说说你那些感觉给我听听，说谎若比真实更美丽，我愿意听你那些美丽的谎话。”

“你占领我心上的空间，如同黑夜占领地面一样。”

“月亮起来时，黑暗不是就只占领地面空间很小很小一部分了吗？”

“月亮照不到人心上的。”

“那我给你的应当也是黑暗了。”

“你给我的是光明，但是一种炫目的光明，如日头似的逼人熠耀。你使我糊涂。你使我卑陋。”

“其实你是透明的，从你选择阿谀时，证明你的心现在还是透明的。”

“清水里不能养鱼，透明的心也一定不能积存辞藻。”

“江中的水永远流不完，人心中的话永远说不完。不要说了，一张口不完全是说话用的！”

两人为嘴唇找寻了另外一种用处，沉默了一会儿。两颗心同一的跳跃，望着做梦一般月下的长岭，大河，寨堡，田坪。芦笙声音似乎为月光所湿，音调更低郁沉重了一点。寨中的角楼，第二次擂了转更鼓。女孩子听到时，忽然记起了一件事。把小寨主那颗年轻聪慧的头颅捧到手上，眼眉口鼻吻了好些次数，向小寨主摇摇头，无可奈何低低地叹了一声气。把两只手举起，跪在小寨主面前来梳理头上散乱了的发辫，意思想站起来，预备要走了。

小寨主明白那意思了，就抱了女孩子，不许她站起身来。

“多少萤火虫还知道打了小小火炬游玩，你忙些什么？走到什么地方去！”

“一颗流星自有它来去的方向，我有我的去处。”

“宝贝应当收藏在宝库里，你应当收藏在爱你的那个人家里。”

“美的都用不着家：流星，落花，萤火，最会鸣叫的蓝头红嘴绿翅膀的王母鸟，也都没有家的。谁见过人蓄养凤凰呢？谁能束缚月光？”

“狮子应当有它的配偶，把你安顿到我家中去，神也十分同意！”

“神同意的人常常不同意。”

“我爸爸会答应我这件事，因为他爱我。”

“因为我爸爸也爱我，若知道了这件事，会把我照 ×× 人规矩来处置。若我被绳子缚了沉到天坑里去时，那地方接连四十八根箩筐绳子还不能到底，死了，做鬼也找不出路来看你，活着做梦也不能辨别方向。”

女孩子是不会说谎的，×× 族人的习气，女人同第一个男子恋爱，却只许同第二个男子结婚。若违反了这种规矩，常常把女子用一扇小石磨捆到背上，或者沉入潭里，或者抛到天坑里。习俗的来源极古，过去一个时节，应当同别的种族一样，有认处女为一种有邪气的东西，地方族长既较开明，巫师又因为多在节欲生活中生活，故执行初夜权的义务，就转为第一个男子的恋爱。第一个男子因此可以得到女人的贞洁，就不能够永远得到她的爱情。若第一个男子娶了这女人，似乎对于男子也十分不幸。迷信在历史中渐次失去了它本来的意义，习俗却把古代规矩保持了下来。由于 ×× 守法的天性，故年轻男女在第一个恋人身上，也从不做那长远的梦。“好花不能长在，明月不能长圆，星子也不能永远放光”，×× 人歌唱恋爱，因此也多忧郁感伤气氛。常常有人在分手时感到“芝兰不易再开，欢乐不易再来”，两人悄悄逃走的。也有两人携了手沉默无语一同跳到那些在地面张着大嘴、死去了万年的火山孔穴里去的。再不然，冒险地结了婚，到后被查出来时，就应当把女的向地狱里抛去那个办法了。

当地女孩子因为这方面的习俗无法除去，故一到成年，家庭即不大加以拘束，外乡人来到本地若喜悦了什么女子，使女子献身总十分容易。女孩子明理懂事一点的，一到了成年时，总把自己最初的贞操，稍加选择就付给了一个人，到后来再同自己钟情的男子结婚。男子中明理懂事的，业已爱上某个女子，若知道她还是处女，也将尽这女子先去找寻一个尽义务的爱人，再来同女子结婚。

但这些魔鬼习俗不是神所同意的。年轻男女所做的事，常常与自然的神意合一，容易违反风俗习惯。女孩子总愿意把自己整个交付给一个所倾心的男孩子。男子到爱了某个女孩时，也总愿意把整个的自己换回整个的女子。风俗习惯下虽附加了一种严酷的法律，在这法律下牺牲的仍常常有人。

女孩子遇到了这寨主独生子，自从春天山坡上黄色棠棣花开放时，即被这男子温柔缠绵的歌声与超人壮丽华美的四肢所征服，一直延长到秋天，还极其纯洁地在一种节制的友谊中恋爱着。为了狂热的爱，且在这种有节制的爱情中，两人皆似乎不需要结婚，两人中谁也不想照习惯先把贞操给一个人蹂躏后再来结婚。

但到了秋天，一切皆在成熟。悬在树上的果子落了地，谷米上了仓，秋鸡伏了卵，大自然为点缀这大地一年来的忙碌，还在天空中涂抹了些无比华丽的色泽，使溪涧澄清，空气温暖而香甜，且装饰了遍地的黄花，以及在草木枝叶间敷上与云霞同样的炫目颜色。一切皆布置妥当以后，便应轮到人的事情了。

秋成熟了一切，也成熟了两个年轻人的爱情。

两人同往常任何一天相似，在约定的中午以后，在这个古碉堡上见面了。两人共同采了无数野花铺到所坐的大青石板上，并肩地坐在那里。山坡上开遍了各样草花，各处是小小蝴蝶，似乎向每一朵花皆悄悄嘱咐了一句话。向山坡下望去，入目远近皆异常恬静美丽。长岭上有割草人的歌声，村寨中有为新生小犊做栅栏的斧斫声，平田中有拾穗打禾人快乐的吵骂声。天空中白云缓缓地移，从从容容地流动，透蓝的天底，一阵候鸟在高空排成一线飞过去了，接着又是一阵。

两个年轻人用山果山泉充了口腹的饥渴，用言语微笑喂着灵魂的饥渴。对日光所及的一切唱了上千首的歌，说了上万句的话。

日头向西掷去，两人对于生命感觉到一点点说不分明的缺处。黄昏将近以前，山坡下小牛的鸣声，使两人的心皆发了抖。

神的意思不能同习惯相合，在这时节已不许可人再为任何魔鬼做成的习俗加以行为的限制。理智即或是聪明的，理智也毫无用处。两人皆在忘我行为中，失去了一切节制约束行为的能力，各在新的形式下，得到了对方的力，得到了对方的爱，得到了把另一个灵魂互相交换移入自己心中深处的满足。到后来，两人皆在战栗中昏迷了、喑哑了、沉默了。幸福把两个年轻人在同一行为上皆弄得十分疲倦，终于两人皆睡去了。

男子醒来稍早一点，在回忆幸福里浮沉，却忘了打算未来。女孩子则因为自身是女子，本能地不会忘却 ×× 人对于女子违反这习惯的赏罚，故醒来时，也并未打算到这寨主的独生子会要她同回家去。两人的年龄都还只适宜生活在夏娃亚当所住的乐园里，不应当到这“必需思索明天”的世界中安顿。

但两人业已到了向所生长的一个地方、一个种族的习惯负责时节了。

“爱难道是同世界离开的事吗？”新的思索使小寨主在月下沉默如石头。

女孩子见男子不说话了，知道这件事正在苦恼到他，就装成快乐的声音，轻轻地喊他，恳切地求他，在应当快乐时放快乐一点。

　　×× 人唱歌的圣手，

请你用歌声把天上那一片白云拨开。

月亮到应落时就让它落去，

现在还得悬在我们头上。

天上的确有一片薄云把月亮拦住了，一切皆朦胧了。两人的心皆比先前黯淡了一些。

寨主独生子说：

我不要日头，可不能没有你。

我不愿做帝称王，却愿为你做奴当差。

女孩子说：“这世界只许结婚不许恋爱。”

“应当还有一个世界让我们去生存，我们远远地走，向日头出处远远地走。”

“你不要牛，不要马，不要果园，不要田土，不要狐皮褂子同虎皮坐褥吗？”

“有了你我什么也不要了。你是一切：是光，是热，是泉水，是果子，是宇宙的万有。为了同你接近，我应当同这个世界离开。”

两人就所知道的四方各处想了许久，想不出一个可以容纳两人的地方。南方有汉人的大国，汉人见了他们就当生番杀戮，他不敢向南方走。向西是通过长岭无尽的荒山，虎豹所据的地面，他不敢向西方走。向北是本族人的地面，每一个村落皆保持同一魔鬼所颁的法律，对逃亡人可以随意处置。只有东边是日月所出的地方，日头既那么公正无私，照理说来日头所在处也一定和平正直了。

但一个故事在小寨主的记忆中活起来了，日头曾炙死了第一个 ×× 人，自从有这故事以后，×× 人谁也不敢向东追求习惯以外的生活。×× 人有一首历史极久的歌，那首歌把求生的人所不可少的欲望、真的生存意义却结束在死亡里，都以为若贪婪这“生”只有“死”才能得到。战胜命运只有死亡，克服一切唯死亡可以办到。最公平的世界不在地面，却在空中与地底：天堂地位有限，地下宽阔无边。地下宽阔公平的理由，在 ×× 人看来是可靠的，就因为从不听说死人愿意重生，且从不闻死人充满了地下。×× 人永生的观念，在每一个人心中皆坚实地存在。孤单的死，或因为恐怖不容易找寻他的爱人，有所疑惑，同时去死皆是很平常的事情。

寨主的独生子想到另外一个世界，快乐地微笑了。

他问女孩子，是不是愿意向那个只能走去不再回来的地方旅行。

女孩子想了一下，把头仰望那个新从云里出现的月亮。

水是各处可流的，
火是各处可烧的，
月亮是各处可照的，
爱情是各处可到的。

说了，就躺到小寨主的怀里，闭了眼睛，等候男子决定了死的接吻。寨主的独生子，把身上所佩的小刀取出，在镶了宝石的空心刀把上，从那小穴里取出如梧桐子大小的毒药，含放到口里去，让药溶化了，就度送了一半到女孩子嘴里去。两人快乐地咽下了那点同命的药，微笑着，睡在业已枯萎了的野花铺就的石床上，等候药力发作。

月儿隐在云里去了。

一九三二年九月作，一九三三年在青岛写成

雨　后

“我明白你会来，所以我等。”

“当真等我？”

“可不是。我看看天，雨快要落了。谁知道这雨要落多大多久。天又是黑的，我喊了五声，或者七声。我说，四狗，四狗，你是怎么啦！雨快要落了，不怕吗？落雨了，打雷了，你这个人！全不曾回声。我以为你回了家。我又算……雨可真来了。哗啦哗啦，这里树叶子响得多怕人。我不怕，可只担心你。我知道你是不曾拿斗篷的。雨水可真大。我躲在那株大楠木下。就是那株楠木，我们俩……忘记了吗？你装痴。我要问你到底打哪儿来。身上也不湿多少，头又是光的，我问你，躲到什么洞里。”

四狗笑。四狗不答。他不说从家中来，她便明白的。

他坐到那人身边去，挤拢去坐，垫坐当成褥子的是桐木叶。

这时节行雨已过前山，太阳复出了。还可以看前山成块成片的云，像被猎人追赶的野猪，只飞奔。四狗坐处四围是虫声，是树木枝叶上积雨下滴的声音。上有个棚，雨后太阳蒸得每个山头出热气，四狗头上却阴凉。头上虽凉心却热热的，原来四狗的腰已被两只柔软的手围着了。

“四狗——”女的想说什么不及说，便打一声呼哨。

因为对山有同伴，同伴这时正吹着口哨找人。

同伴是在落雨时各藏躲岩下树下，雨止以后又散在山头摘蕨菜，这时陪四狗身边坐的也是摘蕨人。

在两人背后有一个背笼，是女人的。四狗便回头扳那背笼看。

“今天怎么只得这一点……喔，花倒得了不少。还有莓咧，我口正渴，让我吃莓吧。下了一阵雨，莓已洗淡了，这个可是雨前摘的。这个大的归我吃。我喂你这一颗。算我今天赔礼，不成吗？”

“要你赔礼？我才……”

她把围着四狗的腰的两只手放松了，去采取地上的枯草。

“四狗，我告诉你，我也总有一天要枯的——一切全要枯，到八月九月。我总比你们枯得更早。”她记起一册唱本书，自古红颜多命薄。一个女人没有着落，书本上可记起的故事太多了。

四狗莫名其妙。他说道：

“我的天，我听不懂你的话！”

“我也不一定要你懂，你总有一天懂的。”

“让我在这儿便懂，成不成？”

“你要懂，就懂了，待不得我说。”她又想，“聋子耳边响大雷，空事情。”就哧地笑了。

四狗不再吃莓了，用手扳定并排坐的人头，细细地赏鉴。黑色的皮肤，红红的薄嘴，大大的眼睛与长长的眉毛，四狗这时重新来估价。鼻子小，耳朵大，下巴是尖的，这些地方四狗却放过了。他捏她辫子。辫子是在先盘在头上，像一盘乌梢蛇，这时这蛇已挂在背后了，四狗不怕蛇咬人，从头捏至尾。

“你少野点。”女的说了却并不回头。

四狗渐渐明白了自己的过错。通常便如此，非使人稍稍生气，不会明白的。于是他亲她的嘴——把脸扭着不让怎么办，所亲的只是耳下的颈子。四狗为这个情形倒又笑了。他算计得出，这是经验过的，像看戏一样，每戏全有“打加官”。打加官以后是……末了到唱杂戏，热闹之至。

女的稍停停，不让四狗看见，背了脸，也笑了。四狗不必看也完全清楚。

四狗说：“好人，莫发我的气好了。”

“怎么还说人发你的气。女人敢惹男子吗？……嘘，七妹子，你莫癫！”

后面说的话声音提得极高，为的是应付对山一个女人的唱歌。对山七妹子，知道这一边山草棚下有阿姐和四狗在一起，就唱歌作弄人。

七妹子唱的是——

天上起云云重云，
地上埋坟坟重坟，
娇妹洗碗碗重碗，
娇妹床上人重人。
天上起云云起花，
苞谷林里种豆荚，
豆荚缠坏苞谷树，
娇妹缠坏后生家。

四狗是不常常唱歌的，除非是这时人隔一重山——然而如今隔一层什么？他的手，那只拈吃过特意为他摘来的三月莓的手，已大胆无畏从她肋下伸过去，抓定一件东西了。

但仍然得唱，唱的是：“大姐走路笑笑底，一对奶子翘翘底。心想用手摸一摸，心子只是跳跳底。”

四狗的心跳，说大话而已。习惯事情已不能使这个男子心跳，除非是把桐木叶子做她的褥，四狗的身做她的被，那时的四狗只想学狗打滚。

对山的七妹子，像看清四狗唱这歌情形下的一切，便大声地喊：

“四狗！四狗！你又撒野了，我要告他们去！”

“七妹子，你再发疯你让我捶你！”

做妹的怕姐姐，经过一阵恐吓，便顾自规规矩矩扯蕨去了。这里的四狗不久两只手全没了空。

四狗不认字，所以当前一切全无诗意。然而听一切大小虫子的鸣叫，听晾干了翅膀的蚱蜢各处飞，听树叶上的雨点向地下的跳跃，听在傍近身边一个人的心怦怦跳，全是诗。

“请你念一句诗给我听。”因为她读过书，而且如今还能看小说，四狗就这样请求。

明白她是读书人，也就容易明白先时同四狗说话的深意了。她从书上知道的事，全不是四狗从实际上所能了解的事。为的要枯了，女人只是一朵花。开得再好也要枯。好花开不长，知道枯得比其他快，便应当更深地爱。然而四狗不是深深地爱吗？虽然深深地爱，总还有什么不够，这应当是认字的过错。四狗不认字。然而若同样的认字识书，在这样天气下不更好些吗？

说是请念一句诗，她就想。

念深了不能懂，浅了又赶不上山歌好，她只念：“落花人独立，微雨燕双飞。”景不洽，但情绪正好是这样情绪。总还有比这个更好的诗，她不能一一去从心中搜索了。

四狗说：“人，这诗真好。”——不是说诗好，他并不懂诗。他意思不过是说念诗的人与此时情景好罢了。他说不出他的快乐。他很快乐。他要撒野。

“这样天气是不准人放荡的天气，不知道吗？”

四狗听到说天气，才像去注意天气一样，望望天。天上蓝分分，还有白的云，白的云若能说像绵羊，则这羊是在蓝海中走动的。四狗虽没见过海，但是那么大，那么深，那么一望无边，天也可以说是海了。

“我说天气太好了，又凉，又清，又……”

“你要成痨病才快活。”

“我成痨病时，你给我的要有好多！”四狗意思是个人身体强壮如豹子，纵听过人说青年人不注意身体随意胡闹就会害痨病，然而痨病不是一时能起的事。

“给你的——给你的什么？呸！”

到底给什么，四狗也说不出口。于是就被呸了，也不争这一口气。把傻话说出来，难道算聪明吗？

到后来他想到另外一个事情，要她把舌子让他咬。顽皮的章法，是四狗以外的别一个也想不出，不是四狗她也不会照办的。

“四狗你真坏，跟谁学来这个下流行动？”

四狗不答。仍然那么坏，他心想，“什么叫作下流。”他不懂这两个字的意义。

“四狗……你去好了。”

“我去，你一个人在这里待着成？”

她却笑了。望四狗。身子只是那么找不到安置处，想同四狗变成一个人。有点迷乱，有点……

过了一会儿，她把眼闭着了，还是说：“四狗，你去了吧。”

四狗要走，可也得待一会儿。

他眼看她着急。这是有经验的。他仍然不松不紧地在她面前歪缠。

他有道理。一种神圣的游戏刚要开始。她口上虽说："四狗，你讨厌，你真讨厌。"结果她将承认四狗在她面前放肆是必要的一件事。四狗人坏，至少在这件事上有点坏，然而这是有个纵容四狗坏的人，不应当由四狗一人负责。

"讨厌的人，我让你摆布，可是你让我……"

一切照办，四狗到后被问到究竟给了他多少，可糊涂得红脸了。头上是蓝分分海样的天，压下来，真像要压下来的样子，然而还有席棚挡驾，不怕被天压死。女人说："四狗，你把我压死了吧。"四狗也像有这样存心，到后可同天一样，做被盖的东西总不是压得人死的。

四狗仿佛若有所得，又仿佛若有所失，预备挪开自己。

四狗得了些什么？不能说明。他得了她所给他的快活，然而快活是用升可以量，还是用秤可以称的东西呢？他又不知道了。她也得了些，她得的更不是通常四狗解释的"快乐"两字。四狗给她一些气力，一些强硬，一些温柔，她用这些东西把自己陶醉，醉到不知人事。到后她恢复了，有点微倦，全身还软软的，心境却很好。所读的书全忘掉了。

一个年轻女人得到男子的好处，不是言语或文字可以解说的，所以她不作声。仰天望，望得是四狗的大鼻子同一口白牙齿。

"四狗，你真讨厌！"

"我不讨厌。"

"你是个坏人。"

"我不是坏人。"

"四狗，不许到井边吃那个冷水！"

在草棚躺着的她，望着向下山的四狗遥喊时，四狗已走过了小溪涧，转到竹子林中，被竹子拦了她的眼睛了。

天气还早，不是烧夜火时候。雨已不落了。她还是躺着，看天上的云，不去采蕨。对山七妹子又唱起来了。

娇家门前一重坡，
别人走少郎走多，
铁打草鞋穿烂了，
不是为你为哪个？

一九二八年作

柏　子

把船停顿到岸边，岸是辰州的河岸。

于是客人可以上岸了，从一块跳板走过去。跳板是一端固定在码头石级上，一端搭在船舷，一个人从跳板走过时，摇摇荡荡不可免。凡要上岸的全是那么摇摇荡荡上岸了。

泊定的船太多了，沿岸泊，桅杆数不清，大大小小随意矗到空中去。桅杆上的绳索像纠纷到成一团，然而却并不。

每一个船头船尾全站得有人，穿青布蓝布短汗褂，口里噙了长长的旱烟杆，手脚露在外面让风吹——毛茸茸的像一种小孩子想象中的妖洞里喽啰毛脚毛手。看到这些手脚，很容易记到“飞毛腿”一类英雄名称。可不是，这些人正是……桅杆上的绳索掯定活车，拖拉全无从着手时，这些飞毛腿的本领，有的是机会显露！毛脚毛手所有的不单是毛，还有类乎钩子的东西，光溜溜的桅，只要一贴身，便飞快地上去了。为表示上下全是儿戏，这些年轻水手一面整理绳索，一面还将在上面唱歌，那一边桅上，也有这样人时，这种歌便来回唱下去。

昂了头看这把戏的，是各个船上的伙计。看着还在下面喊着。左边右边，不拘要谁一个试上去，全是容易之至的事，只是不得老舵手吩咐，则不敢放肆而已。看的人全已心中发痒，又不能随便爬上桅杆顶尖去唱歌，逗其他船上媳妇发笑，便开口骂人。

“我的儿，摔死你！”

“我的孙，摔死了你看你还唱！”

“……”

全是无恶意而快乐的笑骂。

仍然唱，且更起劲了一点。但可以把歌唱到下面骂人的人听，当先若唱的是“一枝花”，这时唱的便是“众儿郎”了。“众儿郎”却依然笑嘻嘻地昂了头看这唱歌人，照例不能生气的。

可是在这情形中，有些船，却有无数黑汉子，用他的毛手毛脚，盘着大而圆的黑铁桶，从舱中滚出，也是那么摇摇荡荡跌到岸边泥滩上了。还有做成方形用铁皮束腰的洋布，有海带，有鱿鱼，有药材……这些东西同搭客一样，在船上舱中紧挤着卧了二十天或十二天，如今全应当登岸了。登岸的人各自还家，各自找客栈，各自吃喝，这些货物却各自为一些大脚婆子走来抱之负之送到各个堆栈里去。

在各样匆忙情形中，便正有闲之又闲的一类人在。这些人住到另一个地方，耳朵能超然于一切嘈杂声音以上，听出桅杆上人的歌声——可是心也正忙着，歌声一停止，唱歌地方代替了一盏红风灯以后，那唱歌的人便已到这听歌人的身边了。桅上用红灯，不消说是夜里了。河边夜里不是平常的世界。

落着雨，刮着风，各船上了篷，人在篷下听雨声风声，江波吼啸如癫子，船只纵互相牵连互相依靠，也簸动不止，这一种情景是常有的。坐船人对此决不奇怪，不欢喜，不厌恶，因为凡是在船上生活，这些平常人的爱憎便不及在心上滋生了。（有月亮又是一种趣味，同晚日与早露，各有不同。）然而他们全不会注意。船上人心情若必须勉强分成两种或三种，这分类方法得另作安排。吃牛肉与吃酸菜，是能左右一般水手心情的一件事。泊半途与湾口岸，这于水手们情形又稍稍不同。不必问，牛肉比酸菜合乎这类“飞毛腿”胃口，船在码头停泊他们也欢喜多了！

如今夜里既落小雨，泥滩头滑溜溜使人无从立足，还有人上岸到河街去。

这是其中之一个，名叫柏子，日里爬桅杆唱歌，不知疲倦；到夜来，还依然不知道疲倦，所以如其他许多水手一样，在腰边板带中塞满了铜钱，小心小心地走过跳板到岸边了。先是在泥滩上走，没有月，没有星，细毛毛雨在头上落，两只脚在泥里慢慢翻——成泥腿，快也无从了——目的是河街小楼红红的灯光，灯光下有使柏子心开一朵花的东西存在。

灯光多无数，每一小点灯光便有一个或一群水手。灯光还不及塞满这个小房，快乐却将水手们胸中塞紧，欢喜在胸中涌着，各人眼睛皆眯了起来。沙喉咙的歌声笑声从楼中溢出，与灯光同样，溢进上岸无钱守在船中的水手耳中眼中时，便如其他世界一样，反应着欢喜的是诅咒。那些不能上岸的水手，他们诅咒着，然而一颗心也摇摇荡荡上了岸，且不必冒滑滚的危险，全各以经验为标准，把心飞到所熟悉的楼上去了。

酒与烟与女人，一个浪漫派文人非此不能夸耀于世人的三样事，这些喽啰们却很平常地享受着，虽然酒是酽冽的酒，烟是平常的烟，女人更是……然而各个人的心是同样的跳，头脑是同样的发迷，口——我们全明白这些平常时节只是吃酸菜南瓜臭牛肉以及说点下流话的口，可是到这时也黏黏糊糊，也能找出所蓄于心、各样对女人的谄谀言语，献给面前的妇人，也能粗粗鲁鲁地把它放到妇人的脸上去、脚上以及别的位置上去。他们把自己沉浸在这欢乐空气中，忘了世界也忘了自己的过去与未来。女人则帮助这些可怜人，把一切穷苦一切期望从这些人心上挪去，放进的是类乎烟酒的兴奋与醉麻。在每一个妇人身上，一群水手同样做着那顶切实的顶勇敢的好梦，预备将这一月储蓄的金钱与精力，全倾之于妇人身上，他们却从不曾预备要人怜悯，也不知道可怜自己。

他们的生活，若说还有使他们在另一时反省的机会，仍然是快乐的吧。这些人，虽然缺少眼泪，却并不缺少欢乐的承受！

其中之一的柏子，为了上岸去找寻他的幸福，终于到一个地方了。

先打门，用一个水手通常的章法，且吹着哨子。

门开了，一只泥腿在门里，一只泥腿在门外，身子便为两条胳膊缠紧了，在那新刮过的日炙雨淋粗糙的脸上，就贴紧了一个宽宽的温暖的脸子。

这种头香油是他所熟悉的。这种抱人的章法，先虽说不出，这时一上身却也熟悉之至。还有脸，那么软软的，混着脂粉的香，用口可以吮吸。到后是，他把嘴一歪，便找到了一个湿的舌子了，他咬着。

女人挣扎着，口中骂着：

“悖时的！我以为你到常德府，被婊子尿冲你到洞庭湖了！”

进到里面的柏子，在一盏“满堂红”灯下立定。妇人望他傻笑。这一对是并肩立着，他比她高一个头，他蹲下去，像整理橹绳那样扳了妇人的腰身时，妇人身便朝前倾，搜索柏子身上的东西。搜出的东西便往床上丢去，又数着东西的名字：“一瓶雪花膏，一卷纸，一条手巾，一个罐子——这罐子装什么？”

“猜呀！”

“猜你妈，忘了为我带的粉吗？”

“你看那罐子是什么招牌！打开看！”

妇人不认识字，看了看罐上封皮，一对美人儿画像。把罐子在灯前打开，放鼻子边闻闻，便打了一个嚏。柏子可乐了，不顾妇人如何，把罐子抢来放在一条白木桌上，便擒了妇人向床边倒下去。

灯光明亮，照着一堆泥脚迹在黄色楼板上。

外面雨大了。

张耳听，还是歌声与笑骂声音。房子相间多只一层薄薄白木板子，比吸烟声音还低一点的声音也可以听出，然而人全无闲心听隔壁。

柏子的纵横脚迹渐干了，在地板上也更其分明。灯光依然，对一对横搁在床上的人照得清清楚楚。

“柏子，我说你是一个牛。”

“我不这样，你就不信我在下头是怎么规矩！”

“你规矩！你赌咒你干净得可以进天王庙！”

“赌咒也只有你妈去信你，我不信。”

柏子只有如妇人所说，粗鲁得同一只小公牛一样。到后于是喘息了，松弛了，像一堆带泥的吊船棕绳，散漫地搁在床边上。

柏子紧紧搂住妇人，且用口去咬。咬她的下唇，咬她的膀子……一点不差，这柏子就是日里爬桅杆的柏子。

妇人望到他这些行为发笑。

过一阵，两人用一个烟盘做长城，各据长城的一边烧烟吃。

妇人一旁烧烟，一旁唱《孟姜女》给柏子听，在这样情形下的柏子，喝一口茶且吸一泡烟，像是做皇帝。

“婊子我告给你听，近来下头媳妇才标得要命！”

“你命怎么不要去，又跟船到这地方来？”

“我这命送她们，她们也不要。”

“不要的命才轮到我。”

“轮到你，你这……好久才轮到我！我问你，到底有多少日子才轮到我？”

妇人嘴一扁，举起烟枪把一个烧好的烟泡装上，就将烟枪送过去塞了柏子的嘴，省得再说浑话。

柏子吸了一口烟，又说："我问你，昨天有人来？"

"来你妈！别人早就等你，我算到日子，我还算到你这尸……"

"老子若是真在青浪滩上泡坏了，你才乐！"

"是，我才乐！"妇人说着便稍稍生了气。

柏子是正要妇人生气才欢喜的。他见妇人把脸放下，便把烟盘移到床头去。长城一去情形全变了，一分钟内局面成了新样子。

一种丑的努力，一种神圣的愤怒，是继续，是开始。

柏子冒了大雨在河岸泥滩上慢慢地走着，手中拿的是一段燃着火头的废缆子，光旺旺地照到周围三尺远近，光照前面的雨成无数反光的线，柏子全无所遮蔽地从这些线林穿过，一双脚浸在泥水里面——把事情做完了，他回船上去。

雨虽大，也不忙。一面怕滑倒，一面有能防雨——或者不如说忘雨的东西吧。

他想起眼前的事心是热的。想起眼前的一切，则头上的雨与脚下的泥，全成为无须置疑的事了。

这时妇人是睡眠了，还是陪别一个水手又来在那大白木床上做某种事情，谁知道。柏子也不去想这个。他把妇人的身体，记得极其熟悉。恰如离开妇人身边一千里，也像可以用手摸，说得出尺寸。妇人的笑，妇人的动，也死死地像蚂蟥一样钉在心上。这就够了。他的所得抵得过一个月的一切劳苦，抵得过船只来去路上的风雨太阳，抵得过打牌输钱的损失，抵得过……他还把以后下行日子的快乐预支了。这一去又是半月或一月，他很明白的。以后也将高高兴兴地做工，高高兴兴地吃饭睡觉，因为今夜已得了前前后后的希望，今夜所"吃"的足够两个月咀嚼，不到两月他可又回来了。

他的背带钱已光了，这种花费是很好的一种花费。并且他也并不是全无计算，他已预先留下了一小部分钱，作为在船上玩牌用的。花了钱，得到些什么，他是不去追究的。钱是在什么情形下得来，又在什么情形下失去，柏子不能拿这个来比较，比较有时也比较过了，但结果不消说还是“合算”。

轻轻地唱着《孟姜女》，唱着《打牙牌》，到得跳板边时，柏子小心小心地走过去，预定的《十八摸》便不敢唱了——因为老板娘还在喂小船老板的奶，听到哄孩子声音，听到吮奶声音。

辰州河岸的商船各归各帮，泊船原有一定地方，各不相混。可是每一只船，把货一起就得到另一处去装货，因此柏子从跳板上摇摇荡荡上过两次岸，船就开了。

一九二八年五月作

散文卷：时光知味

美丽总使人忧愁，然而还受用

月　下

“求你将我放在你心上如印记，带在你臂上如戳记。”我念诵着《雅歌》来希望你，我的好人。

你的眼睛还没掉转来望我，只起了一个势，我早惊乱得同一只听到弹弓弦子响中的小雀了。我是这样怕与你灵魂接触，因为你太美丽了的缘故。

但这只小雀它愿意常常在弓弦响声下惊惊惶惶乱窜，从惊乱中它已找到更多的舒适快活了。

在青玉色的中天里，那些闪闪烁烁的星群，有你的眼睛存在：因你的眼睛也正是这样闪烁不定，且不要风吹。

在山谷中的溪涧里，那些清莹透明的山泉，也有你的眼睛存在：你眼睛我记着比这水还清莹透明，流动不止。

我侥幸又见到你一度微笑了，是在那晚风为散放的盆莲旁边。这笑里有清香，我一点都不奇怪，本来你笑时是有种比清香还能沁人心脾的东西！

我见到你笑了，还找不出你的泪来。当我从一面篱笆前过身，见到那些嫩紫色牵牛花上附着的露珠，便想：倘若是她有什么不快事缠上了心，泪珠不是正同这露珠一样美丽，在凉月下会起虹彩吗？

我是那么想着，最后便把那朵牵牛花上的露珠用舌子舔干了。

“怎么这人哪，不将我泪珠穿起？”你必不会这样来怪我，我实在没有这种本领。我头发白得太多了，纵使我能，也找不到穿它的东西！

病渴的人，每日里身上疼痛，心中悲哀，你当真愿意不愿给渴了的人一点甘露喝？

这如做好事的善人一样：可怜路人的渴涸，济以茶汤，恩惠将附在这路人心上，做好事的人将蒙福至于永远。

我日里要做工，没有空闲。在夜里得了休息时，便沿着山涧去找你。我不怕虎狼，也不怕伸着两把钳子来吓我的蝎子，只想在月下见你一面。

碰到许多打起小小火把夜游的萤火，问它们：“朋友朋友，你曾见过一个人吗？”

“你找寻的那个人是个什么样子呢？”

我指那些闪闪烁烁的群星，“哪，这是眼睛。”

我指那些飘忽的白云，“哪，这是衣裳。”

我要它们静心去听那些涧泉和音，“哪，她声音同这一样。”

我末了把刚从花园内摘来那朵粉红玫瑰在它们眼前晃了一下，“哪，这是脸。”

这些小东西，虽不知道什么叫作骄傲，还老老实实听我的话，但当我问它们听明白没有，只把头摇了摇就想跑。

“怎么，究竟见没见到呢？”——我赶着追问。

“我这灯笼照我自己全身还不够！先生，放我吧。不然，我会又要绊倒在那些不忠厚的蜘蛛设就的圈套里……虽然它们也不能奈何我，但我不愿意同它麻烦。先生，你还是问别个吧，再扯着我会赶不上它们了。”——它跑去了。

我行步迟钝，不能同它们一起遍山遍野去找你——但凡是山上有月色流注到的地方我都到了，不见你的踪迹。

回过头去，听那边山下有歌声飘扬过来，这歌声出于日光只能在垣外徘徊的狱中。我跑去为他们祝福：你那些强健无知的公绵羊啊！

神给了你强健却吝了知识：

每日和平守分地咀嚼主人给你们的窝窝头，疾病与忧愁永不凭附于身；你们是有福了——阿门！

你那些懦弱无知的母绵羊啊！

神给了你温柔却吝了知识：

每日和平守分地咀嚼主人给你们的窝窝头，失望与忧愁永不凭附于身；你们也是有福了——阿门！

世界之霉一时侵不到你们身上，

你们和平守分地生息在圈牢里：

能证明你主人的恩惠——

同时证明了你主人的富有；

你们都是有福了——阿门！

当我起身时，有两行眼泪挂在脸上。为别人流还是为自己流呢？我自己还要问他人。但这时除了中天那轮凉月外，没有能做证明的人。

我要在你眼波中去洗我的手，摸到你的眼睛，太冷了。

倘若你的眼睛真是这样冷，在你鉴照下，有个人的心会结成冰。

这也是我游香山时找得的一篇文章，找得的地方是半山亭。似乎是什么人遗落忘记的稿子。文章虽不及古文高雅，但半夜里能一个人跑上半山亭来望月，本身已就是个妙人了。

当我刚发现这稿子念过前几段时，心想不知是谁个女人来消受他这郁闷的热情，未免起了点妒羡心。到末了使我了然，因最后一行写的是“待人承领的爱”这六个字令我失望，故把它圈掉了。为保存原文起见，乃在这里声明一句。

若有某个人能切实证明这招贴文章是寄她的，只要把地点告知，我也愿把原稿寄她，左右留在我身边也是无用东西。至于我，不经过别人许可，就在这里把别人文章发表了，不合理的地方，特在此致一声歉，不过想来既然是招贴类文章，擅自发表出来，也不算十分无道德心吧。

一九二五年九月一日作

一个戴水獭皮帽子的朋友

我由武陵（常德）过桃源时，坐在一辆新式黄色公共汽车上。车从很平坦的沿河大堤公路上奔驶而去，我身边还坐定了一个懂人情、有趣味的老朋友，这老友正特意从武陵县伴我过桃源县。他也可以说是一个“渔人”，因为他的头上，戴的是一顶价值四十八元的水獭皮帽子，这顶帽子经过沿路地方时，却很能引起一些年轻娘儿们注意的。这老友是武陵地域中心春申君墓旁杰云旅馆的主人。常德、河伏、周溪、桃源，沿河近百里路以内“吃四方饭”的标致娘儿们，他无一不特别熟悉；许多娘儿们也就特别熟悉他那顶水獭皮帽子。但照他自己说，使他迷路的那点年龄业已过去了，如今一切已满不在乎，白脸长眉毛的女孩子再不使他心跳，水獭皮帽子，也并不需要娘儿们眼睛放光了。他今年还只三十五岁。十年前，在这一带地方凡有他撒野机会时，他从不放过那点机会。现在既已规规矩矩做了一个大旅馆的大老板，童心业已失去，就再也不胡闹了。当他二十五岁左右时，大约就有过一百个女人净白的胸膛被他亲近过。我坐在这样一个朋友的身边，想起国内无数中学生，在国文班上很认真地读陶靖节《桃花源记》情形，真觉得十分好笑。同这样一个朋友坐了汽车到桃源去，似乎太幽默了。

朋友还是个爱玩字画也爱说野话的人。从汽车眺望平堤远处，薄雾里错落有致的平田、房子、树木，全如敷了一层蓝灰，一切极爽心悦目。汽车在大堤上跑去，又极平稳舒服。朋友口中糅合了雅兴与俗趣，带点儿惊讶嚷道：

“这野杂种的景致，简直是画！”

“自然是画！可是是谁的画？”我说，“牯子[1]大哥，你以为是谁的画？”我意思正想考问一下，看看我那朋友对于中国画一方面的知识。

他笑了，“沈石田这狗养的，强盗一样好大胆的手笔！”说时还用手比画着，“这里一笔，那边一扫，再来磨磨蹭蹭，十来下，成了。”

我自然不能同意这种赞美，因为朋友家中正收藏了一个沈周手卷，姓名真，画笔并不佳，出处是极可怀疑的。说句老实话，当前从窗口入目的一切，潇洒秀丽中带点雄浑苍莽气概，还得另外找寻一句恰当的比拟，方能相称啊。我在沉默中的意见，似乎被他看明白了，他就说：

“看，牯子老弟你看，这点山头，这点树，那一片林梢，那一抹轻雾，真只有王麓台那野狗干的画得出。因为他自己活到八九十岁，就真像只老狗。”

这一下可被他“猜”中了。我说：

“这一下可被你说中了。我正以为目前远远近近风物极和王麓台卷子相近；你有他的扇面，一定看得出。因为它很巧妙地混合了秀气与沉郁，又典雅，又恬静，又不做作。不过有时笔不免脏脏的。”

“好，有的是你这文章魁首的形容！人老了，不大肯洗脸洗手，怎么不脏……”接着他就使用了一大串野蛮字眼儿，把我喊作小公牛，且把他自己水獭皮帽子向上翻起的封耳，拉下来遮盖了那两只冻得通红的耳朵，于是大笑起来了。仿佛第一次所说的话，本不过是为了引

---

[1] 牯子：公牛。

起我对于窗外景致注意而说，如今见我业已注意，充满了兴趣地看车窗外离奇景色，他便很快乐地笑了。

他掣着我的肩膀很猛烈地摇了两下，我明白那是他极高兴的表示。我说：

“牯子大哥，你怎么不学画呢？你一动手，就会弄得很高明的！”

“我讲，牯子老弟，别丢我吧。我也像是一个仇十洲，但是只会画妇人的肚皮，真像你说，‘弄得很高明’的！你难道不知道我是个什么人吗？鼻子一抹灰，能冒充绣衣哥吗？”

“你是个妙人。绝顶的妙人。”

“绣衣哥，得了，什么庙人、寺人，谁来割我的××？我还预备割掉许多男人的××，省得他们装模作样，在妇人面前露脸！我讨厌他们那种样子！”

“你不讨厌的。”

“牯子老弟，有的是你这绣衣哥说的。不看你面上，我一定要……”

这个朋友言语行为皆粗中有细，且带点儿妩媚，可算得是个妙人！

这个人脸上不疤不麻，身个儿比平常人略长一点，肩膀宽宽的，且有两只体面干净的大手，初初一看，可以知道他是个军队中吃粮子上饭跑四方人物，但也可以说他是一个准绅士。从五岁起就欢喜同人打架，为一点小事，不管对面的一个大过他多少，也一面辱骂一面挥拳打去。不是打得人鼻青脸肿，就是被人打得满脸血污。但人长大到二十岁后，虽在男子面前还常常挥拳比武，在女人面前，却变得异常温柔起来，样子显得很懂事怕事。到了三十岁，处世便更谦和了，生平书读得虽不多，却善于用书，在一种近于奇迹的情形中，这人无师自通，写信办公事时，笔下都很可观。为人性情又随和又不马虎，一切看人来，在他认为是好朋友的，掏出心子不算回事；可是遇着另外一种老想占他一点便宜的人呢，就完全不同了。—— 也就因此，在一般人中他的毁誉是平分的；有人称他为豪杰，也有人叫他作坏蛋。但不妨事，把两种性格两个人格拼合拢来，这人才真是一个活鲜鲜的人！

十三年前我同他在一只装军服的船上，向沅水上游开去，船当天从常德开头，泊到周溪时，天气已快要夜了。那时空中正落着雪子，天气很冷，船顶船舷都结了冰。他为的是惦念到岸上一个长眉毛白脸庞小女人，便穿了崭新绛色缎子的猞猁皮马褂，从那为冰雪冻结了的大小木筏上慢慢地爬过去，一不小心便落了水。一面大声嚷“牯子老弟，这下我可完了”，一面还是笑着挣扎。待到努力从水中挣扎上船时，全身早已为冰冷的水弄湿了。但他换了一件新棉军服外套后，却依然很高兴地从木筏上爬拢岸边，到他心中惦念那个女人身边睡觉去了。三年前，我因送一个朋友的孤雏转回湘西时，就在他的旅馆中，看了他的藏画一整天。他告我，有幅文徵明的山水，好得很，终于被一个小婊子婆娘攫走，十分可惜。到后一问，才知道原来他把那画卖了三百块钱，为一个小娼妇点蜡烛挂了一次衣。现在我又让那个接客的把行李搬到这旅馆中来了。

见面时我喊他：“牯子大哥，我又来了，不认识我了吧。”

他正站在旅馆天井中分派用人抹玻璃，自己却用手抹着那顶绒头极厚的水獭皮帽子，一见到我就赶过来用两只手同我握手，握得我手指酸痛，大声说道：“咳，咳，你这个小骚牯子又来了，什么风吹来的？妙极了，使人正想死你！”

“什么话，近来心里闲得想到北京城老朋友头上来了吗？”

“什么画，壁上挂——当天赌咒，天知道，我正如何念你！”

这自然是一句真话，粮子上出身的人物，对好朋友说谎，原看成为一种罪恶。他想念我，只因为他新近花了四十块钱，买得一本倪元璐所摹写的武侯前后《出师表》。他既不知道这东西是从岳飞石刻《出师表》临来的，末尾那两块巴掌大的朱红印记，把他更弄糊涂了。照外行人说来，字既然写得极其“飞舞”，四百也不觉得太贵，他可不明白那个东西应有的价值，又不明出处。花了那一笔钱，从一个川军退伍军官处把它弄到手，因此想着我来了。于是我们一面说点十年前的有趣野话，一面就到他的房中欣赏宝物去了。

这朋友年轻时，是个绿营中正标守兵名分的巡防军，派过中营衙门办事，在花园中栽花养金鱼。后来改做了军营里的庶务，又做过两次军需，又做过一次参谋。时间使一些英雄美人成尘成土，把一些傻瓜坏蛋变得又富又阔；同样的，到这样一个地方，我这个朋友，在一堆倏然而来悠然而逝的日子中，也就做了武陵县一家最清洁安静的旅馆主人，且同时成为爱好古玩字画的“风雅”人了。他既收买了数量可观的字画，还有好些铜器与瓷器，收藏的物件泥沙俱下，并不如何稀罕。但在那么一个小小地方，在他那种经济情形下，能力却可以说尽够人敬服了。若有什么风雅人由北方或由福建广东，想过桃源去看看，从武陵过身时，能泰然坦然把行李搬进他那个旅馆去，到了那个地方，看看过厅上的芦雁屏条，同长案上一切陈设，便会明白宾主之间实有同好，这一来，凡事皆好说了。

还有那向湘西上行过川黔考察方言歌谣的先生们，到武陵时，最好就到这个旅馆来下榻。我还不曾遇见过什么学者，比这个朋友更能明白中国格言谚语的用处。他说话全是活的，即便是浑话野话，也莫不各有出处，言之成章，而且妙趣百出，庄谐杂陈。他那言语比喻丰富处，真像是大河流水，永无穷尽。在那旅馆中住下，一面听他詈骂用人，一面使我就想起在北京城圈里编《国语大辞典》的诸先生，为一句话一个字的用处，把《水浒》《金瓶梅》《红楼梦》以及其他所有元明清杂剧小说翻来翻去，剪破了多少书籍！若果他们能够来到这旅馆里，故意在天井中撒一泡尿，或装作无心的样子，把些瓜果皮壳脏东西从窗口随意抛出去，或索性当着这旅馆老板面前，做点不守规矩缺少理性的行为。好，等着你就听听那做老板的骂出稀奇古怪的字眼儿，你会觉得原来这里还搁下了一本活生生的大辞典！倘若有个社会经济调查团，想从湘西弄到点材料，这旅馆也是最好下榻的处所。因为辰河沿岸码头的税收、烟价、妓女，以及桐油、朱砂的出处行价，各个码头上管事的头目姓名脾气，他知道得也似乎比县衙门里“包打听”还更清楚——他事情懂得多哩，只要想想，人还只在二十五岁左右，就有一百个青年妇人在他面前裸露过胸膛同心子，从一个普通读书人看来，这是一种如何丰富吓人的经验！

只因我已十多年不再到这条河上，一切皆极生疏了，他便特别热心，答应伴送我过桃源。为我租雇小船，照料一切。

十二点钟我们从武陵动身，一点半钟左右，汽车就到了桃源县停车站。我们下了车，预备去看船时，几件行李成为极麻烦的问题了。老朋友说，若把行李带去，到码头边叫小划子时，那些吃水上饭的人，会“以逸待劳”，把价钱放在一个高点上，使我们无法对付。若把行李寄放到另外一个地方，空手去看船，我们便又“以逸待劳”了。我信任了老朋友的主张，照他的意思，一到桃源站，我们就把行李送到一个卖酒曲的人家去。到了那酒曲铺子，拿烟的是个四十岁左右的中年胖妇人，他的干亲家。倒茶的是个十五六岁的白脸长身头发黑亮亮的女孩子，腰身小，嘴唇小，眼目清明如两粒水晶球儿，见人只是转个不停。论辈数，说是干女儿呢。坐了一阵，两人方离开那人家撒着手下河边去。在河街上一个旧书铺，一帧无名氏的山水小景牵引了他的眼睛，二十块钱把画买定了。再到河边去看船。船上人知道我是那个大老板的熟人，价钱倒很容易说妥了。来回去让船总写保单，取行李，一切安排就绪，时间已快到半夜了。我那小船明天一早方能开头，我就邀他在船上住一夜。他却说酒曲铺子那个十五年前老伴的女儿，正炖了一只母鸡等着他去消夜。点了一段废缆子，很快乐地跳上岸摇着晃着匆匆走去了。

他上岸从一些吊脚楼柱下转入河街时，我还听到河街一哨兵喊口号，他大声答着“百姓”，表明他的身份。第二天天刚发白，我还没醒，小船就已向上游开动了。大约已经走了三里路，却听得岸上有个人喊我的名字，沿岸追来，原来是他从热被里脱出赶来送我的行的。船傍了岸。天落着雪，他站在船头一面抖去肩上雪片，一面质问弄船人，为什么船开得那么早。

我说：“牯子大哥，你怎么的，天气冷得很，大清早还赶来送我！”

他钻进舱里笑着轻轻地向我说：“牯子老弟，我们看好了的那幅画，我不想买了。我昨晚上还看过更好的一本册页！”

“什么人画的？”

“当然仇十洲。我怕仇十洲那杂种也画不出。牯子老弟，好得很……”话不说完他就大笑起来。我明白他话中所指了。

“你又迷路了吗？你不是说自己年已老了吗？”

“到了桃源还不迷路吗？自己虽老别人可年轻。牯子老弟，你好好地上船吧，不要胡思乱想我的事情，回来时仍住到我的旅馆里，让我再照料你上车吧。”

“一路复兴，一路复兴。”那么嚷着，于是他同豹子一样，一纵又上了岸，船就开了。

原载一九三四年四月十八日

天津《大公报·文艺》五十九期

桃源与沅州

全中国的读书人，大概从唐朝以来，命运中注定了应读一篇《桃花源记》，因此把桃源当成一个洞天福地。人人皆知道那地方是武陵渔人发现的，有桃花夹岸，芳草鲜美。远客来到，乡下人就杀鸡温酒，表示欢迎。乡下人都是避秦隐居的遗民，不知有汉朝，更无论魏晋了。千余年来读书人对于桃源的印象，既不怎么改变，所以每当国体衰弱发生变乱时，想做遗民的必多，这文章也就增加了许多人的幻想，增加了许多人的酒量。至于住在那儿的人呢，却无人自以为是遗民或神仙，也从不会有人遇着遗民或神仙。

桃源洞离桃源县二十五里。从桃源县坐小船沿沅水上行，船到白马渡时，上南岸走去，忘路之远近乱走一阵，桃花源就在眼前了。那地方桃花虽不如何动人，竹林却很有意思。如椽如柱的大竹子，随处皆可发现前人用小刀刻画留下的诗歌。新派学生不甘自弃，也多刻下英文字母的题名。竹林里间或潜伏一二剪径[1]壮士，待机会霍地从路旁跃出，仿照《水浒传》上英雄好汉行为，向游客发个利市[2]，使他

[1] 剪径：拦路抢劫。

[2] 利市：买卖顺利的预兆。

措手不及，不免吃点小惊。桃源县城则与长江中部各小县城差不多，一入城门最触目的是推行印花税与某种公债的布告。城中有棺材铺官药铺，有茶馆酒馆，有米行脚行，有和尚道士，有经纪媒婆，庙宇祠堂多数为军队驻防，门外必有个武装同志站岗。土栈烟馆既照章纳税，就受当地军警保护。代表本地的出产，边街上有几十家玉器作坊，用珉石染红着绿，琢成酒杯笔架等物，货物品质平平常常，价钱却不轻贱。另外还有个名为“后江”的地方，住下无数公私不分的妓女，很认真经营她们的业务。有些人家在一个菜园平房里，有些却又住在空船上，地方虽脏一点倒富有诗意。这些妇女使用她们的下体，安慰军政各界，且征服了往还沅水流域的烟贩、木商、船主以及种种因公出差过路人。挖空了每个顾客的钱包，维持许多人生活，促进地方的繁荣。一县之长照例是个读书人，从史籍上早知道这是人类一种最古的职业，没有郡县以前就有了它，取缔既与“风俗”不合，且影响到若干人生活，因此就很正当地定下一些规章制度，向这些人来抽收一种捐税（并采取了个美名词叫作“花捐”），把这笔款项用来补充地方行政、保安或城乡教育经费。

桃源既是个有名地方，每年自然有许多“风雅”人，心慕古桃源之名，二三月里携了《陶靖节集》与《诗韵集成》等参考资料和文房四宝，来到桃源县访幽探胜。这些人往桃源洞赋诗前后，必尚有机会过后江走走，由朋友或专家引导，这家那家坐坐，烧盒烟，喝杯茶。看中意某一个女人时，问问行市，花个三元五元，便在那万人用过的花板床上，压着那可怜妇人胸膛放荡一夜。于是记游诗上多了几首无题艳遇诗，把“巫峡神女”“汉皋解珮”“刘阮天台”等等典故，一律引用到诗上去。看过了桃源洞，这人平常若是很谨慎的，自会觉得应当即早过医生处走走，于是匆匆地回家了。至于接待过这种外路“风雅”人的神女呢，前一夜也许陆续接待过了三个麻阳船水手，后一夜又得陪伴两个贵州省牛皮商人，这些妇人照例说不定还被一个散兵游勇，一个县公署执达吏，一个公安局书记，或一个当地小流氓长时期包定占有，客来时那人往烟馆过夜，客去后再回到妇人身边来烧烟。

妓女的数目占城中人口比例数不小。因此仿佛有各种原因，她们的年龄都比其他大都市更无限制。有些人年在五十以上，还不甘自弃，同十六七岁孙女辈前来参加这种生活斗争，每日轮流接待水手同军营中伙夫。也有年纪不过十三四岁，乳臭尚未脱尽，便在那儿服侍客人过夜的。

她们的技艺是烧烧鸦片烟，唱点流行小曲，若来客是粮子上跑四方人物，还得唱唱军歌党歌，和时下电影明星的流行歌曲，应酬应酬，增加兴趣。她们的收入有些一次可得洋钱二十三十，有些一整夜又只得一块八毛。这些人有病本不算一回事。实在病重了，不能做生意挣饭吃，间或就上街到西药房去打针，六零六三零三扎那么几下，或请走方郎中配服药，朱砂茯苓乱吃一阵，只要支持得下去，总不会坐下来吃白饭。直到病倒了，毫无希望可言了，就叫毛伙用门板抬到那类住在空船中孤身过日子的老妇人身边去，尽她咽最后那一口气。死去时亲人呼天抢地哭一阵，罄所有请和尚安魂念经，再托人赊购副四合头棺木，或借“大加一”买副薄薄板片，土里一埋也就完事了。

桃源地方已有公路，直达号称湘西咽喉的武陵（常德），每日都有八辆十辆新式载客汽车，按照一定时刻在公路上奔驰。距常德约九十里，车票价钱一元零。这公路从常德且直达湖南省会长沙，汽车路程约四小时，车票价约六元。公路通车时，有人说这条公路在湘省经济上具有极大意义，意思是对于黔省出口特货运输可方便不少。这人似乎不知道特货过境每次必三百担五百担，公路上一天不过十几辆汽车来回，若非特货再加以精制，每天能运输多少？关于特货的精制，在各省严厉禁烟宣传中，平民谁还有胆量来做这种非法勾当？假若在桃源县某种铺子里，居然有人能够设法购买一点黄色粉末药物，作为谈天口气，随便问问，就会弄明白那货物来源是有来头的。信不信由你，大股东中大头脑有什么“龄”字辈、“子”字辈，还有沿江之督办、上海之闻人。且明白出产地并不是桃源县城。沿江上行五十多里，有二十部机器日夜加工，运输出口时或用轮船直往汉口，却不需借公路汽车转运长沙。

真可称为桃源名产值得引人注意的，是家鸡同鸡卵。街头巷尾无处不可以发现这种冠赤如火、庞大庄严的生物，经常有重达一二十斤的。凡过路人初见这地方鸡卵，必以为鸭卵或鹅卵。其次，桃源有一种小划子，轻捷、稳当、干净，在沅水中可称首屈一指。一个外省旅行者，若想到湘西的永绥、乾城、凤凰研究湘边苗族的分布状况，或想到湘西往四川的酉阳、秀山调查桐油的生产，往贵州的铜仁调查朱砂水银的生产，往玉屏调查竹料种类，注意造箫制纸的手工业生产情况，皆可在桃源县魁星阁下边，雇妥那么一只小船，沿沅水溯流而上，直达目的地，到地时取行李上岸落店，毫无何等困难。

一只桃源小划子上只能装载一二客人。照例要个舵手，管理后梢，调动船只左右；张挂风帆，松紧帆索，捕捉河面山谷中的微风；放缆拉船，量渡河面宽窄与河流水势，伸缩竹缆。另外还要拦头工人，上滩下滩时看水认容口，出事前提醒舵手躲避石头、恶浪与洑流，出事后点篙子需要准确、稳重。这种人还要有胆量、有气力、有经验。张帆落帆都得很敏捷地及时拉桅下绳索。走风船行如箭时，便蹲坐在船头上吆喝呼啸，嘲笑同行落后的船只。自己船只落后被人嘲笑时，还要回骂，人家唱歌也得用歌声作答。两船相碰说理时，不让别人占便宜。动手打架时，先把篙子抽出拿在手上。船只逼入急流乱石中，不问冬夏，都得敏捷而勇敢地脱光衣裤，向急流中跳去，在水里尽肩背之力使船只离开险境。掌舵的因事故不尽职，就从船顶爬过船尾去，做个临时舵手。船上若有小水手，还应事事照料小水手，指点小水手。更有一份不可推却的职务，便是在一切过失上，应与掌舵的各据小船一头，相互辱宗骂祖，继续使船前进，小船除此两人以外，尚需要个小水手居于杂务地位，淘米、烧饭、切菜、洗碗，无事不做。行船时应荡桨就帮同荡桨，应点篙就帮同持篙。这种小水手大都在学习期间，应处处留心，取得经验同本领。除了学习看水、看风、记石头、使用篙桨以外，也学习挨打挨骂。尽各种古怪稀奇字眼儿成天在耳边反复响着，好好地保留在记忆里，将来长大时再用它来辱骂旁人。上行无风吹，一个人还负了纤板，曳着一段竹缆，在荒凉河岸小路上拉船前进。小船停泊码头边时，又得规规矩矩守船。关于他们的经济情势，舵手多为船家长年雇工，平均算来合八分到一角钱一天。拦头工有长年雇定的，人若年富力强多经验，待遇同掌舵的差不多。若只是短期包来回，上行平均每天可得一毛或一毛五分钱，下行则尽义务吃白饭而已。至于小水手，学习期限看年龄同本事来，有些人每天可得两分钱做零用，有些人在船上三年五载吃白饭。上滩时一个不小心，闪不知被自己手中竹篙弹入乱石激流中，泅水技术又不在行，在水中淹死了，船主方面写得有字据，生死家长不能过问。掌舵的把死者剩余的一点衣服交给亲长，说明白落水情形后，烧几百纸钱，手续便清楚了。

一只桃源划子，有了这样三个水手，再加上一个需要赶路、有耐心、不嫌孤独、能花个二十三十的乘客，这船便在一条清明透彻的沅水上下游移动起来了。在这条河里在这种小船上做乘客，最先见于记载的一人，应当是那疯疯癫癫的楚逐臣屈原。在他自己的文章里，他就说道："朝发枉渚兮，夕宿辰阳。"若果他那文章还值得称引，我们尚可以就"沅有芷兮澧有兰"与"乘舲上沅"这些话，估想他当年或许就坐了这种小船，溯流而上，到过出产香草香花的沅州。沅州上游不远有个白燕溪，小溪谷里生长芷草，到如今还随处可见。这种兰科植物生根在悬崖罅隙间，或蔓延到松树枝丫上，长叶飘拂，花朵下垂成一长串，风致楚楚。花叶形体较建兰柔和，香味较建兰淡远。游白燕溪的可坐小船去，船上人若伸手可及，多随意伸手摘花，顷刻就成一束。若崖石过高，还可以用竹篙将花打下，尽它堕入清溪洄流里，再从溪里把花捞起。除了兰芷以外，还有不少香草香花，在溪边崖下繁殖。那种黛色无际的崖石，那种一丛丛幽香炫目的奇葩，那种小小洄旋的溪流，合成一个如何不可言说、迷人心目中的圣境！若没有这种地方，屈原便再疯一点，据我想来，他文章未必就能写得那么美丽。

什么人看了我这个记载，若神往于香草香花的沅州，居然从桃源包了小船，过沅州去，希望实地研究解决《楚辞》上几个草木问题。到了沅州南门城边，也许无意中会一眼瞥见城门上有一片触目黑色，因好奇想明白它，一时可无从向谁去询问。他所见到的只是一片新的血迹，并非什么古迹。大约在清党前后，有个晃州姓唐的青年，北京农科大学毕业生，在沅州晃州两县，用党务特派员资格，率领了两万以上四乡农民和青年学生，肩持各种农具，上城请愿。守城兵先已得到长官命令，不许请愿群众进城。于是双方自然发生了冲突。一面是旗帜、木棒、呼喊与愤怒，一面是居高临下、一挺机关枪同十支步枪。街道既那么窄，结果站在最前线上的特派员同四十多个青年学生与农民，便全在城门边牺牲了。其余农民一看情形不对，抛下农具四散跑了。那个特派员的尸体，于是被兵士用刺刀钉在城门木板上示众三天。三天过后，便连同其他牺牲者，一齐抛入屈原所称赞的清流里喂鱼吃了。几年来本地人在内战反复中被派捐拉夫，在应付差役中把日子混过去，大致把这件事也慢慢地忘掉了。

桃源小船载到沅州府，舵手把客人行李扛上岸，讨得酒钱回船时，这些水手必乘兴过南门外皮匠街走走。那地方同桃源的后江差不多，住下不少经营最古职业的人物，地方既非商埠，价钱可公道一些。花五角钱关一次门，上船时还可以得一包黄油油的上净烟丝，那是十年前的规矩。照目前百物昂贵情形想来，一切当然已不同了，出钱的花费也许得多一点，收钱的待客也许早已改用“美丽牌”代替“上净丝”了。

或有人在皮匠街蓦然间遇见水手，对水手发问：“弄船的，‘肥水不落外人田’，家里有的你让别人用，用别人的你还得花钱，这上算吗？”

那水手一定会拍着腰间麂皮抱兜，笑眯眯地回答说：“大爷，‘羊毛出在羊身上’，这钱不是我桃源人的钱，上算的。”

他回答的只是后半截，前半截却不必提。本人正在沅州，离桃源远过六七百里，桃源那一个他管不着。

便因为这点哲学，水手们的生活，比起“风雅人”来似乎洒脱多了。若说话不犯忌讳，无人疑心我“袒护无产阶级”，我还想说，他们的行为，比起那些读了些“子曰”，带了五百家香艳诗去桃源寻幽访胜，过后江讨经验的“风雅人”来，也实在还道德得多。

一九三五年三月，北平大城中

原载《国闻周报》十二卷十一期

鸭窠围的夜

天快黄昏时落了一阵雪子，不久就停了。天气真冷，在寒气中一切都仿佛结了冰。便是空气，也像快要冻结的样子。我包定的那一只小船，在天空大把撒着雪子时已泊了岸。从桃源县沿河而上这已是第五个夜晚。看情形晚上还会有风有雪，故船泊岸边时便从各处挑选好地方。沿岸除了某一处有片沙岨宜于泊船以外，其余地方全是黛色如屋的大岩石。石头既然那么大，船又那么小，我们都希望寻觅得到一个能做小船风雪屏障，同时要上岸又还方便的处所。凡是可以泊船的地方早已被当地渔船占去了。小船上的水手，把船上下各处撑去，钢钻头敲打着沿岸大石头，发出好听的声音，结果这只小船，还是不能不同许多大小船只一样，在正当泊船处插了篙子，把当作锚头用的石碇抛到沙上去，尽那行将来到的风雪，摊派到这只船上。

这地方是个长潭的转折处，两岸是高大壁立千丈的山，山头上长着小小竹子，长年翠色逼人。这时节两山只剩余一抹深黑，赖天空微明为画出一个轮廓。但在黄昏里看来如一种奇迹的，却是两岸高处去水已三十丈上下的吊脚楼。这些房子莫不俨然悬挂在半空中，借着黄昏的余光，还可以把这些稀奇的楼房形体，看得出个大略。这些房子同沿河一切房子有个共通相似处，便是从结构上说来，处处显出对于木材的浪费。房屋既在半山上，不用那么多木料，便不能成为房子吗？半山上也用吊脚楼形式，这形式是必需的吗？然而这条河水的大宗出口是木料，木材比石块还不值价。因此，即或是河水永远涨不到处，吊脚楼房子依然存在，似乎也不应当有何惹眼惊奇了。但沿河因为有了这些楼房，长年与流水斗争的水手，寄身船中枯闷成疾的旅行者，以及其他过路人，却有了落脚处了。这些人的疲劳与寂寞是从这些房子中可以一律解除的。地方既好看，也好玩。

河面大小船只泊定后，莫不点了小小的油灯，拉了篷。各个船上皆在后舱烧了火，用铁鼎罐煮红米饭。饭焖熟后，又换锅子熬油，哗地把菜蔬倒进热锅里去。一切齐全了，各人蹲在舱板上三碗五碗把腹中填满后，天已夜了。水手们怕冷怕动的，收拾碗盏后，就莫不在舱板上摊开了被盖，把身体钻进那个预先卷成一筒又冷又湿的硬棉被里去休息。至于那些想喝一杯的，发了烟瘾得靠靠灯，船上烟灰又翻尽了的，或一无所为，只是不甘寂寞，好事好玩想到岸上去烤烤火谈谈天的，便莫不提了桅灯，或燃一段废缆子，摇晃着从船头跳上了岸，从一堆石头间的小路径，爬到半山上吊脚楼房子那边去，找寻自己的熟人，找寻自己的熟地。陌生人自然也有来到这条河中，来到这种吊脚楼房子里的时节，但一到地，在火堆旁小板凳上一坐，便是陌生人，即刻也就可以称为熟人乡亲了。

这河边两岸除了停泊有上下行的大小船只三十左右以外，还有无数在日前趁融雪涨水放下形体大小不一的木筏。较小的木筏，上面供给人住宿过夜的棚子也不见，一到了码头，便各自上岸找住处去了。大一些的木筏呢，则有房屋，有船只，有小小菜园与养猪养鸡栅栏，还有女眷和小孩子。

黑夜占领了全个河面时，还可以看到木筏上的火光，吊脚楼窗口的灯光，以及上岸下船在河岸大石间飘忽动人的火炬红光。这时节岸上船上都有人说话，吊脚楼上且有妇人在黯淡灯光下唱小曲的声音，每次唱完一支小曲时，就有人笑嚷。什么人家吊脚楼下有匹小羊叫，固执而且柔和的声音，使人听来觉得忧郁。我心中想着：“这一定是从另一处牵来的，另外一个地方，那小畜生的母亲，一定也那么固执地鸣着吧。”算算日子，再过十一天便过年了。“小畜生明不明白只能在这个世界上活过十天八天？”明白也罢，不明白也罢，这小畜生是为了过年而赶来，应在这个地方死去的。此后固执而又柔和的声音，将在我耳边永远不会消失。我觉得忧郁起来了。我仿佛触着了这世界上一点东西，看明白了这世界上一点东西，心里软和得很。

但我不能这样子打发这个长夜。我把我的想象，追随了一个唱曲时清中夹沙的妇女声音到她的身边去了。于是仿佛看到了一个床铺，下面是草荐，上面摊了一床用旧帆布或别的旧货做成脏而又硬的棉被，搁在床正中被单上面的是一个长方木托盘，盘中有一把小茶盏、一个小烟盒、一支烟枪、一块小石头、一盏灯。盘边躺着一个人在烧烟。唱曲子的妇人，或是袖了手捏着自己的膀子站在吃烟者的面前，或是靠在男子对面的床头，为客人烧烟。房子分两进，前面临街，地是土地，后面临河，便是所谓吊脚楼了。这些人房子窗口既一面临河，可以凭了窗口呼喊河下船中人，当船上人过了瘾、胡闹已够、下船时，或者尚有些事情嘱托，或有其他原因，一个晃着火炬停顿在大石间，一个便凭立在窗口，“大佬你记着，船下行时又来。”“好，我来的，我记着的。”“你见了顺顺就说：会呢，完了；孩子大牛呢，脚膝骨好了。细粉带三斤，冰糖或片糖带三斤。”“记得到，记得到，大娘你放心，我见了顺顺大爷就说：会呢，完了。大牛呢，好了。细粉来三斤，冰糖来三斤。”“杨氏，杨氏，一共四吊七，莫错账！”“是的，放心啊，你说四吊七就四吊七，年三十夜莫会要你多的！你自己记着就是了！”这样那样地说着，我一一都可听到，而且一面还可以听着在黑暗中某一处咩咩的羊鸣。我明白这些回船的人是上岸吃过“荤烟”了的。

我还估计得出，这些人不吃“荤烟”，上岸时只去烤烤火的，到了那些屋子里时，便多数只在临街那一面铺子里。这时节天气太冷，大门必已上好了，屋里一隅或点了小小油灯，屋中土地上必就地掘了浅凹火炉膛，烧了些树根柴块。火光煜煜，且时时刻刻爆炸着一种难于形容的声音。火旁矮板凳上坐有船上人，木筏上人，有对河住家的熟人。且有虽为天所厌弃还不自弃年过七十的老妇人，闭着眼睛蜷成一团蹲在火边，悄悄地从大袖筒里取出一片薯干、一枚红枣，塞到嘴里去咀嚼。有穿着肮脏、身体瘦弱的孩子，手擦着眼睛傍着火旁的母亲打盹。屋主人有退伍的老军人，有翻船背运的老水手，有单身寡妇。借着火光灯光，可以看得出这屋中的大略情形，三堵木板壁上，一面必有个供奉祖宗的神龛，神龛下空处或另一面，必贴了一些大小不一的红白名片。这些名片倘若有那些好事者加以注意，用小油灯照着，去仔细检查检查，便可以发现许多动人的名衔，军队上的连副、上士、一等兵，商号中的管事，当地的团总、保正、催租吏，以及照例姓滕的船主，洪江的木簰商人，与其他各行各业人物，无所不有。这是近一二十年来经过此地若干人中一小部分的题名录。这些人各用一种不同的生活来到这个地方，且同样地来到这些屋子里，坐在火边或靠近床上，逗留过若干时间。这些人离开了此地后，在另一世界里还是继续活下去，但除了同自己的生活圈子中人发生关系以外，与一同在这个世界上其他的人，却仿佛便毫无关系可言了。他们如今也许早已死掉了，水淹死的、枪打死的、被外妻用砒霜谋杀的，然而这些名片却依然将好好地保留下去。也许有些人已成了富人名人，成了当地的小军阀，这些名片却依然写着催租人、上士等等的衔头……除了这些名片，那屋子里是不是还有比它更引人注意的东西呢？锯子、小捞兜、香烟大画片、装干栗子的口袋……

提起这些问题时使人心中很激动。我到船头上去眺望了一阵。河面静静的，木筏上火光小了，船上的灯光已很少了，远近一切只能借着水面微光看出个大略情形。另外一处的吊脚楼上，又有了妇人唱小曲的声音，灯光摇摇不定，且有猜拳声音。我估计那些灯光同声音所在处，不是木筏上的簰头在取乐，就是水手们小商人在喝酒。妇人手指上说不定还戴了水手特别为从常德府捎带来的镀金戒指，一面唱曲一面把那只手理着鬓角，多动人的一幅画图！我认识他们的哀乐，这一切我也有份。看他们在那里把每个日子打发下去，也是眼泪也是笑，离我虽那么远，同时又与我那么相近。这正同读一篇描写西伯利亚的农人生活动人作品一样，使人掩卷引起无言的哀戚。我如今只用想象去领味这些人生活的表面姿态，却用过去一分经验，接触着了这种人的灵魂。

羊还固执地鸣着。远处不知什么地方有锣鼓声音，那一定是某个人家禳土酬神还愿巫师的锣鼓。声音所在处必有火燎与九品蜡照耀争辉。炫目火光下必有头包红布的老巫师独立做旋风舞，门上架上有黄钱，平地有装满了谷米的平斗。有新宰的猪羊伏在木架上，头上插着小小五色纸旗。有行将为巫师用口把头咬下的活公鸡，缚了双脚与翼翅，在土坛边无可奈何地躺卧。主人锅灶边则热了满锅猪血稀粥，灶中正火光熊熊。

邻近一只大船上，水手们已静静地睡下了，只剩余一个人吸着烟，且时时刻刻把烟管敲着船舷。也像听着吊脚楼的声音，为那点声音所激动，引起种种联想，忽然按捺自己不住了，只听到他轻轻地骂着野话，擦了支自来火，点上一段废缆，跳上岸往吊脚楼那里去了。他在岸上大石间走动时，火光便从船篷空处漏进我的船中。也是同样的情形吧，在一只装载棉军服向上行驶的船上，泊到同样的岸边，躺在成束成捆的军服上面，夜既太长，水手们爱玩牌的各蹲坐在舱板上小油灯光下玩天九，睡既不成，便胡乱穿了两套棉军服，空手上岸，借着石块间还未融尽残雪返照的微光，一直向高岸上有灯光处走去。到了街上，除了从人家门罅里露出的灯光呈一条长线横卧着，此外一无所有。在计算中以为应可见到的小摊上成堆的花生，用哈德门长方纸烟匣装着干瘪瘪的小橘子，切成小方块的片糖，以及在灯光下看守摊子把眉毛扯得极细的妇人（这些妇人无事可做时还会在灯光下做点针线的），如今什么也没有。既不敢冒昧闯进一个人家里面去，便只好又回转河边船上了。但上山时向灯光凝聚处走去，方向不会错误，下河时可糟了。糊糊涂涂在大石小石间走了许久，且大声喊着，才走近自己所坐的一只船。上船时，两脚全是泥，刚攀上船舷还不及脱鞋落舱，就有人在棉被中大喊："伙计哥子们，脱鞋呀！"把鞋脱了还不即睡，便镶到水手身旁去看牌，一直看到半夜—— 十五年前自己的事，在这样地方温习起来，使人对于命运感到十分惊异。我懂得那个忽然独自跑上岸去的人，为什么上去的理由！

等了一会儿，邻船上那人还不回到他自己的船上来，我明白他所得的必比我多了一些。我想听听他回来时，是不是也像别的船上人，有一个妇人在吊脚楼窗口喊叫他。许多人都陆续回到船上了，这人却没有下船。我记起"柏子"。但是，同样是水上人，一个那么快乐地赶到岸上去，一个却是那么寂寞地跟着别人后面走上岸去，到了那些地方，情形不会同柏子一样，也是很显然的事了。

为了我想听听那个人上船时那点推篷声音，我打算着。在一切声音全已安静时，我仍然不能睡觉。我等待那点声音，大约到午夜十二点，水面上却起了另外一种声音。仿佛鼓声，也仿佛汽油船马达转动声，声音慢慢地近了，可是慢慢地又远了。像是一个有魔力的歌唱，单纯到不可比方，也便是那种固执的单调，以及单调的延长，使一个身临其境的人，想用一组文字去捕捉那点声音，以及捕捉在那长潭深夜一个人为那声音所迷惑时节的心情，实近于一种徒劳无功的努力。那点声音使我不得不再从那个业已用被单塞好空罅的舱门，到船头去搜索它的来源。河面一片红光，古怪声音也就从红光一面掠水而来。原来日里隐藏在大岩下的一些小渔船，在半夜前早已静悄悄地下了拦江网。到了半夜，把一个从船头伸在水面的铁兜，盛上燃着熊熊烈火的油柴，一面用木棒槌有节奏地敲着船舷各处漂去。身在水中见了火光而来与受了柝声吃惊四窜的鱼类，便在这种情形中触了网，成为渔人的俘虏。

一切光，一切声音，到这时节已为黑夜所抚慰而安静了，只有水面上那一分红光与那一派声音。那种声音与光明，正为着水中的鱼和水面的渔人生存的搏战，已在这河面上存在了若干年，且将在接连而来的每个夜晚依然继续存在。我弄明白了，回到舱中以后，依然默听着那个单调的声音。我所看到的仿佛是一种原始人与自然战争的情景。那声音、那火光，都近于原始人类的战争，把我带回到四五千年那个“过去”时间里去。

不知在什么时候开始落了很大的雪。听船上人细语着，我心想，第二天我一定可以看到邻船上那个人上船时节，在岸边雪地上留下那一行足迹。那寂寞的足迹，事实上我却不曾见到，因为第二天到我醒来时，小船已离开那个泊船处很远了。

原载于一九三四年四月《文学》二卷四期

一九三四年一月十八

我仿佛被一个极熟的人喊了又喊，人清醒后那个声音还在耳朵边。原来我的小船已开行了许久，这时节正在一个长潭中顺风滑行，河水从船舷轻轻擦过，把我弄醒了。

我的小船今天应当停泊到一个大码头，想起这件事，我就有点儿慌张起来了。小船应停泊的地方，照史籍上所说，出丹砂，出辰川符。事实上却只出胖人，出肥猪，出鞭炮，出雨伞。一条长长的河街，在那里可以见到无数水手柏子与无数柏子的情妇。长街尽头飘扬着用红黑二色写上扁方体字税关的幡信，税关前停泊了无数上下行验关的船只。长街尽头油坊围墙如城垣，长年有油可打。打油匠摇荡悬空油槌，訇地向前抛去时，莫不伴以摇曳长歌，由日到夜，不知休止。河中长年有大木筏停泊，每一木筏浮江而下时，同时四方角隅至少有三十个人举桡激水。沿河吊脚楼下泊定了大而明黄的船只，船尾高张，常到两丈左右，小船从下面过身时，仰头看去恰如一间大屋（那上面必用金漆写得有“福”字同“顺”字）。这个地方就是我一提及它时充满了感情的辰州。

小船去辰州还约三十里，两岸山头已较小，不再壁立拔峰，渐渐成为一堆堆黛色与浅绿相间的邱阜，山势既较和平，河水也温和多了。

两岸人家渐渐越来越多，随处可以见到毛竹林。山头已无雪，虽尚不出太阳，气候干冷，天空倒明明朗朗。小船顺风张帆向上流走去时，似乎异常稳定。

但小船今天至少还得上三个滩与一个长长的急流。

大约九点钟时，小船到了第一个长滩脚下了，白浪从船旁跑过快如奔马，在惊心炫目情形中小船居然上了滩。小船上滩照例并不如何困难，大船可不同一点。滩头上就有四只大船斜卧在白浪中大石上，毫无出险的希望。其中一只货船，大致还是昨天才坏事的，只见许多水手在石滩上搭了棚子住下，摊晒了许多被水浸湿的货物。正当我那只小船上完第一滩时，却见一只大船，正搁浅在滩头激流里。只见一个水手赤裸着全身向水中跳去，想在水中用肩背之力使船只活动，可是人一下水后，就即刻为激流带走了。在浪声哮吼里尚听到岸上人沿岸追喊着，水中那一个大约也回答着一些遗嘱之类，过一会儿，人便不见了。这个滩共有九段。这件事从船上人看来，可太平常了。

小船上第二段时，江流已随山势曲折，再不能张帆取风，我担心到这小小船只的安全问题，就向掌舵水手提议，增加一个临时纤手，钱由我出。得到了他的同意，一个老头子，牙齿已脱，白须满腮，却如古罗马战士那么健壮，光着手脚蹲在河边那个大青石上讲生意来了。两方面都大声嚷着而且辱骂着，一个要一千，一个却只出九百，相差那一百钱折合银洋约一分一厘。那方面既坚持非一千文不出卖这点气力，这一方面却以为小船根本不必多出这笔钱给一个老头子。我即或答应了不拘多少钱统由我出，船上三个水手，一面与那老头子对骂，一面把船开到急流里去了。见小船已开出后，老头子方不再坚持那一分钱，却赶忙从大石上一跃而下，自动把背后纤板上短绳，缚定了小船的竹缆，弓着腰向前走去了。

待到小船业已完全上滩后，那老头就赶到船边来取钱，互相又是一阵辱骂。得了钱，坐在水边大石上一五一十数着。我问他有多少年纪，他说七十七。那样子，简直是一个托尔斯泰！眉毛那么长，鼻子那么大，胡子那么多，一切都同画像上的托尔斯泰相去不远。看他那数钱神气，人快到八十了，对于生存还那么努力执着，这人给我的印象真太深了。但这个人在他们弄船人看来，一个又老又狡猾的东西罢了。

小船上尽长滩后，到了一个小小水村边，有母鸡生蛋的声音，有人隔河喊人的声音，两山不高而翠色迎人。许多等待修理的小船，一字排开斜卧在岸上，有人在一只船边敲敲打打，我知道他们正用麻头与桐油石灰嵌进船缝里去。一个木筏上面还搁了一只小船，在平潭中溜着。忽然村中有炮仗声音，有唢呐声音，且有锣声；原来村中人正接媳妇。锣声一起，修船的、放木筏的、划船的，无不停止了工作，向锣声起处望去——多美丽的一幅画图、一首诗！但除了一个从城市中因事挤出的人觉得惊讶，难道还有谁看到这些光景瞿然神往。

下午二时左右，我坐的那只小船，已经把辰河由桃源到沅陵一段路程主要滩水上完，到了一个平静长潭里。天气转晴，日头初出，两岸小山作浅绿色，山水秀雅明丽如西湖。船离辰州只差十里，我估计过不久，船到了白塔下再上个小滩，转过山嘴，就可以见到税关上飘扬的长幡信了。

想起再过两点钟，小船泊到泥滩上后，我就会如同我小说写到的那个柏子一样，从跳板一端摇摇荡荡地上了岸，直向有吊脚楼人家的河街走去，再也不能蜷伏在船里了。

我坐到后舱口日光下，向着河流清算我对于这条河水这个地方的一切旧账。原来我离开这地方已十六年。十六年的日子实在过得太快了一点。想起从这堆日子中所有人事的变迁，我轻轻地叹息了好些次。这地方是我第二个故乡。我第一次离乡背井，随了那一群肩扛刀枪向外发展的武士为生存而战斗，就停顿到这个码头上。这地方每一条街每一处衙署，每一间商店，每一个城洞里做小生意的小担子，还如何在我睡梦里占据一个位置！这个河码头在十六年前教育我，给我明白了多少人事，帮助我做过多少幻想，如今却又轮到它来为我温习那个业已消逝的童年梦境来了。

望着汤汤的流水，我心中好像忽然彻悟了一点人生，同时又好像从这条河上，新得到了一点智慧。的的确确，这河水过去给我的是“知识”，如今给我的却是“智慧”。山头一抹淡淡的午后阳光感动我，水底各色圆如棋子的石头也感动我。我心中似乎毫无渣滓，透明烛照，对万汇百物，对拉船人与小小船只，一切都那么爱着，十分温暖地爱着！我的感情早已融入这第二故乡一切光景声色里了。我仿佛很渺小很谦卑，对一切有生无生似乎都在伸手，且微笑地轻轻地说：

“我来了，是的，我仍然同从前一样地来了。我们全是原来的样子，真令人高兴。你，充满了牛粪桐油气味的小小河街，虽稍稍不同了一点，我这张脸，大约也不同了一点。可是，很可喜的是我们还互相认识，只因为我们过去实在太熟悉了！”

看到日夜不断、千古长流的河水里石头和沙子，以及水面腐烂的草木、破碎的船板，使我触着了一个使人感觉惆怅的名词。我想起“历史”。一套用文字写成的历史，除了告给我们一些另一时代另一群人在这地面上相斫相杀的故事以外，我们绝不会再多知道一些要知道的事情。但这条河流，却告给了我若干年来若干人类的哀乐！小小灰色的渔船，船舷船顶站满了黑色沉默的鱼鹰，向下游缓缓划去了。石滩上走着脊梁略弯的拉船人。这些东西于历史似乎毫无关系，百年前或百年后皆仿佛同目前一样。他们那么忠实庄严地生活，担负了自己那份命运，为自己、为儿女，继续在这世界中活下去。不问所过的是如何贫贱艰难的日子，却从不逃避为了求生而应有的一切努力。在他们生活、爱憎、得失里，也依然摊派了哭、笑、吃、喝。对于寒暑的来临，他们便更比其他世界上人感到四时交替的严肃。历史对于他们俨然毫无意义，然而提到他们这点千年不变无可记载的历史，却使人引起无言的哀戚。

我有点担心，地方一切虽没有什么变动，我或者变得太多了一点。

船到了税关前趸船旁泊定时，我想象那些税关办事人，因为见我是个陌生旅客，一定上船来盘问我、麻烦我。我于是便假定恰如数年前作的一篇文章上我那个样子，故意不大理会，希望引起那个公务人员的愤怒，直到把我带局为止。我正想要那么一个人引路到局上去，好去见他们的局长！还很希望他们带到当地驻军旅部去，因为如果能够这样，就使我进衙门去找熟人时，省得许多琐碎的手续了。

可是验关的来了，一个宽脸大身材的青年苗人。见到他头上那个盘成一饼的青布包头，引动了我一点乡情。我上岸的计划不得不变更了。他还来不及开口我就说：

“同年，你来查关！这是我坐的一只空船，你尽管看。我想问你。你局长姓什么？”

那苗人已上了小船在我面前站定，看看舱里一无所有，且听我喊他为“同年”，从乡音中得到了点快乐，便用着小孩子似的口音问我：

“你到哪里去？你从哪里来呀？”

“我从常德来——就到这地方。你不是梨林人吗？我是……我要会你局长！”

那关吏说：“我是凤凰县人！你问局长，我们局长姓陈！”

第一个碰到的原来就是自己的乡亲，我觉得十分激动，赶忙请他进舱来坐坐。可是这个人看看我的衣服行李，大约以为我是个什么代表，一种身份的自觉，不敢进舱里来了。就告我若要找陈局长，可以把船泊到中南门去。一面说着一面且把手中的粉笔，在船篷上画了个放行的记号，却回到大船上去：“你们走！”他挥手要水手开船，且告水手应当把船停到中南门，上岸方便。

船开上去一点，又到了一个复查处。仍然来了一个头裹青布帕的乡亲，从舱口看看船中的我。我想这一次应当故意不理会这个公务人，使他生气方可到局里去。可是这个复查员看看我不作声的神气，一问水手，水手说了两句话，又挥挥手把我们放走了。

我心想：这不成，他们那么和气，把我想象中安排的计划全给毁了，若到中南门起岸，水手在身后扛了行李，到城门边检查时，只需水手一句话又无条件通过，很无意思。我多久不见到故乡的军队了，我得看看他们对于职务上的兴味与责任，过去和现在有什么不同处。我便变更了计划，要小船在东门下傍码头停停，我一个人先上岸去，上了岸后小船仍然开到中南门，等等我再派人来取行李。我于是上了岸，不一会儿就到河街上了。当我打从那河街上过身时，做炮仗的、卖油盐杂货的、收买发卖船上一切零件的，所有小铺子皆牵引了我的眼睛，因此我走得特别慢些。但到进城时却使我很失望，城门口并无一个兵。原来地方既不戒严，兵移到乡下去驻防，城市中已用不着守城兵了。长街路上虽有穿着整齐军服的年轻人，我却不便如何故意向他们生点事。看看一切皆如十六年前的样子，只是兵不同了一点。

我既从东门从从容容地进了城，不生问题，不能被带过旅部去，心想时间还早，不如到我弟弟哥哥共同在这地方新建筑的“芸庐”新家里看看，那新房子全在山上。到了那个外观十分体面的房子大门前，问问工人谁在监工，才知道我哥哥来此刚三天。这就太妙了，若不来此问问，我以为我家中人还依然全在凤凰县城里！我进了门一直向楼边走去时，还有使我更惊异而快乐的，是我第一个见着的人，原来就正是五年来行踪不明的“虎雏”。这人五年前在上海从我住处逃亡后，一直就无他的消息，我还以为他早已腐了烂了。他把我引导到我哥哥住的房中，告给我哥哥已出门，过三点钟方能回来。在这三点钟之内，他在我很惊讶盘问之下，却告给了我他的全部历史。原来，八岁时他就因为用石块砸死了人逃出家乡，做过玩龙头宝的助手，做过土匪，做过采茶人，当过兵。到上海发生了那件事情后，这六年中又是从一想象不到的生活里，转到我军官兄弟手边来做一名“副爷”。

见到哥哥时，我第一句话说的是“家中虎雏真是个了不起的人物”，我哥哥却回答得妙：“了不起的人吗？这里比他了不起的人多着哪。”

到了晚上，我哥哥说的话，便被我所见到的几个青年军官证实了。

原载一九三四年六月

天津《大公报·文艺》七十四期

箱子岩

十五年以前，我有机会独坐一只小篷船，沿辰河上行，停船在箱子岩脚下。一列青黛崭削的石壁，夹江高矗，被夕阳烘炙成为一个五彩屏障。石壁半腰约百米高的石缝中，有古代巢居者的遗迹，石罅隙间横横地悬撑起无数巨大横梁，暗红色长方形大木柜尚依然好好地搁在木梁上。岩壁断折缺口处，看得见人家茅棚同水码头，上岸喝酒下船过渡人也得从这缺口通过。那一天正是五月十五，河中人过大端阳节[1]。箱子岩洞窟中最美丽的三只龙船，早被乡下人拖出浮在水面上。船只狭而长，船舷描绘有朱红线条，全船坐满了青年桨手，头腰各缠红布。鼓声起处，船便如一支没羽箭，在平静无波的长潭中来去如飞。河身大约一里路宽，两岸皆有人看船，大声呐喊助兴。且有好事者，从后山爬到悬岩顶上去，把"铺地锦"百子鞭炮从高岩上抛下，尽鞭炮在半空中爆裂，形成一团团五彩碎纸云尘，嘭嘭嘭嘭的鞭炮声与水面船中锣鼓声相应和。引起人对于历史回溯发生一种幻想、一点感慨。

当时我心想：多古怪的一切！两千年前那个楚国逐臣屈原，若本身不被放逐，疯疯癫癫来到这种充满了奇异光彩的地方，目击身经这

[1] 农历五月十五为大端阳节。

些惊心动魄的景物，两千年来的读书人，或许就没有福分读《九歌》那类文章，中国文学史也就不会如现在的样子了。在这一段长长岁月中，世界上多少民族皆堕落了，衰老了，灭亡了。即如号称东亚大国的一片土地，也已经有过多少次被西北方沙漠中远来的蛮族，骑了膘壮的马匹，手持强弓硬弩、长枪大戟，到处践踏蹂躏！（辛亥革命前夕，在这苗蛮杂处的一个边镇上，向土民最后一次大规模施行杀戮的统治者，就是一个北方清朝的宗室！辛亥以后，老袁梦想做皇帝时，又有两师北老在这里和滇军作战了大半年。）然而这地方的一切，虽在历史中照样发生不断的杀戮、争夺，以及一到改朝换代时，派人民担负种种不幸命运，死的因此死去，活的被逼迫留发、剪发，在生活上受新朝代种种限制与支配。然而细细一想，这些人根本上又似乎与历史毫无关系。从他们应付生存的方法与排泄感情的娱乐看上来，竟好像今古相同、不分彼此。这时节我所眼见的光景，或许就和两千年前屈原所见的完全一样。

那次我的小船停泊在箱子岩石壁下，附近还有十来只小渔船，大致打鱼人也有玩龙船竞渡的，所以渔船上妇女小孩们，精神无不十分兴奋，各站在尾梢上或船篷上锐声呼喊。其中有几个小孩子，我只担心他们太快乐兴奋了些，会把住家的小船跳沉。

日头落尽云影无光时，两岸渐渐消失在温柔暮色里。两岸看船人吆喝声越来越少，河面被一片紫雾笼罩，除了从锣鼓声中尚能辨别那些龙船方向，此外已别无所见。然而岩壁缺口处却人声嘈杂，且闻有小孩子哭声，有妇女们尖锐叫唤声，综合给人一种悠然不尽的感觉。天气已经夜了，吃饭是正经事。我原先尚以为再等一会儿，那龙船一定就会傍近岩边来休息，被人拖进石窟里，在快乐呼喊中结束这个节日了。谁知过了许久，那种锣鼓声尚在河面飘扬着，表示一班人还不愿意离开小船，回转家中。待到我把晚饭吃过后，爬出舱外一望，呀，天上好一轮圆月。月光下石壁同河面，一切如镀了银，已完全变换了一种调子。岩壁缺口处水码头边，正有人用废竹缆或油柴燃着火燎，火光下只见许多穿白衣人的影子移动。问问船上水手，方知道那些人正把酒食搬移上船，预备分派给龙船上人。原来这些青年人白日里划了一整天船，看船的已慢慢散尽了，划船的还不尽兴，并且谁也不愿意扫兴示弱，先行上岸，因此三只龙船还得在月光下玩个上半夜。

提起这件事，使我重新感到人类文字语言的贫俭。那一派声音，那一种情调，真不是用文字语言可以形容的事情。要一个长年身在城市里住下，以读读《楚辞》就“神往意移”的人，来描绘那月下竞舟的一切，更近于徒然的努力。我可以说的，只是自从我把这次水上所领略的印象保留到心上后，一切书本上的动人记载，全看得平平常常，不至于发生任何惊讶了。这正像我另外一时，看过人类许多不同花样的愚蠢杀戮，对于其余书上叙述到这件事情时，同样不能再给我如何感动。

十五年后我又有了机会乘坐小船沿辰河上行，应当经过箱子岩。我想温习温习那地方给我的印象，就要管船的不问迟早，把小船在箱子岩下停泊。这一天是十二月七号，快要过年的光景。没有太阳的阴沉酿雪天，气候异常寒冷。停船时还只下午三点钟左右，岩壁上藤萝草木叶子多已萎落，显得那一带斑驳岩壁十分瘦削。悬岩高处红木柜，只剩下三四具，其余早不知到哪儿去了。小船最先泊在岩壁下洞窟边，冬天水落得太多，洞口已离水面两三丈以上。我从石壁裂罅爬上洞口，到搁龙船处看了一下，旧船已不知坏了还是早被水冲去了，只见有四只新船搁在石梁上，船头还沾有鸡血同鸡毛，一望就明白是今年方下水的。出得洞口时，见岩下左边泊定五只渔船，有几个老渔婆缩颈敛手在船头寒风中修补渔网。上船后觉得这样子太冷落了，可不是个办法，就又要船上水手为我把小船撑到岩壁断折处有人家地方去，就便上岸，看看乡下人过年以前是什么光景。

四点钟左右，黄昏已逐渐腐蚀了山峦与树石轮廓，占领了屋角隅。我独自坐在一家小饭铺柴火边烤火。我默默地望着那个火光煜煜的枯树根，在我脚边很快乐地燃着，爆炸出轻微的声音。铺子里人来来往往，有些说两句话又走了，有些就来镶在我身边长凳上，坐下吸他的旱烟。有些来烘烘脚，把穿着湿草鞋的脚去热灰里乱搅。看看每一个人的脸子，我都发生一种奇异的乡情。这里是一群会寻快乐的正直善良的乡下人，有捕鱼的、打猎的，有船上水手和编制竹缆工人。若我的估计不错，那个坐在我身旁，伸出两只手向火，中指节有个放光顶针的，肯定还是一位乡村里的成衣人。这些人每到大端阳时节，都得下河去玩一整天的龙船。平常日子特别是隆冬严寒天气，却在这个地方，按照一种分定，很简单地把日子过下去。每日看过往船只摇橹扬帆来去，看落日同水鸟。虽然也同样有人事上的得失，到恩怨纠纷成一团时，就陆续发生庆贺或仇杀。然而从整个说来，这些人生活却仿佛同“自然”已相融合，很从容地各在那里尽其性命之理，与其他无生命物质一样，唯在日月升降寒暑交替中放射、分解。而且在这种过程中，人是如何渺小的东西，这些人比起世界上任何哲人，也似乎还更知道得多一些。

听他们谈了许久，我心中有点忧郁起来了。这些不辜负自然的人，与自然妥协，对历史毫无担负，活在这无人知道的地方。另外尚有一批人，与自然毫不妥协，想出种种方法来支配自然，违反自然的习惯，同样也那么尽寒暑交替，看日月升降。然而后者却在慢慢改变历史、创造历史。一份新的日月，行将消灭旧的一切。我们用什么方法，就可以使这些人心中感觉一种对“明天”的“惶恐”，且放弃过去对自然和平的态度，重新来一股劲儿，用划龙船的精神活下去？这些人在娱乐上的狂热，就证明这种狂热能换个方向，就可使他们还配在世界上占据一片土地，活得更愉快更长久一些。不过有什么办法，可以改造这些人的狂热到一件新的竞争方面去，可是个费思索的问题。

一个跛脚青年人，手中提了一个老虎牌新桅灯，灯罩光光的，洒着摇着从外面走进了屋子。许多人见了他都同声叫唤起来："什长，你发财回来了！好个灯！"

那跛子年纪虽很轻，脸上却刻画了一种兵油子的油气与骄气，在乡下人中仿佛身份特高一层。把灯搁在木桌上，大洋洋地坐近火边来，拉开两腿摊出两只大手烘火，蛮不高兴地说："碰鬼，运气坏，什么都完了。"

"船上老八说你发了财，瞒我们。怕我们开借。"

"发了财，哼。用得着瞒你们？本钱去七角，桃源行市只一块零，除了上下开销，二百两货有什么捞头，我问你。"

这个人接着且连骂带唱地说起桃源后江娘儿们种种有趣的情形，使得一般人活泼兴奋起来。话说得正有兴味时，一个人来找他，说："什长，猪蹄膀炖好了，酒已热好了。"他搓搓手，说声"有偏各位"，提起那个新桅灯就走了。

原来这个青年汉子，是个打鱼人的独生子。三年前被省城里募兵委员看中了招去，训练了三个月，就开到江西边境去同共产党打仗。打了半年仗，一班兄弟中只剩下他一个人好好地活着，奉令调回后防招募新军补充时，他因此升了班长。第二次又训练三个月，再开到前线去打仗。于是碎了一只腿，抬回省中军医院诊治，照规矩这只腿得用锯子锯去。一群同乡都以为从辰州地方出来的家乡人，"辰州符"比截割高明得多了，信他个洋办法像话吗？就把他从医院中抢出，在外边用老办法找人敷水药治疗。说也古怪，不到三个月，那只腿居然不必截割，全好了。战争是个什么东西他也明白了。取得了本营证明，领得了些伤兵抚恤费后，于是回到家乡来，用什长名义受同乡恭维，又用伤兵名义做点特别生意。这生意也就正是有人可以赚钱，有人可以犯法，政府也设局收税，也制定法律禁止，又可以杀头、又可以发财那种从各方面说来都似乎极有出息的生意。我想弄明白那什长的年龄，从那个当地唯一成衣人口中，方知道这什长今年还只二十一岁。那成衣人还说：

“这小子看事有眼睛，做事有魄力，跛了一只腿，还会一月一个来回下常德府，吃喝玩乐发财走好运。若两只腿全弄坏，那就更好了。”

有个水手插口说：“这是什么话。”

“什么画，壁上挂。穷人打光棍，一只腿打坏了不顶事。如两只腿全打坏了，他就不会卖烟土走私赚了钱，再到桃源县后江玩花姑娘了！”

成衣人末后一句打趣话，把大家都弄笑了。

回船时，我一个人坐在灌满冷气的小小船舱中，屈指计算那什长年龄，二十一岁减十五，得到个数目是六。我记起十五年前那个夜里一切光景，那落日返照，那狭长而描绘朱红线条的船只，那锣鼓与热情兴奋的呼喊……尤其是临近几只小渔船上欢乐跳掷的小孩子，其中一定就有一个今晚我所见到的跛脚什长。唉，历史是多么古怪的事物，生恶性痈疽的人，照旧式治疗方法，可用一星一点毒药敷上，尽它溃烂，到溃烂净尽时，再用药物使新的肌肉生长，人也就恢复健康了。这跛脚什长，我对他的印象虽异常恶劣，想起他就是一个可以溃烂这乡村居民灵魂的人物，不由得人不寄托一种幻想……

二十年前澧州镇守使王正雅部队一个平常马夫，姓贺名龙，兵乱时，一菜刀切下了一个散兵的头颅，二十年后就得惊动三省集中十万军队来解决这马夫。谁个人会注意这小小节目，谁个人想象得到人类历史是用什么写成的！

原载一九三五年四月《水星》二卷一期

流　光

上前天，从鱼处见到三表兄由湘寄来的信，说是第二个儿子已有了四个月，会从他妈怀抱中做出那天真神秘可爱的笑样子了。我惘然想起了过去的事。

那是三年前的秋末。我正因为对一个女人的热恋得到轻蔑的报复，决心到北国来变更我不堪的生活，由芷江到了常德。三表兄正从一处学校辞了事不久，住在常德一个旅馆中。他留着我说待明春同行。本来失了家的我，无目的地流浪，没有什么不可，自然就答应了。我们同在一个旅馆同住一间房，并且还同在一铺床上睡觉。

穷困也正同如今一样。不过衣衫比这时似乎阔绰一点。我还记着我身上穿的那件蓝绸棉袍，初几次因无罩衫，竟不大好意思到街上去。脚下那英国式尖头皮鞋，也还是新从上海买的。小孩子的天真，也要多一点，我们还时常斗嘴哭脸呢。

也许还有别种缘故吧，那时的心情，比如今要快乐高兴得多了。并不很小的一个常德城，大街小巷，几乎被我俩走遍。尤其感生兴味不觉厌倦的，便是熊伯妈家中与F女校了。熊家大概是在高山巷一带，这时印象稍稍模糊了。她家有极好吃的腌莴苣、四季豆、醋辣子、大蒜；每次我们到时，都会满盘满碗从大覆水坛内取出给我们尝。F女校却是去看望三表嫂——那时的密司易——而常常走动。

我们同密司易是同行。但在我未到常德以前却没有认识过。我们是怎么认识的，这时想不起了！大概是死去不久的漪舅母为介绍过一次……唔！是了！漪舅母在未去汉口以前，原是住到F校中！而我们同三表兄到F校中去会过她。当第一次见面时，谁曾想到这就是半年后的三表嫂呢！两人也许发现了一种特别足以注意的处所！我们在回去路上，似乎就说到她。

她那时是在F女校充级任教员。

我们是这样一天一天地熟下去了。两个月以后，我们差不多是每天要到F女校一次。我们旅馆去女校，有三里远近。间或因有一点别的事情——如有客，或下雨，但那都很少——不能在下午到F女校同上课那样按时看望她时，她每每会打发校役送来一封信。信中大致说有事相商，或请代办一点什么。事情当然是有。不过，总不是那么紧急应当即时就办的。不待说，他们是在那里创造永远的爱了。

不知为甚，我那时竟那样愚笨，单把兴味放在一架小小风琴上面去了，完全没有发现自己已成了别人配角。

三表哥是一个富于美术思想的人。他会用彩色绫缎或通草黏出各样乱真的花卉，又会绘画，又会弄有键乐器。性格呢，是一个又细腻又怯懦，极富于女性的，掺和黏液神经二质而成的人。虽说几年来常到外面跑，做一点清苦教书事业，把先时在凤凰充当我小学校教师时那种活泼优美的容貌，用衰颓沉郁颜色代去了一半，然清癯的丰姿、温和的性格，在一般女性看来，依然还是很能使人愉快满意的！

在当时的谈话中，我还记着有许多次不知怎么便谈到了恋爱上去。其实这也很自然！这时想来，便又不能不令人疑到两方的机锋上，都隐着一个小小针。我们谈到婚姻问题时，她每每这样说：

“运用书本上得来一点理智——虽然浅薄——便可以吸引异性虚

荣心、企慕心，为永远或零碎的卖身，成了现代婚姻的，其实同用金钱成交的又相差几许？我以为感情的结合，两方各在赠予，不在获得……”

她结论是“我不爱……其实独身还好些”。这话用我的经验归纳起来，其意正是：过去所见的男性，没有我满意的，故不愿结婚。

一个有资格为人做主妇，为小孩子做母亲，却寻不到适意对手的女人，大都是这么说法。这正是一点她们应有的牢骚。她当然也不例外。

凡是两方都在那里用高热力创造爱情时，谁也会承认，这是非常容易达到“中和”途径的！于是，不久，他们便都以为可以共同生活下去，好好过这未来的春天了。虽然他俩也会在稍稍冷静时，察觉到对方的不足与缺陷，不过那时的热情狂潮，已自动地流过去弥缝了。所以他们就昂然毅然……自然别人没法阻间也不须阻间。

这消息传出后，就有许多同学姐姐妹妹，不断地写信来劝她再思三思。这是一些不懂人情、不明事理人的蠢话罢了！哪能听得许多？

在他们还没有结婚之前，我被不可抵抗的命运之流又冲到别处去了，虽然也曾得到他们结婚照片，也曾得过他夫妇几次平常的通信。

不久，又听到三表兄已成为一个孩子的父亲了。不久，又听到小孩子满七天时得惊风症殇掉了！……在第一次我叫三表嫂、三表兄觑着我做出会心的微笑，而她却很高兴地亲自跑进厨房为我蒸清汤鲫鱼时，那时他们仍在常德住着，我到她寓中候轮。这又是去年夏天的事了！

在这三四年当中，她生命中自必有许多值得追怀，值得流泪，值得歌咏的经过；可是，我，还依然是我！几年前所眷恋的女人，早安分地为别人做二夫人养小孩子了！到最近便连梦也难于梦见。人呢，一天一天地老去了！长年还丧魂失魄似的东荡西荡，也许生活的结束才是归宿……

微微的凉风吹拂了衣裙，淡淡的黄月洒满了一身。

星样的远远的灯成行排对，灯样的小小的星无声长坠。

——《月下》

在长期的苦恼中沉溺，我感到疲倦，乏力，气尽，希望救援，置诸温暖。在一种空虚的想望中，我用我的梦，铸成了偶像一尊。我自己，所有的，是小姐们一般人所不必要的东西，内在的、近于潜伏的、忧郁的热情。这热情，在种种习俗下，真无价值！任何一个女人，从任何一个男子身上都可找到的脸孔上装饰着的热情，人来向我处找寻，我却没有。我知道，一个小小的殷勤，能胜过更伟大但是潜默着的真爱。在另一方面，纵是爱，把基础建筑到物质一方，也总比到空虚不可捉找的精神那面更其切于实用。这也可说是女人们的聪明处。不过，傻子样的女人呢，我希望还是有。

我所需要于人，是不加修饰的热情，是比普通一般人更贴紧一点的友谊，要温柔，要体谅。我愿意我的友人脸相佳美，但愿意她灵魂更美，远远超过她的外表。我所追求的，我是深知。但在别人，所能给我的，是不是即我找寻的东西？我将于发现后，再检查我自己。这时，让它茫然的，发痴样，让朋友引我进到新的矿地，用了各样努力，去搜索，在短短期间中，证明我的期望。暂忘却我是一个但适宜白日做梦的独行人，且携了希望，到事实中去印证。于我适宜的事，是没有比这更其适宜了，因此我到了一个地方。

呵，在这样月色里，我们一同进入一个夸大的梦境。黄黄的月，将坪里洒遍，却温暖了各人的心。草间的火萤，执了小小的可怜的火炬，寻觅着朋友。这行为，使我对它产生无限的同情。

小的友人！在这里，我们同是寻路者，我将燃起我心灵上的火把，同你样沉默着来行路！

月亮初圆，星子颇少。拂了衣裙的凉风，且复推到远地，芦苇叶子，瑟瑟在响。金铃子像拿了一面小锣在打，一个太高兴了天真活泼的小孩子！

四人整齐地贴到地上移动的影子，白的鞋，纵声的笑，精致的微像有刺的在一种互存客气中的谈话，为给我他日做梦方便起见，我一一地连同月色带给我的温柔感触，都保留到心上了。真像一个夸大的梦！我颇自疑。在另一时，一件极其平常的事，就会将我这幻影撞碎，而我，却又来从一些破碎不完整的残片中，找寻我失去的心。我将在一种莫可奈何中极其柔弱地让回忆的感情来宰割，且预先就见到我有一天会不可自拔地陷进到这梦的破灭的哀愁里。虽然，这时我却是对人颇朦胧，说是不需要爱，那是自欺的事，但我真实的对于人，还未能察觉到的内心就是生了沸腾，来固执这爱！在如此清莹的月光下，白玉雕像样的Láomei前，我竟找不到我是蒙了幸福的处所来。我只觉得寂寞。尤其是这印象太美。我知道，我此后将于一串的未来日子里，再为月光介绍给我这真实的影子，在对过去的追寻里，我会苦恼得成一个长期囚于荒岛的囚人。

我想，我是永远在大地上独行的一个人，没有家庭，缺少朋友，过去如此，未来还是如此，且，自己是这样：把我理想中的神，拿来安置在一个或者竟不同道的女人身上，而我在现实中，又即时发现了事实与理想的不协调。我自己看人，且总如同在一个扩大镜里，虽然有时是更其清白，但谬误却随时随地显著暴露了。一根毛发，在我看来，会发现许多鳞片。其实这东西，在普通触觉下，无论如何不会刺手；而我对一根毛发样的事的打击，有时竟感到颇深的疼痛……我有所恐惧，我心忽颤抖，终于我走开了。我怕我会在一种误会下沉坠，我慢慢地把自己留在月光下孤独立着了。

我想起我可悲的命运，凡事我竟如此固执，不能抓住眼前的一切，享受刹那的幸福，美的欣赏却总偏到那种恍惚的梦里去。

“眼前，岂不是颇足快乐吗？”谢谢朋友的忠告，正因为是眼前，我反而更其凄凉了。这样月色，这样情景，同样的珍重收藏在心里，倘若是不能遗忘，未必不可做他日温暖我们既已成灰之心。但从此事看来，人生的渺茫无端，就足使我们一同在这明月下痛哭了！

他日，我们的关系，不论变成怎样，想着时，都使我害怕。变，是一定的。不消说，我是希望它变成如我所期待的那一种，我们当真会成一个朋友。这也是我每一次同女人在一种泛泛的情形中接触时，就发生的一个希望。我竟不能使我更勇猛点、英雄点，做一个平常男子的事业，尽量地，把心灵迷醉到目下的欢乐中。我只深深地忧愁着：尽力扩张的结果，在他日，我会把我苦恼的分量加重，到逾过我所能担负的限度以外。我就又立时怜悯我自己起来。在一种欢乐空气中，我却不能做一点我应做的事，永远是向另一个虚空里追求，且竟先时感到了还未拢身的苦楚！

在朋友面前，我已证明我是一个与英雄相反的人了，我竟想逃。

在真实的谈话中，我们可以找出各人人格的质点来。在长期沉默里，我们可以使灵魂接近。但我都不愿去做。我欲从别人方面得到一个新的启示，把方向更其看得清楚，但我就怀了不安，简直不想把朋友看得透彻一点。力量于我，可说是全放到收集此时从视觉下可以吸入的印象上面去了。别人的话，我不听；我的话，却全不是我所应当说的杂七杂八的话。“月亮真美！”

“月亮虽美，Láomei，你还更美！”像朋友，短兵直入的夸赞，我却有我的拘束，想不到应如此说。

我的生涩，我的外形的冷静，我的言语，甚至于我的走路的步法，都不是合宜于这种空气下享受美与爱的，我且多了一层自知，我，熨帖别人是全无方法，即受 Láomei 们来安慰，也竟不会！

朋友们，所有的爱，坚固得同一座新筑成的城堡样，且是女墙上插了绣花旗子，鲜艳夺目。我呢，在默默中走着自己的道路而已。

到了一个地方，大家便坐了下来。行到可歇息处便应休息，正同友情一个样子。

“我应该怎么办？”想起来，当真应当做一点应做的事，为他日证明我在此一度月圆时，我的青春，曾在这世界上月光下开了一朵小小的花过。从官能上，我应用一种欣赏上帝为人造就这一部大杰作样去尽意欣赏。这只是一生的刹那，稍纵，月儿会将西沉，人也会将老去！

Láomei，zuohen！（妹子，真美呀！）一个春天，全在你的身上。一切光荣，一切幸福，以及字典上一堆为赞美而预备的字句，都全是为你们年轻 Láomei 而预备。

颇远的地方，有市声随了微风扬到耳边。月亮把人的影子安置到地上。大坪里碎琉璃片，在月下都反射着星样的薄光。一切一切，在月光的抚弄下，都极其安静，入了睡眠。月边，稀薄的白云，如同淡白之微雾，又如同扬着的轻纱。

……单为这样一个良夜圆月，人即使陌生再陌生，对这上天的恩惠，也应当拥抱、亲吻，致其感谢！

一个足以自愕的贪欲，一个小小的自私，在动人的月光下，便同野草般在心中滋长起来了。我想到人类的灵魂用处来。我想到将在这不可复得之一刹那，在各人心头，留下一道较深的印子。在两人的嘴边，留下一个永远的温柔的回味。时间在我们脚下轻轻滑过，没有声息，初不停止，到明日，我们即已无从在各人脸上找出既已消失的青春了！用颇大的力量，把握到现实，真无疑虑之必须！

把要求提高，在官能上，我可以做一点粗暴点的类乎掠夺样的事情来，表示我全身为力所驱迫的热情，于自己，私心的扩张，也是并不怎样不恰当。且，那样结果，未必比我这么沉默下来情形还更坏。照这样做，我也才能更像男子一点。一个男子，能用力量来爱人，比在一种女性的羞腼下盼望一个富于男性的女子来怜悯，那是好多了。

但我并不照到我的心去做。头上月亮，同一面镜子，我从映到地下的影子上起了一个颓唐的自馁的感慨，“不必在未来，眼前的我，已是老了，不中用了，再不配接受一个人的友情了。倘若是，我真有那种力量，竟照我自私的心去办，到他时，将更给我痛苦，这将成我一个罪孽，我曾沉溺到忏悔的深渊里，无从自救。”于是，身虽是还留在别人身边，心却偷偷悄悄地逃了下来，跑到幽僻到她要找也无从找的一处去 Láomei，zuohen！一个春天，全在你的身上。一切光荣，一切幸福，以及字典上一堆为赞美而预备的字句，都全是为你们而有。一切艺术由你们来建设。恩惠由你们颁布给人。剩下来的忧愁苦恼，却为我们这类男子所有了！

在蓝色之广大空间里：月儿半升了银色之面孔，

超绝之“美满”在空中摆动，星光在毛发上闪烁——如神话里之表现。

——《微雨·她》

我如同哑子，无力去狂笑、痛哭，宁静地在梦样的花园里勾留，且斜睇无声长坠之流星。想起《微雨·幽怨》的前段：流星在天心走过，反射出我心中一切之幽怨。不是失望的凝结，抑攻击之窘迫，和征战之败北！……心中有哀戚幽怨，他人的英雄，乃更形成我的无用。

我乃留心沙上重新印下之足迹，让它莫在记忆中为时光拭尽。“我全是沉闷，静寂，排列在空间之隙。”

朋友离我而他去，淡白的衣裙，消失到深蓝暗影里。我不能说生命是美丽抑哀戚。在淡黄色月亮下归来，我的心涂上了月的光明。倘他日独行旷野时，将用这永存的光明照我行路。

一九二六年八月二十一日深夜作

常德的船

常德就是武陵，陶潜的《搜神后记》上《桃花源记》说的渔人老家，应当摆在这个地方。德山在对河下游，离城市二十余里，可说是当地唯一的山。汽车也许停德山站，也许停县城对河另一站。汽车不必过河，车上人却不妨过河，看看这个城市的一切。地理书上告给人说这里是湘西一个大码头，是交换出口货与入口货的地方。桐油、木料、牛皮、猪肠子和猪鬃毛，烟草和水银，五倍子和鸦片烟，由川东、黔东、湘西各地用各色各样的船只装载到来，这些东西全得由这里转口，再运往长沙武汉的。子盐、花纱、布匹、洋货、煤油、药品、面粉、白糖，以及各种轻工业日用消耗品和必需品，又由下江轮驳运到，也得从这里改装，再用那些大小不一的船只，分别运往沅水各支流上游大小码头去卸货的。市上多的是各种庄号。各种庄号上的坐庄人，便在这种情形下成天如一个磨盘，一种机械，为职务来回忙。邮政局的包裹处，这种人进出最多。长途电话的营业处，这种坐庄人是最大主顾。酒席馆和妓女的生意，靠这种坐庄人来维持。

除了这种繁荣市面的商人，此外便是一些寄生于湖田的小地主、做过知县的小绅士、各县来的男女中学生，以及外省来的参加这个市面繁荣的掌柜、伙计、乌龟、王八。全市人口过十万，街道延长近十里，一个过路人到了这个城市中时，便会明白这个湘西的咽喉，真如所传闻，地方并不小可是却想不到这咽喉除吐纳货物和原料以外，还有些什么东西。

做这种吐纳工作，责任大，工作忙，性质杂，又是些什么人。

假若一旦没有了他们，这城市会不会忽然成为河边一个废墟？

这种人照例触目可见，水上城里无一不可以碰头，却又最容易为旅行者所疏忽。我想说的是真正在控制这个咽喉，支配沅水流域的几万船户。

这个码头真正值得注意令人惊奇处，实也无过于船户和他所操纵的水上工具了。要认识湘西，不能不对他们先有一种认识。要欣赏湘西地方民族特殊性，船户是最有价值材料之一种。

一个旅行者理想中的武陵，渔船应当极多。到了这里一看，才知道水面各处是船只，可是却很不容易发现一只渔船。

长河两岸浮泊的大小船只，外行人一眼看去，只觉得大同小异，事实上形制复杂不一，各有个性，代表了各个地方的个性。让我们从这方面来多知道一点，对于我们也许有些便利处。

船只最触目的三桅大方头船，这是个外来客，由长江越湖来的，运盐是它主要的职务。它大多数只到此为止，不会向沅水上游走去。普通人叫它作“盐船”，名实相副。船家叫它作“大鳅鱼头”，《金陀粹编》上载岳飞在洞庭湖水擒杨幺故事，这名字就见于记载了，名字虽俗，来源却很古。这种船只大多数是用乌油漆过，所以颜色多是黑的。这种船按季候行驶，因为要大水大风方能行动。杜甫诗上描绘的“洋洋万斛船，影若扬白虹”，也许指的就是这种水上东西。

比这种盐船略小，有两桅或单桅，船身异常秀气，头尾突然收敛，令人入目起尖锐印象，全身是黑的，名叫“乌江子”。它的特长是不怕风浪，运粮食越湖。它是洞庭湖上的竞走选手。形体结构上的特点是桅高，帆大，深舱，锐头。盖舱篷比船身小，因为船舷外还有护舱板。弄船人同船只本身一样，一看很干净，秀气斯文。行船既靠风，上下行都使帆，所以帆多整齐。船上用的水手不多，仅有的水手会拉篷、摇橹、撑篙、不会荡桨——这种船上便不常用桨。放空船时妇女还可代劳掌舵。这种船间或也沿河上溯，数目极少，船身材料薄，似不宜于冒险。这种船在沅水流域也算是外来客。

在沅水流域行驶，表现得富丽堂皇，气象不凡，可称为巨无霸的船只，应当数“洪江油船”。这种船多方头高尾，颜色鲜明，间或且有一点金漆装饰。尾梢有舵楼，可以安置家眷。大船下行可载三四千桶桐油，上行可载两千件棉花，或一票食盐。用橹手二十六人到四十人，用纤手三十人到六七十人。必待春水发后方上下行驶，路线系往返常德和洪江。每年水大至多上下三五回，其余大多时节都在休息中，成排结队停泊河面，俨然是河上的主人。船主照例是麻阳人，且照例姓滕，善交际，礼数清楚。常与大商号中人拜把子，攀亲家。行船时站在船后檀木舵把边，庄严中带点从容不迫神气，口中含了个竹马鞭短烟管，一面看水，一面吸烟。遇有身份的客人搭船，喝了一杯酒后，便向客人一五一十叙述这只油船的历史，载过多少有势力的军人、阔佬，或名驰沅水流域的妓女。换言之，就是这只船与当地“历史”发生多少关系！

这种船只上的一切东西，无一不巨大坚实。船主的装束在船上时看不出什么特别处，上岸时却穿长袍（下脚过膝三四寸），罩青羽绫马褂，戴呢帽或小缎帽，佩小牛皮抱肚，用粗大银链系定，内中塞满了银圆。穿生牛皮靴子，走路时踏得很重。个子高高的，瘦瘦的。有一双大手，手上满是黄毛和青筋。会喝酒，打牌，且豪爽大方，吃花酒应酬时，大把银圆钞票从抱肚掏出，毫不吝啬。水手多强壮勇敢，眉目精悍，善唱歌、泅水、打架、骂野话。下水时如一尾鱼，上岸接近妇人时像一只小公猪。白天弄船，晚上玩牌，同样做得极有兴致。船上人虽多，却各有所事，从不紊乱。舱面永远整洁如新。拔锚开头时，必擂鼓敲锣，在船头烧纸烧香，煮白肉祭神，燃放千子头鞭炮，表示人神和乐，共同帮忙，一路福星。在开船仪式与行船歌声中，使人想起两千年前《楚辞》发生的原因，现在还好好地保留下来，今古如一。

比洪江油船小些，形式仿佛也较笨拙些（一般船只用木板做成，这种船竟像用木柱做成），平头大尾，一望而知船身十分坚实，有斗拳师的神气，名叫“白河船”。白河即酉水的别名。这种船只即行驶于沅水由常德到沅陵一段，酉水由沅陵到保靖一段。酉水滩流极险，船只必经得起磕撞。船只必载重方能压浪，因此尾部如臀，大而圆。下行时在船头缚大木桡一两把。木桡的用处是船只下滩，转头时比舵切于实际。

照水上人俗谚说：“三桨不如一篙，三橹不如一桡。”桡读作招。酉水浅而急，不常用橹，篙桨用处多，因此篙多特别长大，桨较粗硕，肥而短。船篷用粽子叶编成，不涂油。船主多永顺保靖人，姓向姓王姓彭占多数。酉水河床窄，滩流多，为应付自然，弄船人所需要的勇敢能耐也较多。行船时常用相互诅咒代替共同唱歌，为的是受自然限制较多，脾气比较坏一点。酉水是传说中古代藏书洞穴所在地，多的是高大宽敞充满神秘的洞穴。由沅陵起到酉阳止，沿酉水流域的每个县份总有几个洞穴。可是如沅陵的大酉洞、二酉洞、保靖的狮子洞、酉阳的龙洞，这些洞穴纵有书籍也早已腐烂了。到如今这条河流最多的书应当是宝庆纸客贩卖的石印本历书，每一条船上照例都有一本“皇历”。船家禁忌多，历书是他们行动的宝贝。河水既容易出事情，个人想减轻责任，因此凡事都俨然有天做主，由天处理，照书行事，比较心安，也少纠纷，船只出事时有所借口。酉水流域每个县份的船只，在形式上又各不相同，不过这些小船不出白河，在常德能看到的白河油船，形体差不多全是一样。

沅水中部的辰溪县，出白石灰和黑煤，运载这两种东西的本地船叫作“辰溪船”，又名“广舶子”。它的特点和上述两种船只比较起来，显得材料脆薄而缺少个性。船身多是浅黑色，形状如土布机上的梭子，款式都不怎么高明。下行多满载一些不值钱的货，上行因无回头货便时常放空。船身脏，所运货又少时间性，满载下驶，危险性多，搭客不欢迎，因之弄船人对于清洁、时间就不甚关心。这种船上的席篷照例是不大完整的，布帆是破破碎碎的，给人印象如一个破落户。

弄船人因闲而懒，精神多显得萎靡不振。

洞河（即泸溪）发源于乾城苗乡大小龙洞和凤凰苗乡乌巢河，两条小河在乾城县的所里市相汇。向东流，到泸溪县，方和沅水同流，在这条河里的船就叫“洞河船”。河源主流由苗乡梨林地方两个洞穴中流出，河床是乱石底子，所以水特别清，水性特别猛。船身必须从撞磕中挣扎，河身既小，船身也较轻巧。船舷低而平，船头窄窄的。在这种船上水手中，我们可以发现苗人。不过见着他时我们不会对他有何惊奇，他也不会对我们有何惊奇。这种人一切和别的水上人都差不多，所不同处，不过是他那点老实、忠厚、淳朴、戇直性情——原人的性情，因为住在山中，比城市人保存得多点罢了。乾城人极聪明文雅，小手小脚小身材，唱山歌时嗓子非常好听，到码头边时，可特别沉默安静。船只太小了，不常有机会到这大码头边靠船。这种船停泊在河面时似乎很羞怯，正如水手们上街时一样羞怯。

乾城用所里做本县吐纳货物的水码头。地方虽不大，小小石头城却很整齐干净，且出了几个近三十年来历史上有名姓的人物。段祺瑞时代的陆军总长傅良佐将军，是生长在这个小县城里的。东北军宿将，国内当前军人中称战术权威的杨安铭将军，也是这地方人。

在河上显得极活动，极有生气，而且数量极多的，是普通的中型

"麻阳船"。这种船头尾高举，秀拔而灵便。这种船只的出处是麻阳河（即辰溪）。每只船上都可见到妇人、孩子、童养媳。弄船人一面担负商人委托的事务，一面还担负上帝派定的工作，两方面都异常称职。沅水流域的转运事业，大多数由这地方人支配，人口繁荣的结果，且因此在常德城外多了一条麻阳街。"一切成功都必须争斗"，这原则也可用作麻阳街的说明。据传说，这条街是个姓滕的水手滕老九双拳打出来的。我们若有兴趣特意到那条街上走走，可知道开小铺子的，做理发店生意的，卖船上家伙的，经营不用本钱最古职业的，全是麻阳乡亲，我们就会明白，原来参加这种争斗，每人都有一份。麻阳人的精力绝伦处，或者与地方出产有点关系。麻阳出各种橘子，糯米也极好，做甜酒特别相宜。

人口加多，船只也越来越多，因此沅水水面的世界，一大半是麻阳人占有的。大凡船只停靠处，都有叫乡亲的麻阳人。乡亲所得的便利极多，平常外乡人，坐船时于是都叫麻阳人作"乡亲"。乡亲的特点是面目精悍而性情快乐，做水手的都能吃、能做、能喝、能打架。船主上岸时必装扮成为一个小乡绅，如驾洪江油船的大老板一样穿袍穿褂，着生牛皮盘云长统钉靴，戴有皮封耳的毡帽或博士帽，手指套上分量沉重的金戒指，皮抱肚里装上许多大洋钱，短烟管上悬个老虎爪子，一端还镶包一片镂花银皮。见人就请教仙乡何处，贵府贵姓。

本人大多数姓滕，名字"代富""宜贵"。对三十年来的本省政治，比起任何地方船主都熟悉、都关心。欢喜讲礼教，臧否人物，且善于称引经典格言和当地俗谚，作为谈天时章本。

恭维客人时必从恭维上增多一点收入，被客人恭维时便称客人为"知己"，笑嘻嘻地请客人喝包谷子酒。妇女在船上不特对于行船毫无妨碍，且常常是一个好帮手。妇女多壮实能干，大脚大手，善于生男育女。

麻阳人中另外还有一双值得称赞的手，在湘西近百年实无匹敌，在国内也是一个少见的艺术家，是塑像师张秋潭那双手，小件艺术品多在烟盘边靠灯时用烟签完成的，无一不做得栩栩如生，至今还留下些在湘西私人手中。大件是各县庙宇天王观音等神像，辛亥以后破除迷信，毁去极多。

在常德水码头船只极小，漂浮水面如一片叶子，数量之多如淡干鱼，是专载客人用的“桃源划子”。木商与烟贩，上下办货的庄客，过路的公务员，放假的男女学生，同是这种小船的主顾。船身既轻小，上下行的速度较之其他船只快过一倍，下滩时可从边上小急流走，决不会出事。在平潭中且可日夜赶程，不会受关卡留难。因此在有公路以前，这种小小船只实为沅水流域交通利器。弄船人工作不需如何紧张，开销又少，收入却较多。装载客人且多阔佬，同时桃源县人的性格又特别随和（沅水一到桃源后就变成一片平潭，再无恶滩急流，自然影响到水上人性情很大），所以弄船人脾气就马虎得多，很多是瘾君子，白天弄船，晚上便靠灯。有些家中人说不定还留在县里，经营一种不必要本钱的职业，分工合作，都不闲散。且能做客人向导，带访桃源洞的客人到所要到的新奇地方去。

在沅水流域上下行驶，停泊到常德码头应当称为“客人”的船只，共有好几种，有从芷江上游黔东玉屏来的，有从麻阳河上游黔东铜仁来的，有从白河上游川东龙潭来的。玉屏船多就洪江转口，下行不多。龙潭船多从沅陵换货，下行不多。铜仁船装油硷下行的，有些庄号在常德，所以常直放常德。船只最引人注意处是颜色黄明照眼，式样轻巧，如竞赛用船。船头船尾细狭而向上翘举，舱底平浅，材料脆薄，给人视觉上感到灵便与愉快，在形式上可谓秀雅绝伦。弄船人语言清婉，装束素朴，有些水手还穿齐膝的长衣，裹白头巾，风度整洁和船身极相称。船小而载重，故下行时船舷必缚茅束挡水。这种船停泊河中，仿佛极其谦虚，一种做客应有的谦虚。然而比同样大小的船只都整齐，一种做客不能不注意的整齐。

此外常德河面还有一种船只，数量极多，有的时常移动，有的又长久停泊。这些船的形式一律是方头，方尾，无桅，无舵。用木板做舱壁，开小小窗子，木板做顶。有些当作船主的金屋，有些又做逋逃者的窟穴。船上有招纳水手客人的本地土娼，有卖烟和糖食、小吃、猪蹄子粉面的生意人。此外算命卖卜的，圆光关亡的，无不可以从这种船上发现。船家做寿成亲，也多就方便借这种水上公馆举行，因此一遇黄道吉日，总是些张灯结彩，响器声，弦索声，大小炮仗声，划拳歌呼声，点缀水面热闹。

常德乡城本身也就类乎一只旱船，女作家丁玲，法律家戴修瓒，国学家余嘉锡，是这只旱船上长大的。较上游的河堤比城中高得多，涨水时水就到了城边，决堤时城四围便是水了。常德沿河的长街，街市上大小各种商铺不下数千家，都与水手有直接关系。杂货店铺专卖船上用件及零用物，可说是它们全为水手而预备的。至如油盐、花纱、牛皮、烟草等等庄号，也可说水手是为它们而有的。此外如茶馆、酒馆和那经营最素朴职业的户口，水手没有它不成，它没水手更不成。

常德城内一条长街，铺子门面都很高大（与长沙铺子大同小异，近于夸张），木料不值钱，与当地建筑大有关系。地方滨湖，河堤另一面多平田泽地，产鱼虾、莲藕，因此鱼栈莲子栈延长了长街数里。多清真教门，因此牛肉特别肥鲜。

常德沿沅水上行九十里，才到桃源县，再上行二十五里，方到桃源洞。千年前武陵渔人如何沿溪走到桃花源，这路线尚无好事的考古学家说起。现在想到桃源访古的“风雅人”，大多数只好坐公共汽车去。在桃源县想看到老幼黄发垂髫、怡然自乐的光景，并不容易。不过或者因为历史的传统，地方人倒很和气，保存一点古风。也知道欢迎客人，杀鸡作黍，留客住宿。虽然多少得花点钱，数目并不多。可是一个旅行者应当知道，这些人赠送游客的礼物，有时不知不觉太重了点，最好倒是别大意，莫好奇，更不要因为记起宋玉所赋的高唐神女，刘晨阮肇天台所遇的仙女，想从经验中去证实故事。不妨学个老江湖，少生事！当地众多神女仙女，可并不是为外来读书人游客预备的，沅水流域的木竹簰商人是唯一受欢迎者。好些极大的木竹簰，到桃源后不久就无影无踪不见了的。

政治家宋教仁，老革命党覃振，同是桃源县人。桃源县有个省立第二女子师范学校，五四运动谈男女解放平等，最先要求男女同校，且实现它，就是这个学校的女学生。

小草与浮萍

小萍儿被风吹着停止在一个陌生的岸旁。他打着旋身睁起两个小眼睛察看这新天地。他想认识他现在停泊的地方究竟还同不同以前住过的那种不惬意的地方。他还想：

——这也许便是诗人告给我们的那个虹的国度里！

自然这是非常容易解决的事！他立时就知道所猜的是失望了。他并不见什么玫瑰色的云朵，也不见什么金刚石的小星。既不见到一个生银白翅膀，而翅膀尖端还蘸上天空明蓝色的小仙人，更不见一个坐在蝴蝶背上，用花瓣上露颗当酒喝的真宰。他看见的世界，依然是骚动像一盆泥鳅那么不绝地无意思骚动的世界。天空苍白灰颓同一个病死的囚犯脸子一样，使他不敢再昂起头去第二次注视。

他真要哭了！他于是唱着歌诉说自己凄惶的心情：

“侬是失家人，萍身伤无寄。江湖多风雪，频送侬来去。风雪送侬去，又送侬归来；不敢识旧途，恐乱侬行迹……”

他很相信他的歌唱出后，能够换取别人一些眼泪来。在过去的时代波光中，有一只折了翅膀的蝴蝶堕在草间，寻找不着它的相恋者，曾在他面前流过一次眼泪，此外，再没有第二回同样的事情了！这时忽然有个突如其来的声音止住了他：

“小萍儿，漫伤嗟！同样漂泊有杨花。”

这声音既温和又清婉，正像春风吹到他肩背时一样，是一种同情的爱抚。他很觉得惊异，他想：

——这是谁？为甚认识我？莫非就是那只许久不通消息的小小蝴蝶吧？或者杨花是她的女儿……

但当他抬起含有晶莹泪珠的眼睛四处探望时，却不见一个小生物。他忙提高嗓子：

“喂！朋友，你是谁？你在什么地方说话？”

“朋友，你寻不到我吧？我不是那些伟大的东西！虽然我心在我自己看来并不很小，但实在的身子却同你不差什么。你把你视线放低一点，就看见我了……是，是，再低一点……对了！”

他随着这声音才从路坎上一间玻璃房子旁发现了一株小草。她穿件旧到将褪色了的绿衣裳。看样子，是可以做一个朋友的。当小萍小眼睛转到身上时，她含笑说：

“朋友，我听你唱歌，很好。什么伤心事使你唱出这样调子？倘若你认为我够得上做你一个朋友，我愿意你把你所有的痛苦细细地同我讲讲。我们是同在这靠着做一点梦来填补痛苦的寂寞旅途上走着呢！”

小萍儿又哭了，因为用这样温和口气同他说话的，他还是初次入耳呢。

他于是把他往时常同月亮诉说而月亮却不理他的一些伤心事都一一同小草说了。他接着又问她是怎样过活。

“我吗？同你似乎不同了一点。但我也不是少小就生长在这里的。我的家我还记着：从不见到什么冷得打战的大雪，也不见什么吹得头痛的大风，也不像这里那么空气干燥，时时感到口渴——总之，比这好多了。幸好，我有机会傍在这温室旁边居住，不然，比你还许不如！”

他曾听过别的相识者说过，温室是一个很奇怪的东西。凡是在温室中打住的，不知道什么叫作季节，永远过着春天的生活。虽然是残秋将尽的天气，碧桃同樱花一类东西还会恣情地开放。这之间，卑不足道的虎耳草也能开出美丽动人的花朵，最无气节的石菖蒲也会变成异样的壮大。但他却还始终没有亲眼见到过温室是什么样子。

“呵！你是在温室旁住着的，我请你不要笑我浅陋可怜，我还不知道温室是怎么样一种地方呢。”

从他这问话中，可以见他略略有点羡慕的神气。

“你不知道却是一桩很好的事情。并不巧，我——”

小萍儿又抢着问：

“朋友，我听说温室是长年四季过着春天生活的！为甚你又这般憔悴？你莫非是闹着失恋的一类事吧？”

“一言难尽！”小草叹了一口气。歇了一阵，她像在脑子里搜索着什么似的，接着又说，“这话说来又长了。你若不嫌烦，我可以从头一一告诉你。我先前正是像你们所猜想的那么愉快，每日里同一些姑娘们少年们有说有笑地过日子。什么跳舞会啦，牡丹与芍药结婚啦……你看我这样子虽不怎么漂亮，但筵席上少了我她们是不欢的。有一次，真的春天到了，跑来了一位诗人。她们都说他是诗人，我看他那样子，同不会唱歌的少年并没有什么不同。我一见他那尖瘦有毛的脸嘴，就不高兴。嘴巴尖瘦并不是什么奇怪事，但他却尖得格外讨厌。又是长长的眉毛，又是崭新的绿森森的衣裳，又是清亮的嗓子，直惹得那一群不顾羞耻的轻薄骨头发癫！尤其是小桃——”

“那不是莺哥大诗人吗？”照小草所说的那诗人形状，他想，必定是会唱赞美诗的莺哥了。但穿绿衣裳又会唱歌的却很多，因此又这样问。

“嘘！诗人？单是口齿伶俐一点，简直一个儇薄儿罢了！我分明看到他弃了他居停的女人，飞到园角落同海棠偷偷地去接吻。”

她所说的话无非是不满意于那位漂亮诗人。小萍儿想：或者她对于这诗人有点妒意吧！

但他不好意思将这疑问质之于小草，他们不过是新交。他只问：

“那么，她们都为那诗人轻薄了！”

“不。还有——”

“还有谁？”

“还有玫瑰。她虽然是常常含着笑听那尖嘴无聊的诗人唱情歌，但当他嬉皮笑脸地飞到她身边，想在那鲜嫩小嘴唇上接一个吻时，她却给他狠狠地刺了一下。”

“以后——你？”

“你是不是问我以后怎么又不到温室中了吗？我本来是可以在那里住身的。因为秋的饯行筵席上，大众约同开一个跳舞会，我这好动的心思，又跑去参加了。在这当中，大家都觉到有点惨沮，虽然是明知春天终不会永久消逝。”

“诗人呢？”

“诗人早不知到什么地方去了。有些姐妹们也想，因为无人唱诗，所以弄得满席抑郁不欢。不久就从别处请了一位小小跛脚诗人来。他小得可怜，身上还不到一粒白果那么大。穿一件黑油绸短袄子，行路一跳一跳——”

“那是蟋蟀吧？”其实小萍儿并不与蟋蟀认识，不过这名字对他很熟罢了！

“对。他名字后来我才知道的。那你大概是与他认识了！他真会唱。他的歌能感动一切，虽然调子很简单——我所以不到温室中过冬，愿到这外面同一些不幸者为风雪暴虐下的牺牲者一道，就是为他的歌所感动呢——看他样子那么渺小，真不值得用正眼刷一下。但第一句歌声唱出时，她们的眼泪便一起为他挤出来了！他唱的是‘萧条异代不同时’。这本是一句旧诗，但请想，这样一个饯行的筵席上，这种诗句如何不敲动她们的心呢？就中尤其感到伤心的是那位密司柳。她原是那绿衣诗人的旧居停。想着当日‘临流顾影，婀娜丰姿’，真是难过！到后又唱到‘娇艳芳姿人阿谀，断枝残梗人遗弃……’把密司荷又弄得号啕大哭了……还有许多好句子，可惜我不能一一记下，到后跛脚诗人便在我这里住下了。我们因为时常谈话，才知道他原也是流浪性成了随遇而安的脾气——”

他想，这样诗人倒可以认识认识，就问：

“现在呢？”

“他因性子不大安定，不久就又走了！”

小萍儿听到他朋友的答复，怃然若有所失，好久好久不作声。他末后又问她唱的“小萍儿，漫伤嗟，同样漂泊有杨花！”那首歌是什么人教给她的时，小草却掉过头去，羞涩地说，就是那跛脚诗人。

一九二五年二月十四日作

夜　渔

这已是谷子上仓的时候了。

年成的丰收，把茂林家中似乎弄得格外热闹了一点。在一天夜饭桌上，坐着他四叔两口子，五叔两口子，姨婆，碧霞姑妈同小娥姑妈，以及他爹爹；他在姨婆与五婶之间坐着，穿着件紫色纺绸汗衫。中年妇人的姨婆，时时停了她的筷子为他扇背。茂儿小小的圆背膊已有了两团湿痕。

桌子上有一大钵鸡肉，一碗满是辣子拌着的牛肉，一碗南瓜，一碗酸粉辣子，一小碟酱油辣子；五叔正夹了一只鸡翅膀放到碟子里去。

“茂儿，今夜敢同我去守碾房罢？”

“去，去，我不怕！我敢！”

他不待爹的许可就忙答应了。

爹刚放下碗，口里含着那枝“京八寸”小潮丝烟管，呼地喷了一口烟气，不说什么。那烟气成一个小圈，往上面消失了。

他知道碾子上的床是在碾房楼上的，在近床边还有一个小小窗口。从窗口边可以见到村子里大院坝中那株夭矫矗立的大松树尖端，又可以见到田家寨那座灰色石碉楼。看牛的小张，原是住在碾房；会做打笼装套捕捉偷鸡的黄鼠狼，又曾用大茶树为他削成过一个两头尖的线子陀螺。他刚才又还听到五叔说溪沟里有人放堰，碾坝上夜夜有鱼上留了……所以提到碾房时，茂儿便非常高兴。

当五叔同他说到去守碾房时，他身子似乎早已在那飞转的磨石边站着了。

“五叔，那要什么时候才去呢……我不要这个……吃了饭就去吧？”

他靠着桌边站着，低着头，一面把两只黑色筷子在那画有四个囍字的小红花碗里“要扬不紧”[1]地扒饭进口里去。左手边中年妇人的姨婆，捡了一个鸡肚子朝到他碗里一掼。

“茂儿，这个好呢。”

“我不要。那是碧霞姑妈洗的……不干净，还有——糠皮儿……”他说到糠字时，看了他爹一眼。

“你也是吃饱了！糠皮儿在哪里……不要，就送给我吧。”

“真的，不要就送把你姑妈。我帮你泡汤吃。”五婶说。

茂儿把鸡肚子一扔丢到碧霞碗里去。他五婶却从他手里抢过碗去倒了大半碗鸡汤。但到后依然还是他姨婆为他把剩下的半碗饭吃完。

天上的彩霞，做出各样惊人的变化。满天通黄，像一块奇大无比的金黄锦缎；倏而又变成淡淡的银红色，稀薄到像一层蒙新娘子粉脸的面纱；倏而又成了许多碎锦似的杂色小片，随着淡宕的微风向天尽头跑去。

他们照往日样，各据着一条矮板凳，坐在院坝中说笑。

茂儿搬过自己那张小小竹椅子，紧紧地傍着五叔身边坐下。

“茂儿，来！让我帮你摩一下肚子——不然，半夜会又要嚷肚子痛。”

[1] 要扬不紧：不专心，应快而慢。凤凰土语。

“不，我不胀！姨婆。”

“你看你那样子……不好好推一下，会伤食。”

“不得。（他又轻轻地挨五叔）五叔，我们去吧！不然夜了。”

“小孩子怎不听话？”

姨婆那副和气样子养成了他顽皮娇恣的性习；不管姨婆如何说法，他总不愿离开五叔身边。到后还是五叔用“你不听姨婆话就不同你往碾房……”为条件，他才忙跑到姨婆身边去。

“您要快一点！”

“噢！这才是乖崽！”姨婆看着茂儿胀得圆圆的像一面小鼓的肚子，用大指蘸着唾沫；在他肚皮上一推一赶，口里轻轻哼着：“推食赶食……你自己瞧看，肚子胀到什么样子了，还说不要紧……今夜太吃多了。推食赶食……莫挣！慌什么，再推几下就好了……推食赶食……”

“姨婆，算了吧！你那手指甲刮得人家肚皮痒痒的，怪难受。”她又把那左手留有一寸多长的灰色指甲翘起，他可不好再说话了。

院坝中坐着的人面目渐渐模糊，天空由曙光般淡白而进于黑暗……只日影没处剩下一撮深紫了。一切皆渐次消失在夜的帷幕下。

在四围如雨的虫声中，谈话的声音已抑下了许多了。

凉气逼人，微风拂面，这足以证明残暑已退，秋已将来到人间了。茂儿同他五叔，慢慢地在一带长蛇般黄土田塍上走着。在那远山脚边，黄昏的紫雾迷漫着，似乎雾的本身在流动又似乎将一切流动。天空的月还很小，敌不过它身前后左右的大星星光明。田塍两旁已割尽了禾苗的稻田里，还留着短短的白色根株。田中打禾后剩下的稻草，堆成大垛大垛，如同一间一间小屋。身前后左右一片繁密而细碎的虫声，如一队音乐师奏着庄严凄清的秋夜之曲。金铃子的“叮……”像小铜钲般清越，尤其使人沉醉。经行处，间或还听到路旁草间小生物的窸窣。

“五叔，路上莫有蛇吧？”

“怕什么。我可以为你捉一条来玩，它是不会咬人的。”

“那我又听说乌鞘公同烙铁头（皆蛇名）一咬人便准毒死。这个小张以前曾同我说过。”

“这大路哪来乌鞘公？你怕，我就背你走吧。”

他又伏在他五叔背上了。然而夜枭的喊声，时时像一个人在他背后咳嗽，依然使他不安。

“五叔，我来拿麻藁。你一只手背我；一只手又要打火把，实在不大方便。”他想若是拿着火把，则可高高举着，照烛一切。

“你莫拿，快要到了！”

耳朵中已听到碾房附近那个小水车咿咿呀呀地喊叫了。碾房那一点小小红色灯火，已在眼前闪烁，不过，那灯光，还只是天边当头一颗小星星那么大小罢了！

转过了一个山嘴，溪水上流一里多路的溪岸通通出现在眼前了。足以令他惊呼喝嚷的是沿溪有无数萤火般似的小火星在闪动。隐约中更闻有人相互呼唤的声音。

“咦！五叔，这是怎么？”

“嗨！今夜他们又放鱼！我还不知道。若早点，我们可以叫小张把网去整一下，也好去打点鱼做早饭菜。”

……假使能够同到他们一起去溪里打鱼，左手高高地举着通明的葵藁或旧缆子做的火把，右手拿一面小网，或一把镰刀，或一个大篾鸡笼，腰下悬着一个鱼篓，裤脚扎得高高到大腿上头，在浅浅齐膝令人舒适的清流中，溯着溪来回走着，溅起水点到别个人头脸上时——或是遇到一尾大鲫鱼从手下逃脱时，那种“怎么的……你为甚那么冒失慌张呢？”“老大！得了，得了……”“啊呀，我的天！这么大！”“要你莫慌，你偏偏不听话，看到进了网又让它跑脱了……”带有吃惊、高兴、怨同伴不经心的嚷声，真是多么热闹（多么有趣）的玩意儿事啊……

茂儿想到这里，心已略略有点动了。

“那我们这时要小张转家去取网不行吗？”

“算了！网是在楼上，很难取。并且有好几处要补半天才行。”五叔说，“左右他们上头一放堰坝时，罶上也会有鱼的。我们就守着罶罢。”

关于照鱼的事，五叔似乎并不以为有什么趣味，这很令不知事的茂儿觉得稀奇。

……

一九二五年三月二十一日于窄而霉小斋

玫瑰与九妹

大哥从学堂归来时，手上拿了一大束有刺的青绿树枝。

“妈，我从萧家讨得玫瑰花来了。”

大哥高兴的神气，像捡得“八宝精”似的。

“不知大哥到哪个地方找得这些刺条子来，却还来扯谎妈是玫瑰花，”九妹说，“妈，你莫要信他话！”

“你不信不要紧。到明年四月间开出各种花时，我可不准你戴……还有好吃的玫瑰糖。”大哥见九妹不相信，故意这样逗她。说到玫瑰花时，又把手上那一束青绿刺条子举了一举——像大朵大朵的绯红玫瑰花已满缀在枝上，而立即就可以摘下来做玫瑰糖似的！

“谁稀罕你的，我顾自不会跑到三姨家去摘吗？妈，是吧？”

“是！我宝宝不有几多，会稀罕他的？”

妈虽说是顺到九妹的话，但这原是她要大哥到萧家讨的，是以又要我去帮大哥的忙：

“芸儿去帮大哥的忙，把那蓝花六角形钵子的鸡冠花拔出不要了，就用那四个钵子分栽。剩下的把插到花坛海棠边去。”

大哥在九妹脸上轻轻地刮了一下，就走到院中去了。娇纵的小九妹气得两脚乱跳，非要走出去报复一下不可。但给妈扯住了。

“乖崽，让他一次就是了！我们夜里煮鸽子蛋吃，莫分他……那你打妈一下好吧。”

“妈讨厌！专卫护大哥！他有理无理打了人家一个耳巴子，难道就算了？”

妈把九妹正在眼睛角边干擦的小手放到自己脸上拍了几下，九妹又笑了。

大哥这一刮，自然是为的报复九妹多嘴的仇。

满院坝散着红墨色土沙，有些细小的红色曲蟮四处乱爬着。几只小鸡在那里用脚乱扒，赶了去又复拢来。大哥卷起两只衣袖筒，拿了外祖母剪麻绳那把方头大剪刀，把玫瑰枝条一律剪成一尺多长短。又把剪处各黏上一片糯泥巴，说是免得走气。

“老二，这一些是三种（大哥用手指点），这是红的，这是水红，这是大红，那种是白的。是栽成各自一钵好呢，还是混合起栽好——你说？”

“打伙儿栽好玩点。开花时也必定更热闹有趣……大哥，怎么又不将那种黄色镶边的弄来呢？”

“那种难活，萧子敬说不容易插，到分株时答应分给我两钵……好，依你办，打伙儿栽好玩点。”

我们把钵子底各放了一片小瓦，才将新泥放下。大哥扶着枝条，待我把泥土堆到与钵口齐平时，大哥才敢松手，又用手筑实一下，洒了点水，然后放到花架子上去。

每钵的枝条均约有十根左右，花坛上，却只插了三根。

就中最关心花发育的自然要数大哥了。他时时去看视，间或又背到妈偷悄儿拔出钵中小的枝条来验看是否生了根须。妈也能记到每早上拿着那把白铁喷壶去洒水。当小小的翠绿叶片从枝条上嫩杈丫间长出时，大家都觉得极高兴。

“妈，妈，玫瑰有许多苞了！有个大点的尖尖上已红。往天我们总不去注意过它，还以为今年不会开花呢。”

六弟发狂似的高兴，跑到妈床边来说。九妹还刚睡醒，正搂着妈手臂说笑，听见了，忙要挣着起来，催妈帮她穿衣。

她连袜子也不及穿，披着那一头黄发，便同六弟站在那蓝花钵子边旁数花苞了。

“妈，第一个钵子有七个，第二个钵子有二十几个，第三个钵子有十七个，第四个钵子有三个；六哥说第四个是不大向阳，但它叶子却又分外多分外绿。花坛上六哥不准我爬上去，他说有十几个。”

当妈为九妹在窗下梳理头上那一脑壳黄头发时，九妹便把刚才同六弟所数的花苞数目告妈。

没有作声的妈，大概又想到去年秋天栽花的大哥身上去了。

当第一朵水红的玫瑰在第二个钵子上开放时，九妹记着妈的教训，连洗衣的张嫂进屋时见到刚要想用手去抚摩一下，也为她“嘿！不准抓呀！张嫂”忙制止着了。以后花越开越多，九妹同六弟两人每早上都各争先起床跑到花钵边去数夜来新开的花朵有多少。九妹还时常一人站立在花钵边对着那深红浅红的花朵微笑，像花也正觑着她微笑的样子。

花坛上大概是土多一点罢。虽只三四个枝条，开的花却不次于钵头中的。并且花也似乎更大一点。不久，接近檐下那一钵子也开得满身满体了。而新的苞还是继续从各枝条嫩芽中茁壮。

屋里似乎比往年热闹一点。

凡到我家来玩的人，都说这花各种颜色开在一个钵子内，真是错杂得好看。同大姐同学的一些女学生到我家来看花时，也都夸奖这花有趣。三姨并且说，比她花园里的开得茂盛得远。

妈因为爱惜，从不忍摘一朵下来给人，因此，谢落了的，不久便都各于它的蒂上长了一个小绿果子。妈又要我写信去告在长沙读书的大哥，信封里九妹附上了十多片谢落下的玫瑰花瓣。

那年的玫瑰糖呢，还是九妹到三姨家里摘了一大篮单瓣玫瑰做的。

一九二五年十一月于北京窄而霉小斋

昆明冬景

新居移上了高处，名叫北门坡，从小晒台上可望见北门门楼上用虞世南体写的“望京楼”的匾额。上面常有武装同志向下望，过路人马多，可减去不少寂寞。住屋前面是个大敞坪，敞坪一角有杂树一林。尤加利树瘦而长，翠色带银的叶子，在微风中荡摇，如一面一面丝绸旗帜，被某种力量裹成一束，想展开，无形中受着某种束缚，无从展开。一拍手，就常常可见圆头长尾的松鼠，在树枝间惊窜跳跃。这些小生物又如把本身当成一个球，在空中抛来抛去，俨然在这种抛掷中，能够得到一种生命自足的乐趣，一种从行为中证实生命存在的快乐。且间或稍微休息一下，四处顾望，看看它这种行为能不能够引起其他生物的注意。或许会发现，原来一切生物都各有它的心事。那个在晒台上拍手的人，眼光已离开尤加利树，向天空凝眸了。虚空一片明蓝，别无他物。这也就是生物中之一种，“人”，多数人中一种人对于生命存在的意义，他的想象或情感，目前正在不可见的一种树枝间攀缘跳跃，同样略带一点惊惶、一点不安，在时间上转移，由彼到此，始终不息。他是三月前由沅陵独自坐了二十四天的公路汽车，才独自来到昆明的。

敞坪中妇人孩子虽多，对这件事却似乎都把它看得十分平常，从不曾有谁将头抬起来看看。昆明地方到处是松鼠，许多人对于这小小生物的知识，不过是把它捉来卖给“上海人”，值“中央票子”两毛钱到一块钱罢了。站在晒台上的那个人，就正是被本地人称为“上海人”，花用中央票子，来昆明租房子住、工作、过日子的。住到这里来近于凑巧，因为凑巧反而不会令人觉得稀奇了。妇人多受雇于附近一个小小织袜厂，终日在敞坪中摇纺车纺棉纱。孩子们无所事事，便在敞坪中追逐吵闹，拾捡碎瓦小石子打狗玩。敞坪四面是路，时常有无家狗在树林中垃圾堆边寻东觅西，鼻子贴地各处闻嗅，一见孩子们蹲下，知道情形不妙，就极敏捷地向坪角一端逃跑。有时只露出一个头来，两眼很温和地对孩子们看着，意思像是要说：“你玩你的，我玩我的，不成吗？”有时也成。那就是一个卖牛羊肉的，扛了个木架子，带着官秤，方形的斧头，雪亮的牛耳尖刀，来到敞坪中，搁下架子找寻主顾时。妇女们多放下工作，来到肉架边讨价还钱。孩子们的兴趣转移了方向，几只野狗便公然到敞坪中来。先是坐在敞坪一角便于逃跑的地方，远远地看热闹。其次是在一种试探形式中，慢慢地走近人丛中来。直到忘形挨近了肉架边，被那羊屠户见着，扬起长把手斧，大吼一声：“畜生，走开！”方肯略略走开，站在人圈子外边，用一种非常诚恳非常热情的态度，略微偏着头，欣赏肉架上的前腿、后腿，以及后腿末端那条带毛小羊尾巴，和搭在架旁那些花油。意思像是觉得不拘什么地方都很好，都无话可说，因此它不说话。它在等待，无望无助地等待。照例妇人们在集群中向羊屠户连嚷带笑，加上各种“神明在上，报应分明”的誓语，这一个证明实在赔了本，那一个证明买了它家用的秤并不大，好好歹歹做成了交易，过了秤，数了钱，得钱的走路，得肉的进屋里去，把肉挂在悬空钩子上。孩子们也随同进到屋里去时，这些狗方趁空走近，把鼻子贴在先前一会儿搁肉架的地面，闻嗅闻嗅。或得到点骨肉碎渣，一口咬住，就忙匆匆向敞坪空处跑去，或向尤加利树下跑去。树上正有松鼠剥果子吃，果子掉落地上。“上海人”走过来拾起嗅嗅，有“万金油”气味，微辛而芳馥。

早上六点钟，阳光在尤加利树高处枝叶间敷上一层银灰光泽。空气寒冷而清爽。敞坪中很静，无一个人，无一只狗。几个竹制纺车瘦骨伶仃地搁在一间小板屋旁边。站在晒台上望着这些简陋古老工具，感觉“生命”形式的多方。敞坪中虽空空的，却有些声音仿佛从敞坪中来，在他耳边响着。

“骨头太多了，不要这个腿上大骨头。”

“嫂子，没有骨头怎么走路？”

“曲蟮有没有骨头？”

“你吃曲蟮？”

“哎哟，菩萨。”

“菩萨是泥的木的，不是骨头做成的。”

“你毁佛骂佛，死后入三十三层地狱，磨石碾你，大火烧你，饿鬼咬你。”

“活下来做屠户，杀羊杀猪，给你们善男信女吃，做赔本生意，死后我会坐在莲花上，直往上飞，飞到西天一个池塘里，洗个大澡，把一身罪过一身羊臊血腥气，洗得干干净净！”

“西天是你们屠户去的？做梦！”

“好，我不去让你们去。我们做屠户的都不去了，怕你们到那地方肉吃不成！你们都不吃肉，吃长斋，将来西天住不下，急坏了佛爷，还会骂我们做屠户的不会做生意。一辈子做赔本生意，不光落得人的骂名，还落个佛的骂名。肉你不要我拿走。”

“你拿走好！肉臭了，看你喂狗吃。”

“臭了我就喂狗吃，不很臭，我把人吃。红焖好了请人吃，还另加三碗苞谷烧酒，怕不有人叫我做伯伯、舅舅、干老子。许我每天念《莲花经》一千遍，等我死后坐朵方桌大金莲花到西天去！”

“送你到地狱里去，投胎变一只蛤蟆，日夜哗哗呱呱叫。”

“我不上西天，不入地狱。忠贤区区长告我说，姓曾的，你不用卖肉了吧，你住忠贤区第八保，昨天抽壮丁抽中了你，不用说什么，到湖南打仗去。你个子长，穿上军服排队走在最前头，多威武！我说好，什么时候要我去，我就去。我怕无常鬼，日本鬼子我不怕。派定了我，要我姓曾的去，我一定去。”

“××××××××”

“我去打仗，保卫武汉三镇。我会打枪，我亲哥子是机关枪队长！他肩章上有三颗星，三道银边！我一去就要当班长，打个胜仗，我就升排长。打到北平去，赶一群绵羊回云南来做生意，真正做一趟赔本生意！”

接着便又是这个羊屠户和几个妇人各种赌咒的话语。坪中一切寂静。远处什么地方有军队集合、下操场的喇叭声音在润湿空气中震荡。静中有动。他心想：“武汉已陷落三个月了。”

屋上首一个人家白粉墙刚刚刷好，第二天，就不知被谁某一个克尽厥职的公务员看上了，印上十二个方字。费很多想象把意思弄清楚了。只中间一句话不大明白，“培养卫生”。这好像是多了两个字或错了两个字。这是小事。然而小事若弄得使人糊涂，不好办理，大处自然更难说了。

一会儿，带着小小铜项铃的瘦马，驮着粪桶过去了。

一个猴子似的瘦脸嘴人物，从某个人家小小黑门边探出头来，“娃娃，娃娃”，娃娃不回声。他自言自语说道：“你哪里去了？吃屎去了？”娃娃年纪已经八岁，上了学校，可是学校因疏散下了乡，无学校可上，只好终日在敞坪里煤堆上玩。“煤是哪里来的？”“地下挖来的。”“做什么用？”“可以烧火。”娃娃知道的同一些专门家知道的相差并不很远。那个上海人心想：“你这孩子，将来若可以升学，无妨入矿冶系。因为你已经知道煤炭的出处和用途。好些人就因那么一点知识，被人称为专家，活得很有意义！”

娃娃的父亲，在儿子未来发展上，却老做梦，以为长大了应当作设治局长，督办——照本地规矩，当这些差事很容易发财，发了财，买下对门某家那栋房子。上海人越来越多，租房子肯出大价钱，押金又多。放三分利，利上加利，三年一个转。想象因之丰富异常。

做这种天真无邪好梦的人恐怕正多着。这恰好是一个地方安定与繁荣的基础，提起这个会令人觉得痛苦是不是？不提也好。

因为你若爱上了一片蓝天，一片土地，和一群忠厚老实人，你一定将不由自主地嚷：“这不成！这不成！天不辜负你们这群人，你们不应当自弃，不应当！得好好地来想办法！你们应当得到的还要多，能够得到的还要多！”

于是必有人问：“先生，你这是什么意思？在骂谁？教训谁？想煽动谁？用意何在？”

问得你莫名其妙，不特对于他的意思不明白，便是你自己本来意思，也会弄糊涂的。话不接头，两无是处。你爱“人类”，他怕“变动”。你“热心”，他“多心”。

“美”字笔画并不多，可是似乎很不容易认识。“爱”字虽人人认识，可是真懂得它的意义的人却很少。

一九三九年二月

遥　夜

一

我似乎不能上这高而危的石桥，不知是哪一个长辈曾像用嘴巴贴着我耳朵这样说过："爬得高，跌得重！"究竟这句话出自什么地方，我实不知道。

石桥美丽极了。我不曾看过大理石，但这时我一望便知道除了大理石以外再没有什么石头可以造成这样一座又高大、又庄严、又美丽的桥了！这桥搭在一条深而窄的溪涧上，桥两头都有许多石磴子；上去的那一边石磴是平斜好走的，下去的那边却陡峻笔直。我不知不觉就上到桥顶了。我很小心地扶着那用黑色明角质做成的空花栏杆向下望，啊，可把我吓死了！三十丈，也许还不止。下面溪水大概是涸了，看着有无数用为筑桥剩下的大而笨的白色石块，懒懒散散睡了一溪沟。石罅里，小而活泼的细流在那里跳舞一般地走着唱着。

我又仰了头去望空中，天是蓝的，蓝得怕人！真怪事！为甚这样蓝色天空会跳出许许多多同小电灯一样的五色小星星来？它们满天跑着，我眼睛被它光芒闪花了。

这是什么世界呢？这地方莫非就是通常人们说的天宫一类的处所吧？我想要找一个在此居住的人问问，可是尽眼力向各方望去，除了些葱绿参天的树木，柳木根下一些嫩白色水仙花在小剑般淡绿色叶中露出圆脸外，连一个小生物——小到麻雀一类东西也不见……或是过于寒冷了吧！不错，这地方是有清冷冷的微风，我在战栗。

但是这风是我很愿意接近的，我心里所有的委屈当第一次感受到风时便通给吹掉了！我这时绝不会想到二十年来许多不快的事情。

我似乎很满足，但并不像往日正当肚中感到空虚时忽然得到一片满涂果子酱的烤面包那么满足，也不是像在月前一个无钱早晨不能到图书馆去取暖时，忽然从小背心第三口袋里寻出一枚两角钱币那么快意，我简直并不是身心的快适，因为这是我灵魂遨游于虹的国，而且灵魂也为这调和的伟大世界溶解了！

——我忘了买我重游的预约了，这是如何令人怅惘而伤心的事！

二

当我站在靠墙一株洋槐背后，偷偷地展开了心的网幕接受那银筝般歌声时，我忘了这是梦里。

她是如何的可爱！我虽不曾认识她的面孔便知道了。她是又标致、又温柔、又美丽的一个女人，人间的美，女性的美，她都一人占有了。她必是穿着淡紫色的旗袍，她的头发必是漆黑有光……我从她那拂过我耳朵的微笑声，攒进我心里的歌声，可以断定我是猜想得一点不错。

她的歌是生着一对银白薄纱般翅膀的：不只能跑到此时同她在一块儿用一块或两三块洋钱买她歌声的那俗恶男子心中去，并且也跑进那个在洋槐背后胆小腼腆的孩子心里去了……也许还能跑到这时天上小月儿照着的一切人们心里，借着这清冷有秋意夹上些稻香的微风。

歌声停了。这显然是一种身体上的故障，并非曲的终止。我依然靠着洋槐，用耳与心极力搜索从白花窗幕内漏出的那种继歌声以后而起的窸窣。

“哏……”这是一种多么悦耳的咳嗽！可怜啊！这明是小喉咙倦于紧张后一种娇惰表示。想着承受这娇惰表示以后那一瞬的那个俗恶厌物，心中真似乎有许多小小花针在刺。但我并不即因此而跑开，骄傲心终战不过妒忌心呢。

“再唱个吧！小鸟儿。”像老鸟叫的男子声撞入我耳朵。这声音正是又粗暴又残忍惯于用命令式使对方服从他的金钱的玩客口中说的。我的天！这是对于一个女子，而且是这样可爱可怜的女子应说的吗？她那银筝般歌声就值不得用一点温柔语气来恳求吗？一块两三块洋钱把她自由尊贵践踏了，该死的东西！可恶的男子！

她似乎又在唱了！这时歌声比先前的好像生涩了一点，而且在每个字里、每一句里，以及尾音，都带了哭音；这哭音很易发现。继续的歌声中，杂着那男子满意高兴奏拍的掌声；歌如下：

可怜的小鸟儿啊！
你不必再歌了吧！
你歌咏的梦已不会再实现了。
一切都死了！
一切都同时间死去了！
使你伤心的月姐姐披了大氅，
不会为你歌声而甩去了，
同你目语的星星已嫁人了，
玫瑰花已憔悴了——为了失恋，
水仙花已枯萎了——为了失恋。

可怜的鸟儿啊！
你不必——请你不必再歌了吧！
我心中的温暖，
为你歌取尽了！

可怜的鸟儿啊！
为月，为星，为玫瑰，为水仙，为我，为一切，
为爱而莫再歌了吧！

我实在无勇气继续地听下去了。我心中刚才随歌声得来一点春风般暖气，已被她以后歌声追讨去了！我知道果真再听下去，定要强取我一汪眼泪去答复她的歌意。

我立刻背了那用白花窗幔幕着的窗口走去，渺渺茫茫见不到一丝光明。心中的悲哀，依然挤了两颗热泪到眼睛前来……被角的湿冷使我惊醒，歌声还在心的深处长颤。

一九二四年圣诞节后一日北京作

一封未曾付邮的信

阴郁模样的从文，目送二掌柜出房以后，用两只瘦而小的手撑住了下巴，把两个手拐子[1]搁到桌子上去，“唉！无意义的人生——可诅咒的人生！”伤心极了，两个陷了进去的眼孔内，热的泪只是朝外滚。

“再无办法，伙食可开不成了！”二掌柜的话使他十分难堪，但他并不以为二掌柜对他是侮辱与无理。他知道，一个开公寓的人，如果住上了三个以上像他这样的客人，公寓中受的影响，是能够陷于关门的地位的。他只伤心自己的命运。

“我不能奋斗终生，未必连爽爽快快去结果了自己也不能吧？”一个不良的思绪时时抓着他的心。

生的欲望，似乎是一件美丽东西。也许是未来的美丽的梦，在他面前不住地晃来晃去，于是，他又握起笔来写他的信了。他要在这最后一次决定自己的命运。

A 先生：

在你看我信以前，我先在这里向你道歉，请原谅我！

---

[1] 手拐子：湘西方言，指肘关节。

一个人，平白无故向别一个陌生人写出许多无味的话语，妨碍了别人正经事情；有时候，还得给人以不愉快，我知道，这是一桩很不对的行为。不过，我为求生，除了这个似乎已无第二个途径了！所以我不怕别人讨嫌，依然写了这信。

先生对这事，若是懒于去理会，我觉得并不什么要紧。我希望能够像在夏天大雨中，见到一个大水泡为第二个雨点破灭了一般不措意[1]。

我很为难。因为我并不曾读过什么书，不知道如何来说明我的为人以及对于先生的希望。

我是一个失业人——不，我并不失业，我简直是无业人！我无家，我是浪人——我在十三岁以前就成了一个无家可归的人了。过去的六年，我只是这里那里无目的地流浪。

我坐在这不可收拾的破烂命运之舟上，竟想不出办法去找一个一年以上的固定生活。我成了一张小而无根的浮萍，风是如何吹——风的去处，便是我的去处。湖南，四川，到处飘，我如今竟又飘到这死沉沉的沙漠北京了。

经验告我是如何不适于徒坐。我便想法去寻觅相当的工作，我到一些同乡们跟前去陈述我的愿望，我到各小工场去询问，我又各处照这个样子写了好多封信去，表明我的愿望是如何低而容易满足。可是，总是失望！生活正同弃我而去的女人一样，无论我是如何设法去与她接近，到头终于失败。

一个陌生少年，在这茫茫人海中，更何处去寻找同情与爱？我怀疑，这是我方法的不适当。

人类的同情，是轮不到我头上了。但我并不怨人们待我苛刻。

[1] 措意：也作“错意”。注意；放在心上。

我知道，在这个扰攘争逐世界里，别人并不须对他人尽什么应当尽的义务。

生活之绳，看看是要把我扼死了！我竟无法去解除。

我希望在先生面前充一个仆欧[1]。我只要生！我不管任何生活都满意！我愿意用我手与脑终日劳作，来换取每日最低限度的生活费。我愿……我请先生为我寻一生活法。

我以为："能用笔写他心同情于不幸者的人，不会拒绝这样一个小孩子。"这愚陋可笑的见解，增加了我执笔的勇气。

我住处是×××××，倘若先生回复我这小小愿望时，愿先生康健！

"伙计！伙计！"他把信写好了，叫伙计付邮。

"什么——有什么事？"在他喊了六七声以后，才听到一个懒懒的应声。从这声中，可以见到一点不愿理会的轻蔑与骄态。

他生出一点火气来了。但他知道这时发脾气，对事情没有好处，且简直是有害的，便依然按捺着性子，和和气气地喊，"来呀，有事！"

一个青脸庞二掌柜兼伙计，气呼呼地立在他面前。他准备把信放进刚写好的封套里，"请你发一下！……本京一分……三个子儿就得了！"

"没得邮花怎么发？……是的，就是一分，也没有！——你不看早上洋火、夜里的油是怎么来的！"

"……"

"一个子没有如何发——哪里去借？"

[1] 仆欧：英语 boy 的音译。侍者。

"……"

"谁扯谎？——那无法……"

"那算了吧。"他实在不能再看二掌柜难看的青色脸了，打发了他出去。

窗子外面，一声小小冷笑送到他耳朵边来。

他同疯狂一样，全身战栗，粗暴地从桌上取过信来，一撕两半。那两张信纸，轻轻地掉了下地，他并不去注意，只将两个半边信封，叠作一处，又是一撕，向纸篓中尽力地掼去。

一九二四年十二月中旬作

书信卷：见字如面

我爱这悠长的旅途，
可以从容地想你

小船上的信

船在慢慢地上滩，我背船坐在被盖里，用自来水笔来给你写封长信。这样坐下写信并不吃力，你放心。这时已经三点钟，还可以走两个钟头。应停泊在什么地方，照俗谚说“行船莫算，打架莫看”，我不过问。大约可再走廿里，应歇下时，船就泊到小村边去，可保平安无事。船泊定后我必可上岸去画张画。你不知见到了我常德长堤那张画不？那张窄的长的。这里小河两岸全是如此美丽动人，我画得出它的轮廓，但声音、颜色、光，可永远无本领画出了。你实在应来这小河里看看，你看过一次，所得的也许比我还多，就因为你梦里也不会想到的光景，一到这船上，便无不朗然入目了。这种时节两边岸上还是绿树青山，水则透明如无物，小船用两人拉着，便在这种清水里向上滑行，水底全是各色各样的石子。舵手抿起个嘴唇微笑，我问他：“姓什么？”“姓刘。”“在这条河里划了几年船？”“我今年五十三，十六岁就划船。”来，三三，请你为我算算这个数目。这人厉害得很，四百里的河道，涨水干涸河道的变迁，他无不明明白白。他知道这河里有多少滩、多少潭。看那样子，若许我来形容形容，他还可以说知道这河中有多少石头！是的，凡是较大的、知名的石头，他无一不知！水手一共是三个，除了舵手在后面管舵管篷管纤索的伸缩，前面舱板有两个人。其中一个是小孩子，一个是大人。两人的职务是船在滩上时，就撑急水篙，左边右边下篙，把钢钻打得水中石头做出好听的声音。到长潭时则荡桨，弓起个腰推扳长桨，把水弄得哗哗的，声音也很幽静温柔。到急水滩时，则两人背了纤索，把船拉去，水急了些，吃力时就伏在石滩上，手足并用地爬行上去。船是只新船，油得黄黄的，干净得可以作为教堂的神龛。我卧的地方较低一些，可听得出水在船底流过的细碎声音。前舱用板隔断，故我可以不被风吹。我坐的是后面，凡为船后的天、地、水，我全可以看到。我就这样一面看水一面想你。我快乐，就想应当同你快乐，我闷，就想要你在我必可以不闷。我同船老板吃饭，我盼望你也在一角吃饭。我至少还得在船上过七个日子，还不把下行的计算在内。你说，这七个日子我怎么办？天气又不很好，并无太阳，天是灰灰的，一切较远的边岸小山同树木，皆裹在一层轻雾里，我又不能照相，也不宜画画。看看船走动时的情形，我还可以在上面写文章，感谢天，我的文章既然提到的是水上的事，在船上实在太方便了。倘若写文章得选择一个地方，我如今所在的地方是太好了一点的。不过我离得你那么远，文章如何写得下去。“我不能写文章，就写信。”我这么打算，我一定做到。我每天可以写四张，若写完四张事情还不说完，我再写。这只手既然离开了你，也只有那么来折磨它了。

我来再说点船上事情吧。船现在正在上滩，有白浪在船旁奔驰，我不怕，船上除了寂寞，别的是无可怕的。我只怕寂寞。但这也正可训练一下我自己。我知道对我这人不宜太好，到你身边，我有时真会使你皱眉。我疏忽了你，使我疏忽的原因便只是你待我太好，纵容了我。但你一生气，我即刻就不同了。现在则用一件人事把两人分开，用别离来训练我，我明白你如何在支配我管领我！为了只想同你说话，我便钻进被盖中去，闭着眼睛。你瞧，这小船多好！你听，水声多幽雅！你听，船那么轧轧响着，它在说话！它说："两人尽管说笑，不必担心那掌舵人。他的职务在看水，他忙着。"船真轧轧地响着。可是我如今同谁去说？我不高兴！

梦里来赶我吧，我的船是黄的，船主名字叫作"童松柏"，桃源县人。尽管从梦里赶来，沿了我所画的小堤一直向西走，沿河的船虽万万千千，我的船你自然会认识的。这里地方狗并不咬人，不必在梦里为狗吓醒！

你们为我预备的铺盖，下面太薄了点，上面太硬了点，故我很不暖和，在旅馆已嫌不够，到了船上可更糟了。盖的那床被大而不暖，不知为什么独选着它陪我旅行。我在常德买了一斤腊肝、半斤腊肉，在船上吃饭很合适……莫说吃的吧，因为摇船歌又在我耳边响着了，多美丽的声音！

我们的船在煮饭了，烟味儿不讨人嫌。我们吃的饭是粗米饭，很香很好吃。可惜我们忘了带点豆腐乳，忘了带点北京酱菜。想不到的是路上那么方便，早知道那么方便，我们还可带许多北京宝贝来上面，当"真宝贝"去送人！

你这时节应当在桌边做事的。

山水美得很，我想你一同来坐在舱里，从窗口望那点紫色的小山。我想让一个木筏使你惊讶，因为那木筏上面还种菜！我想要你来使我的手暖和一些……

十三日下午五时

河街想象

三三，我的心不安定，故想照我预定计划把信写得好些也办不到。若是我们两人同在这样一只小船上，我一定可以作许多好诗了。

我们的小船已停泊在两只船旁边，上个小石滩就是我最欢喜的吊脚楼河街了。可惜雨还不停，我也就无法上街玩玩了。但这种河街我却能想象得出。有屠房，有油盐店，还有妇人提起烘笼烤手，见生人上街就悄悄说话。街上出纸钱，就是用作烧化的，这种纸既出在这地方，卖纸铺子也一定很多。

街上还有个小衙门，插了白旗，署明保卫团第几队，做团总的必定是个穿青羽绫马褂的人。这种河街我见得太多了，它告我许多知识，我大部提到水上的文章，是从河街认识人物的。

我爱这种地方、这些人物。他们生活的单纯，使我永远有点忧郁。我同他们那么“熟”——一个中国人对他们发生特别兴味，我以为我可以算第一位！但同时我又与他们那么“陌生”，永远无法同他们过日子。真古怪！我多爱他们，“五四”以来用他们做对象我还是唯一的一人！

我泊船的上面就恰恰是《柏子》文章上提到的东西，我还可以看到那些大脚妇人从窗口喊船上人。我猜想得出她们如何过日子，我猜得毫不错误。

四点

我吃过晚饭了，豆腐干炒肉、腊肝，吃完事后，又煮两个鸡蛋。我不敢多吃饭，因为饭太硬了些，不能消化。我担心在船上拖瘦，回到家里不好看，但照这样下去却非瘦不可的。我想喝点汤就办不到。想吃点青菜也办不到。想弄点甜东西也办不到。水果中在常德时我买得有梨子同金钱橘，但无用处，这些东西皆不宜于冬天在船上吃……如今既无热水瓶，又无点心，可真只有硬挨了。

又听到极好的歌声了，真美。这次是小孩子带头的，特别娇，特别美。你若听到，一辈子也忘不了的。简直是诗，简直是最悦耳的音乐。二哥蠢人，可惜画不出也写不出。

三三，在这条河上最多的是歌声，麻阳人好像完全听歌声长大的。我希望下行时坐的是一条较大的船，在船上可以把这歌学会。

十四日下午五点十分

今天只写两张

十六日上午九点

现在已九点钟，小船还不开动，大雪遮盖了一切，连接了天地。我刚吃过饭。我有点着急，但也明白空着急毫无益处。晚上又睡不好。同你离开后就简直不能得到一个夜晚的安睡。但并不妨事，精神可很好。七点左右我就起来看自己的书，校正了些错字，且反复检查了一会儿。《月下小景》不坏，用字顶得体，发展也好，铺叙也好。尤其是对话。人那么聪明！二十多岁写的。这文章的写成，同《龙朱》一样，全因为有你！写《龙朱》时因为要爱一个人，却无机会来爱，那作品中的女人便是我理想中的爱人。写《月下小景》时，你却在我身边了。前一篇男子聪明点，后一篇女子聪明点。我有了你，我相信这一生还会写得出许多更好的文章！有了爱，有了幸福，分给别人些爱与幸福，便自然而然会写得出好文章的。对于这些文章我不觉得骄傲，因为等于全是你的。没有你，也就没有这些文章了。而且是习作，时间还多呢。

我今天想做点事，写两篇短论文，好在辰州时付邮。故只预备为你写两张信。我的小船已开动了，看情形，到家中至少还得七天。我发现所带的信纸太少了，在路上就会完事，到家后不知用什么来写信。

我忘了告你把信寄存到辰州邮局的办法了，若早记着这一种办法，则我船到辰州时，可看到你几封信，从家中回辰时，又可接到你一大批信了。多有你些信，我在路上也一定好过些。

我真希望你梦里来找寻我，沿河找那黄色小船！在一万只船中找那一只。好像路太远了点，梦也不来。我半夜总为怕人的梦惊醒，心神不安，不知吃什么就好些。我已买了一顶绒帽，同我两人在前门大街看到的一样，花去了四角钱。还不能得一双棉鞋，就因为桃源地方各处便买不出棉鞋。我也许到辰州便坐轿子回去，因为轿子到底快一些。坐轿人可苦一点，然而只要早到早回，苦点也不在乎了。天气太冷，空气也仿佛就要结冰的样子。乡村有鸡叫，鸡声也似乎寒冷得很。来得不凑巧，想不到南方的冷比北方还坏些。

又有了橹歌。简直是诗！在这些歌声中我的心皆发抖，它好像在为我唱的，为爱而唱的。事实上是为了劳动而自得其乐唱的。下水船摇橹不费事！

船坐久了心也转安静，但我还是受不了的。每一桨下去，我皆希望它去得远一点，每一篙撑去，我皆希望它走得快一点。但一切无办法。水太急了，天气又太冷。

今天小船还得上一个大滩，也许我就得上岸走路。这滩上照例有若干大船破碎不完地搁在浅水中，照例每天有船坏事。你可放心，这全是大船出的乱子，小船分量轻，面积小，还无资格搁在那地方的！并且上水从河边走，更无所谓危险。这信到你手边时，过三四天我一定又坐着这样小船在下滩了。那滩名“青浪滩”，问九九，九九知道。滩长廿五里，不到十分钟可以下完。[1] 至于上去，可就麻烦了，有时一整天。大船上去得一整天，小船则两三个钟头够了。天气好些，我

[1] 原信旁注：“共四十里二十分钟直下，好险！”

当照个相，送给你领略一下，将来上行时有个分寸。四丫头一定不怕这种滩水，因为她的大相在旅行中还是笑眯眯的。

我的小船已上一小滩了，水吼得吓人，浪打船边舱板很重。我不怕，我不怕。有了你在我心上，我不拘做什么皆不吓怕了。你还料不到你给了我多少力气和多少勇气。同时你这个人也还不很知道我如何爱你的。想到这里我有点小小不平。

我今天恐不能为你作画了，我手冻得发麻，画画得出舱外风中去，更容易把手冻僵，故今天不拿铅笔。山同水越到上面也越好，同时也似乎因为太奇太好，更不能画它了。你若见到了这里的山，你就会觉得崂山那些地方建筑房子太可笑了。也亏山东人好意思，把那些地方也当成好风景，而且作为修仙学道的地方。真亏他们。你明年若可以离开北京了，我们两人无论如何上来一趟，到辰州家中住一阵，看看这里不称为风景的山水，好到什么样子。我还希望你有机会同我到凤凰住住，你看那些有声有色的苗人如何过日子！

三三，我的小船快走到妙不可言的地方了，名字叫“鸭窠围”，全河是大石头，水却平平的，深不可测。石头上全是细草，绿得如翠玉，上面盖了雪。船正在这左右是石头的河中行走。“小阜平冈”，我想起这四个字。这里的小阜平冈多着……

二哥

一月十六日十点

夜泊鸭窠围

十六日下午六点五十分

我小船停了，停到鸭窠围。中时候写信提到的“小阜平冈”应当名为“洞庭溪”。鸭窠围是个深潭，两山翠色逼人，恰如我写到翠翠的家乡。吊脚楼尤其使人惊讶，高矗两岸，真是奇迹。两山深翠，唯吊脚楼屋瓦为白色，河中长潭则湾泊木筏廿来个，颜色浅黄。地方有小羊叫，有妇女锐声喊“二老”“小牛子”，且听到远处有鞭炮声与小锣声。到这样地方，使人太感动了。四丫头若见到一次，一生也忘不了。你若见到一次，你饭也不想吃了。

我这时已吃过了晚饭，点了两支蜡烛给你写报告。我吃了太多的鱼肉。还不停泊时，我们买鱼，九角钱买了一尾重六斤十两的鱼，还是顶小的！样子同飞艇一样，煮了四分之一，我又吃四分之一的四分之一，已吃得饱饱的了。我生平还不曾吃过那么新鲜那么嫩的鱼，我并且第一次把鱼吃个饱。味道比鲥鱼还美，比豆腐还嫩，古怪的东西！我似乎吃得太多了点，还不知道怎么办。

可惜天气太冷了，船停泊时我总无法上岸去看看。我欢喜那些在半天上的楼房。这里木料不值钱，水涨落时距离又太大，故楼房无不离岸三十丈以上，从河边望去，使人神往之至。我还听到了唱小曲声音，我估计得出，那些声音同灯光所在处，不是木筏上的簰头在取乐，就是有副爷们船主在喝酒。妇人手上必定还戴得有镀金戒指。多动人的画图！提到这些时我是很忧郁的，因为我认识他们的哀乐，看他们也依然在那里把每个日子打发下去，我不知道怎么样总有点忧郁。正同读一篇描写西伯利亚方面农人的作品一样，看到那些文章，使人引起无言的哀戚。我如今不只看到这些人生活的表面，还用过去一份经验接触这种人的灵魂。真是可悲的事！我想我写到这些人生活的作品，还应当更多一些！我这次旅行，所得的很不少。从这次旅行上，我一定还可以写出很多动人的文章！

三三，木筏上火光真不可不看。这里河面已不很宽，加之两面山岸很高（比崂山高得远），夜又静了，说话皆可听到。羊还在叫。我不知怎么的，心这时特别柔和。我悲伤得很。远处狗又在叫了，且有人说：“再来，过了年再来！”一定是在送客，一定是那些吊脚楼人家送水手下河。

风大得很，我手脚皆冷透了，我的心却很暖和。但我不明白什么原因，心里总柔软得很。我要傍近你，方不至于难过。我仿佛还是十多年前的我，孤孤单单，一身以外别无长物，搭坐一只装载军服的船只上行，对于自己前途毫无把握，我希望的只是一个四元一月的录事职务，但别人不让我有这种机会。我想看点书，身边无一本书。想上岸，又无一个钱。到了岸必须上岸去玩玩时，就只好穿了别人的军服，空手上岸去，看看街上一切，欣赏一下那些小街上的片糖，以及一个铜圆一大堆的花生。灯光下坐着扯得眉毛极细的妇人。回船时，就糊糊涂涂在岸边烂泥里乱走，且沿了别人的船边“阳桥”渡过自己船上去，两脚全是泥，刚一落舱还不及脱鞋，就被船主大喊：“伙计副爷们，脱鞋呀。”到了船上后，无事可做，夜又太长，水手们爱玩牌的，皆蹲坐在舱板上小油灯下玩牌，便也镶拢去看他们。这就是我，这就是我！

三三，一个人一生最美丽的日子，十五岁到二十岁，便恰好全是在那么情形中过去了，你想想看，是怎么活下来的！万想不到的是，今天我又居然到这条河里，这样小船上，来回想温习一切的过去！更想不到的是，我今天却在这样小船上，想着远远的一个温和美丽的脸儿，且这个黑脸的人儿，在另一处又如何悬念着我！我的命运真太可玩味了。

我问过了划船的，若顺风，明天我们可以到辰州了。我希望顺风。船若到得早，我就当晚在辰州把应做的事做完，后天就可以再坐船上行。我还得到辰州问问，是不是云六[1]已下了辰。若他在辰州，我上行也方便多了。

现在已八点半了，各处还可听到人说话，这河中好像热闹得很，我还听到远远的有鼓声，也许是人还愿。风很猛，船中也冰冷的。但一个人心中倘若有个爱人，心中暖得很，全身就冻得结冰也不碍事的！这风吹得厉害，明天恐要大雪。羊还在叫，我觉得稀奇，好好地一听，原来对河也有一只羊叫着，它们是相互应和叫着的。我还听到唱曲子的声音，一个年纪极轻的女子喉咙，使我感动得很。我极力想去听明白那个曲子，却始终听不明白。我懂许多曲子。想起这些人的哀乐，我有点忧郁。因这曲子我还记起了我独自到锦州，住在一个旅馆中的情形。在那旅馆中我听到一个女人唱大鼓书，给赶骡车的客人过夜，唱了半夜。我一个人便躺在一个大炕上听窗外唱曲子的声音，同别人笑语声。这也是二哥！那时节你大概在暨南[2]读书，每天早上还得起床来做晨操！命运真使人惘然。爱我，因为只有你使我能够快乐！

二哥

我想睡了。希望你也睡得好。十六日下午八点五十

[1] 云六：作者的大哥沈云六。

[2] 暨南：暨南大学女子部（中学），在南京。

横石和九溪

十八日上午九时

我七点前就醒了，可是却在船上不起身。我不写信，担心这堆信你看不完。起来时船已开动，我洗过了脸，吃过了饭，就仍然做了一会儿痴事……今天我小船无论如何也应当到一个大码头了。我有点慌张，只那么一点点。我晚上也许就可以同三弟从电话中谈话的。我一定想法同他们谈话。我还得拍发给你的电报，且希望这电报送到家中时，你不至于吃惊，同时也不至于为难。你接到那电报时若在十九，我的船必在从辰州到泸溪路上，晚上可歇泸溪。这地方不很使我高兴，因为好些次数从这地方过身皆得不到好印象。风景不好，街道不好，水也不好。但二十日到的浦市，可是个大地方，数十年前极有名，在市镇对河的一个大庙，比北京碧云寺还好看。地方山峰同人家皆雅致得很。那地方出肥人，出大猪，出纸，出鞭炮。造船厂规模很像个样子。大油坊长年有油可打，打油人皆摇曳长歌，河岸晒油篓时必百千个排列成一片。河中且长年有大木筏停泊，有大而明黄的船只停泊，这些大船船尾皆高到两丈左右，渡船从下面过身时，仰头看去恰如一间大屋。那上面一定还用金漆写得有一个“福”字或“顺”字！地方又出鱼，鱼行也大得很。但这个码头却据说在数十年前更兴旺，十几年前我到那里时已衰落了的。衰落的原因为的是河边长了沙滩，不便停船，水道改了方向，商业也随之而萧条了。正因为那点“旧家子”的神气，大屋、大庙、大船、大地方，商业却已不相称，故看起来尤其动人。我还驻扎在那个庙里半个月到二十天，属于守备队第一团。那庙里墙上的诗好像也很多，花也多得很，还有个“大藏”[1]，样子如塔，高至五丈，在一个大殿堂里，上面用木砌成，全是菩萨。合几个人力量转动它时，就听到一种吓人的声音，如龙吟太空。这东西中国的庙里似乎不多，非敕建大庙好像还不作兴有它的。

我船又在上一个大滩了，名为“横石”。船下行时便必须进点水，上行时如果是只大船，也极费事，但小船倒还方便，不到二十分钟就可以完事的。这时船已到了大浪里，我抱着你同四丫头的相片，如果浪把我卷去，我也得有个伴！

三三，这滩上就正有只大船碎在急浪里，我小船挨着它过去，我还看得明明白白那只船中的一切。我的船已过了危险处，你只瞧我的字就明白了。船在浪里时是两面乱摆的。如今又在上第二段滩水，拉船人得在水中弄船，支持一船的又只是手指大一根竹缆，你真不能想象这件事。可是你放心，这滩又拉上了……

我想印个选集了[2]。因为我看了一下自己的文章，说句公平话，我实在是比某些时下所谓作家高一筹的。我的工作行将超越一切而上。我的作品会比这些人的作品更传得久、播得远。我没有方法拒绝。我不骄傲，可是我的选集的印行，却可以使些读者对于我作品取精摘优

---

[1] 大藏：转轮藏，设于浦峰寺内。

[2] 这是作者第一次提到印选集的想法。两年后《从文小说习作选》才由上海良友图书公司出版。

得到一个印象。你已为我抄了好些篇文章，我预备选的仅照我记忆到的，有下面几篇：

《柏子》《丈夫》《夫妇》《会明》（全是以乡村平凡人物为主格的，写他们最人性的一面的作品）。

《龙朱》《月下小景》（全是以异族青年恋爱为主格，写他们生活中的一片，全篇贯串以透明的智慧，交织了诗情与画意的作品）。

《都市一妇人》《虎雏》（以一个性格强的人物为主格，有毒的放光的人格描写）。

《黑夜》（写革命者的一片段生活）。

《爱欲》（写故事，用天方夜谭风格写成的作品）。

应当还有不少文章还可用的，但我却想至多只许选十五篇。也许我新写些，请你来选一次。我还打量作个《我为何创作》，写我如何看别人生活以及自己如何生活，如何看别人作品以及自己又如何写作品的经过。你若觉得这计划还好，就请你为我抄写《爱欲》那篇故事。这故事抄时仍然用那种绿格纸，同《柏子》差不多的。这书我估计应当有购者，同时有十万读者。

船去辰州已只有三十里路，山势也大不同了，水已较和平，山已成为一堆一堆黛色浅绿色相间的东西。两岸人家渐多，竹子也较多，且时时刻刻可以听到河边有人做船补船、敲打木头的声音。山头无雪，虽无太阳，十分寒冷，天气却明明朗朗。我还常常听到两岸小孩子哭声，同牛叫声。小船行将上个大滩，已泊近一个木筏，筏上人很多。上了这个滩后，就只差一个长长的急水，于是就到辰州了。这时已将近十二点，有鸡叫！这时正是你们吃饭的时候，我还记得，到吃饭时必有送信的来，你们一定等着我的信。可是这一面呢，积存的信可太多了。到辰州为止，似乎已有了三十张以上的信。这是一包，不是一封。你接到这一大包信时，必定不明白先从什么看起。你应得全部裁开，把它秩序弄顺，再订成个小册子来看。你不怕麻烦，就得那么做。有些专利的痴话，我以为也不妨让四妹同九妹看看，若绝对不许她们见到，就用另一纸条黏好，不宜裁剪……

船又在上一个大滩了，名为“九溪”。等等我再告你一切。

……

好厉害的水！吉人天佑，上了一半。船头全是水，白浪在船边如奔马，似乎只想攫你们的相片去，你瞧我字斜到什么样子。但我还是一手拿着你的相片，一手写字。好了，第一段已平安无事了。

小船上滩不足道，大船可太动人了。现在就有四只大船正预备上滩，所有水手皆上了岸，船后掌梢的派头如将军，拦头的赤着个膀子，船到水中不动了，一下子就跃到水中去了。我小船又在急水中了，还有些时候方可到第二段缓水处。大船有些一整天只上这样一个滩，有些到滩上弄碎了，就收拾船板到石滩上搭棚子住下。三三，这斗争，这和水的争斗，在这条河里，至少是有二十万人的！三三，我小船第二段危险又过了，等等还有第三段得上。这个滩共有九段麻烦处，故上去还需些时间。我船里已上了浪，但不妨的，这不是要远人担心的……

我昨晚上睡不着时，曾经想到了许多好像很聪明的话……今天被浪一打，现在要写却忘掉了。这时浪真大，水太急了点，船倒上得很好。今天天明朗一点，但毫无风，不能挂帆。船又上了一个滩，到一段较平和的急流中了。还有三五段。小船因拦头的不得力，已加了个临时纤手，一个老头子，白须满腮，牙齿已脱，却如古罗马人那么健壮。先时蹲到滩头大青石上，同船主讲价钱，一个要一千，一个出九百，相差的只是一分多钱，并且这钱全归我出，那船主仍然不允许多出这一百钱。但船开行后，这老头子却赶上前去自动加入拉纤了。这时船已到了第四段。

小船已完全上滩了，老头子又到船边来取钱，简直是个托尔斯泰！眉毛那么浓，脸那么长，鼻子那么大，胡子那么长，一切皆同画上的托尔斯泰相同。这人秀气一些，因为生长在水边，也许比那一个同时还干净些。他如今又蹲在一个石头上了。看他那数钱神气，人那么老了，还那么出力气，为一百钱大声地嚷了许久，我有个疑问在心：

“这人为什么而活下去？他想不想过为什么活下去这件事？”

不只这人不想起，我这十天来所见到的人，似乎皆并不想起这种事情的。城市中读书人也似乎不大想到过。可是，一个人不想到这一点，还能好好生存下去，很稀奇的。三三，一切生存皆为了生存，必有所爱方可生存下去。多数人爱点钱，爱吃点好东西，皆可以从从容容活下去的。这种多数人真是为生而生的。但少数人呢，却看得远一点，为民族为人类而生。这种少数人常常为一个民族的代表，生命放光，为的是他会凝聚精力使生命放光！我们皆应当莫自弃，也应当得把自己凝聚起来！

三三，我相信你比我还好些，可是你也应得有这种自信，来思索这生存得如何去好好发展！

我小船已到了一个安静的长潭中了。我看到了用鸬鹚咬鱼的渔船了，这渔船是下河少见的。这种船同这种黑色怪鸟，皆是我小时节极欢喜的东西，见了它们同见老友一样。我为它们照了个相，希望这相还可看出个大略。我的相片已照了四张，到辰州我还想把最初出门时，军队驻扎的地方照来，时间恐不大方便。我的小船正在一个长潭中滑走，天气极明朗，水静得很，且起了些风，船走得很好。只是我手却冻坏了，如果这样子再过五天，一定更不成事了的。在北方手不肿冻，到南方来却冻手，这是件可笑的事情。

我的小船已到了一个小小水村边，有母鸡生蛋的声音，有人隔河喊人的声音，两山不大而翠色迎人，有许多待修理的小船皆斜卧在岸上。有人正在一只船边敲敲打打，我知道他们是在用麻头同桐油石灰嵌进船缝里去的。一个木筏上面还有小船，正在平潭中溜着，有趣得很！我快到柏子停船的岸边了，那里小船多得很，我一定还可以看到上千的真正柏子！

我烤烤手再写。这信快可以付邮了，我希望多写些，我知道你要许多，要许多。你只看看我的信，就知道我们离开后，我的心如何还在你的身边！

手一烤就好多了。这边山头已染上了浅绿色，透露了点春天的消息，说不出它的秀。我小船只差上一个长滩，就可以用桨划到辰州了。这时已有点风，船走得更快一些。到了辰州，你的相片可以上岸玩玩，四丫头的大相却只好在箱子里了。我愿意在辰州碰到几个必须见面的人，上去时就方便些。辰州到我县里只二百八十里，或二百六或二百二十里，若坐轿三天可到，我改坐轿子。一到家，我希望就有你的信，信中有我们所照的相片！

船已在上我所说最后一个滩了，我想再休息一会儿，上了这长滩，我再告你一切。我一离开你，就只想给你写信，也许你当时还应当苛刻一点、残忍一点，尽挤我写几年信，你觉得更有意思！

……

二哥

一月十八日十二时三十分

历史是一条河

十八日下午二时三十分

我小船已把主要滩水全上完了，这时已到了一个如同一面镜子的潭里。山水秀丽如西湖，日头已出，两岸小山皆浅绿色。到辰州只差十里，故今天到地必很早。我照了个相，为一群拉纤人照的。现在太阳正照到我的小船舱中，光景明媚，正同你有些相似处。我因为在外边站久了一点，手已发了木，故写字也不成了。我一定得戴那双手套的，可是这同写信恰好是鱼同熊掌，不能同时得到。我不要熊掌，还是做近于吃鱼的写信吧。这信再过三四点钟就可发出，我高兴得很。记得从前为你寄快信时，那时心情真有说不出的紧处，可怜的事，这已成为过去了。现在我不怕你从我这种信中挑眼儿了，我需要你从这些无头无绪的信上，找出些我不必说的话……

我已快到地了，假若这时节是我们两人，一同上岸去，一同进街且一同去找人，那多有趣味！我一到地见到了有点亲戚关系的人，他们第一句话，必问及你！我真想凡是有人问到你，就答复他们“在口袋里”！

三三，我因为天气太好了一点，故站在船后舱看了许久水，我心中忽然好像彻悟了一些，同时又好像从这条河中得到了许多智慧。三三，的的确确，得到了许多智慧，不是知识。我轻轻地叹息了好些次。山头夕阳极感动我，水底各色圆石也极感动我，我心中似乎毫无什么渣滓，透明烛照，对河水，对夕阳，对拉船人同船，皆那么爱着，十分温暖地爱着！我们平时不是读历史吗？一本历史书除了告我们些另一时代最笨的人相斫相杀以外有些什么？但真的历史却是一条河。从那日夜长流千古不变的水里，石头和沙子，腐了的草木，破烂的船板，使我触着平时我们所疏忽了若干年代若干人类的哀乐！我看到小小渔船，载了它的黑色鸬鹚向下流缓缓划去，看到石滩上拉船人的姿势，我皆异常感动且异常爱他们。我先前一时不还提到过这些人可怜地生、无所为地生吗？不，三三，我错了。这些人不需我们来可怜，我们应当来尊敬、来爱。他们那么庄严忠实地生，却在自然上各担负自己那份命运，为自己、为儿女而活下去。不管怎么样活，却从不逃避为了活而应有的一切努力。他们在他们那份习惯生活里、命运里，也依然是哭、笑、吃、喝，对于寒暑的来临，更感觉到这四时交递的严重。

三三，我不知为什么，我感动得很！我希望活得长一点，同时把生活完全发展到我自己这份工作上来。我会用我自己的力量，为所谓人生，解释得比任何人皆庄严些与透入些！三三，我看久了水，从水里的石头得到一点平时好像不能得到的东西，对于人生，对于爱憎，仿佛全然与人不同了。我觉得惆怅得很，我总像看得太深太远，对于我自己，便成为受难者了。这时节我软弱得很，因为我爱了世界，爱了人类。三三，倘若我们这时正是两人同在一处，你瞧我眼睛湿到什么样子！

三三，船已到关上了，我半点钟就会上岸的。今晚上我恐怕无时间写信了，我们当说声再见！三三，请把这信用你那体面温和眼睛多吻几次！我明天若上行，会把信留到浦市发出的。

二哥

一月十八日下午四点半

这里全是船了！

我的船舱一角（沈从文画）

泸溪黄昏

十九日下午七时

我似乎说过泸溪的坏话，泸溪自己却将为三三说句好话了。这黄昏，真是动人的黄昏！我的小船停泊处，是离城还有一里三分之一地方，这城恰当日落处，故这时城墙同城楼明明朗朗的轮廓，为夕阳落处的黄天衬出。满河是橹歌浮着！沿岸全是人说话的声音，黄昏里人皆只剩下一个影子，船只也只剩个影子，长堤岸上只见一堆一堆人影子移动，炒菜落锅的声音与小孩哭声杂然并陈，城中忽然嚜的一声小锣，唉，好一个圣境！

我明天这时，必早已抵浦市了的。我还得在小船上睡那么一夜，二十一则在小客店过夜，如《月下小景》一书中所写的小旅店，二十二就在家中过夜了……

明天就到二十了，日子说快也快，说慢又慢。我今天同昨天在路上已看到许多白塔，许多就河边石上捶衣的妇人，而且还看到河边悬崖洞中的房屋以及架空的碾子。三三，我已到了“柏子”的小河，而且快要走到“翠翠”的家乡了！

日中太阳既好，景致又复柔和不少，我念你的心也由热情而变成温柔的爱。我心中尽喊着你，有上万句话，有无数的字眼儿，一大堆微笑，一大堆吻，皆为你而储蓄在心上！我到家中见到一切人时，我一定因为想念着你，问答之间将有些痴话使人不能了解。也许别人问我：“你在北平好！”我会说：“我三三脸黑黑的，所以北平也很好！”不是这么说也还会有别的话可说，总而言之免不了授人一点点开玩笑的机会。母亲年老了，这老人家看到我有那么一个乖而温柔的三三，同时若让这老人家知道我们如何要好，她还会更高兴的。我在辰州时，云六说：“妈还说‘晓得从文怎么样就会选到一个屋里人？同他一样的既不成，同他两样的，更不好。’可是如今可来了，好了，原来也还有既不同样也不异样的人！”家中人看到我们很好，他们的快乐是你想不出的。他们皆很爱你，你却还不曾见过他们！

三三，昨天晚上同今晚上星子新月皆很美，在船上看天空尤可观，我不管冻到什么样子，还是看了许久星子。你若今夜或每夜皆看到天上那颗大星子，我们就可以从这一粒星子的微光上，仿佛更近了一些。因为每夜这一粒星子，必有一时同你眼睛一样，被我瞅着不旁瞬的。三三，在你那方面，这星子也将成为我的眼睛的！

你的二哥

十九日下午九时

由达园致张兆和

××：

你们想一定很快要放假了。我要玖到××来看看你，我说："玖，你去为我看看××，等于我自己见到了她。去时高兴一点，因为哥哥是以见到××为幸福的。"不知道玖来过没有？玖大约秋天要到北平女子大学学音乐，我预备秋天到青岛去。这两个地方都不像上海，你们将来有机会时，很可以到各处去看看。北平地方是非常好的，历史上为保留下一些有意义极美丽的东西，物质生活极低，人极和平，春天各处可放风筝，夏天多花，秋天有云，冬天刮风落雪，气候使人严肃，同时也使人平静。××毕了业若还要读几年书，倒是来北平读书好。

你的戏不知已演过了没有？北平倒好，许多大教授也演戏，还有从女大毕业的，到各处台上去唱昆曲，也不为人笑话。使戏子身份提高，北平是和上海稍稍不同的。

听说××到过你们学校演讲，不知说了些什么话。我是同她顶熟的一个人，我想她也一定同我初次上台差不多，除了红脸不会有再好的印象留给学生。这真是无办法的，我即或写了一百本书，把世界上一切人的言语都能写到文章上去，写得极其生动，也不会做一次体面的讲话。说话一定有什么天才，××× 是大家明白的一个人，说话嗓子洪亮,使人倾倒,不管他说的是什么空话废话,天才还是存在的。

我给你那本书，《××》同《丈夫》都是我自己欢喜的，其中《丈夫》更保留到一个最好的记忆，因为那时我正在吴淞，因爱你到要发狂的情形下，一面给你写信，一面却在苦恼中写了这样一篇文章。我照例是这样子，做得出很傻的事，也写得出很多的文章，一面糊涂处倒使别人生气，一面清明处，却似乎比平时更适宜于做我自己的事。××，这时我来同你说这个，是当一个故事说到的，希望你不要因此感到难受。这是过去的事情，这些过去的事，等于我们那些死亡了最好的朋友，值得保留在记忆里，虽想到这些，使人也仍然十分惆怅，可是那已经成为过去了。这些随了岁月而消逝的东西，都不能再在同样情形下再现了的，所以说，现在只有那一篇文章，代替我保留到一些生活的意义。这文章得到许多好评，我反而十分难过，任什么人皆不知道我为了什么原因，写出一篇这样文章，使一些下等人皆以一个完美的人格出现。

我近日来看到过一篇文章，说到似乎下面的话："每人都有一种奴隶的德行，故世界上才有首领这东西出现，给人尊敬崇拜。因这奴隶的德行，为每一人不可少的东西，所以不崇拜首领的人，也总得选择一种机会低头到另一种事上去。"××，我在你面前，这德行也显然存在的。为了尊敬你，使我看轻了我自己一切事业。我先是不知道我为什么这样无用，所以还只想自己应当有用一点。到后看到那篇文章，才明白，这奴隶的德行，原来是先天的。我们若都相信崇拜首领是一种人类自然行为，便不会再觉得崇拜女子有什么稀奇难懂了。

你注意一下，不要让我这个话又伤害到你的心情，因为我不是在窘你做什么你做不到的事情，我只在告诉你，一个爱你的人，如何不能忘你的理由。我希望说到这些时，我们都能够快乐一点，如同读一本书一样，仿佛与当前的你我都没有多少关系，却同时是一本很好的书。

我还要说，你那个奴隶，为了他自己，为了别人起见，也努力想脱离羁绊过。当然这事做不到，因为不是一件容易事情。为了使你感到窘迫，使你觉得负疚，我以为很不好。我曾做过可笑的努力，极力去同另外一些人要好，到别人崇拜我愿意做我的奴隶时，我才明白，我不是一个首领，用不着别的女人用奴隶的心来服侍我，却愿意自己做奴隶，献上自己的心，给我所爱的人。我说我很顽固地爱你，这种话到现在还不能用别的话来代替，就因为这是我的奴性。

××，我求你，以后许可我做我要做的事，凡是我要向你说什么时，你都能当我是一个比较愚蠢还并不讨厌的人，让我有一种机会，说出一些有奴性的卑屈的话，这一点点是你容易办到的。你莫想，每一次我说到“我爱你”时你就觉得受窘，你也不用说“我偏不爱你”，作为抗拒别人对你的倾心。你那打算是小孩子的打算，到事实上却毫无用处的。有些人对天成日成夜说：“我赞美你，上帝！”有些人又成日成夜对人世的皇帝说：“我赞美你，有权力的人！”你听到被称赞的“天”同“皇帝”，以及常常被称赞的日头同月亮，好的花，精致的艺术回答说“我偏不赞美你”的话没有？一切可称赞的，使人倾心的，都像天生就是这个世界的主人，他们管领一切，统治一切，都看得极其自然，毫不勉强。一个好人当然也就有权力使人倾倒，使人移易哀乐，变更性情，而自己却生存到一个高高的王座上，不必做任何声明。凡是能用自己各方面的美攫住别的人灵魂的，他就有无限威权，处置这些东西，他可以永远沉默，日头，云，花，这些例子举不胜举。除了一只莺，他被人崇拜处，原是他的歌曲，不应当哑口外，其余被称赞的，大都是沉默的。××，你并不是一只莺。一个皇帝，吃任何阔气东西他都觉得不够，总得臣子恭维，用恭维作为营养，他才适意，因为恭维不甚得体，所以他有时还生气骂人，让人充军流血。××，你不会像帝皇。一个月亮可不是这样的，一个月亮不拘听到任何人赞美，不拘这赞美如何不得体，如何不恰当，它不拒绝这些从心中涌出的呼喊。××，你是我的月亮。你能听一个并不十分聪明的人，用各样声音、各样言语，向你说出各样的感想，而这感想却因为你的存在，如一个光明，照耀到我的生活里而起的，你不觉得这也是生存里一件有趣味的事吗？

“人生”原是一个宽泛的题目，但这上面说到的，也就是人生。

为帝王作颂的人，他用口舌“娱乐”到帝王，同时他也就“希望”到帝王。为月亮写诗的人，他从它照耀到身上的光明里，已就得到他所要的一切东西了。他是在感谢情形中而说话的，他感谢他能在某一时望到蓝天满月的一轮。××，我看你同月亮一样……是的，我感谢我的幸运，仍常常为忧愁扼着，常常有苦恼（我想到这个时，我不能说我写这个信时还快乐）。因为一年内我们可以看过无数次月亮，而且走到任何地方去，照到我们头上的，还是那个月亮。这个无私的月不单是各处皆照到，并且从我们很小到老还是同样照到的。至于你，“人事”的云翳，却阻拦到我的眼睛，我不能常常看到我的月亮！一个白日带走了一点青春，日子虽不能毁坏我印象里你所给我的光明，却慢慢地使我不同了。“一个女子在诗人的诗中，永远不会老去，但诗人，他自己却老去了。”我想到这些，我十分忧郁了。生命都是太脆薄的一种东西，并不比一株花更禁得住年月风雨，用对自然倾心的眼，反观人生，使我不能不觉得热情的可珍，而看重人与人凑巧的藤葛。在同一人事上，第二次的凑巧是不会有的。我生平只看过一回满月。我也安慰自己过，我说：“我行过许多地方的桥，看过许多次数的云，喝过许多种类的酒，却只爱过一个正当最好年龄的人。我应当为自己庆幸……”这样安慰到自己也还是毫无用处，为“人生的飘忽”这类感觉，我不能够忍受这件事来强作欢笑了。我的月亮就只在回忆里光明全圆，这悲哀，自然不是你用得着负疚的，因为并不是由于你爱不爱我。

仿佛有些方面是一个透明了人事的我，反而时时为这人生现象所苦，这无办法处，也是使我只想说明却反而窘了你的理由。

××，我希望这个信不是窘你的信。我把你当成我的神，敬重你，同时也要在一些方便上，诉说到即或是真神也很糊涂的心情，你高兴，你注意听一下，不高兴，不要那么注意吧。天下原有许多稀奇事情，我 ×××× 十年，都缺少能力解释到它，也不能用任何方法说明，譬如想到所爱的一个人的时候，血就流走得快了许多，全身就发热作寒，听到旁人提到这人的名字，就似乎又十分害怕，又十分快乐。究竟为什么原因，任何书上提到的都说不清楚，然而任何书上也总时常提到。“爱”解作一种病的名称，是一个法国心理学者的发明，那病的现象，大致就是上述所及的。

你是还没有害过这种病的人，所以你不知道它如何厉害。有些人永远不害这种病，正如有些人永远不患麻疹伤寒，所以还不大相信伤寒病使人发狂的事情。××，你能不害这种病，同时不理解别人这种病，也真是一种幸福。因为这病是与童心成为仇敌的，我愿意你是一个小孩子，真不必明白这些事。不过你却可以明白另一个爱你而害着这难受的病的痛苦的人，在任何情形下，却总想不到是要窘你的。我现在，并且也没有什么痛苦了，我很安静，似乎为爱你而活着的，故只想怎么样好好地来生活。假使当真时间一晃就是十年，你那时或者还是眼前一样，或者已做了某某大学的一个教授，或者自己不再是小孩子，倒已成了许多小孩子的母亲，我们见到时，那真是有意思的事。任何一个作品上，以及任何一个世界名作作者的传记上，最动人的一章，总是那人与人纠纷藤葛的一章。许多诗是专为这点热情的指使而写出的，许多动人的诗，所写的就是这些事，我们能欣赏那些东西，为那些东西而感动，也照例轻视到自己，以及别人因受自己所影响而发生传奇的行为，这个事好像不大公平。因为这个理由，天将不许你长是小孩子。“自然”使苹果由青而黄，也一定使你在适当的时间里，转成一个“大人”。××，到你觉得你已经不是小孩子，愿意做大人时，我倒极希望知道你那时在什么地方做些什么事，有些什么感想。“萑苇”是易折的，“磐石”是难动的，我的生命等于“萑苇”，爱你的心希望它能如“磐石”。

望到北平高空明蓝的天，使人只想下跪，你给我的影响恰如这天空，距离得那么远，我日里望着，晚上做梦，总梦到生着翅膀，向上飞举。向上飞去，便看到许多星子，都成为你的眼睛了。

××，莫生我的气，许我在梦里，用嘴吻你的脚，我的自卑处，是觉得如一个奴隶蹲到地下用嘴接近你的脚，也近于十分亵渎了你的。

我念到我自己所写到“萑苇是易折的，磐石是难动的”时候，我很悲哀。易折的萑苇，一生中，每当一次风吹过时，皆低下头去，然而风过后，便又重新立起了。只有你使它永远折服，永远不再做立起的希望。

一九三一年六月

图书在版编目（CIP）数据

遇见许多人，都不及你好 / 沈从文著．— 石家庄：花山文艺出版社，2017.7

ISBN 978-7-5511-3603-7

Ⅰ．①遇… Ⅱ．①沈… Ⅲ．①中国文学—现代文学—作品综合集 Ⅳ．①I216.2

中国版本图书馆 CIP 数据核字（2017）第 183299 号

书　　名：遇见许多人，都不及你好
著　　者：沈从文

责任编辑：李　爽
责任校对：李　伟
美术编辑：胡彤亮
出版发行：花山文艺出版社（邮政编码：050061）
（河北省石家庄市友谊北大街 330 号）
销售热线：0311-88643221/29/31/32/26
传　　真：0311-88643225
印　　刷：北京联兴盛业印刷股份有限公司
经　　销：新华书店
开　　本：620×889　1/16
印　　张：16
字　　数：160 千字
版　　次：2017 年 11 月第 1 版
2018 年 5月第 2 次印刷
书　　号：ISBN 978-7-5511-3603-7
定　　价：45.00 元
